# 하루키를 읽는 법

키워드로 읽는 **무라카미 하루키**

# 하루키를 읽는 법

:: 하루키 작품 속 키워드의 유래와 그 의미

히사이 쓰바키 TSUBAKI HISAI
구와 마사토 MASATO KUWA 공저
윤성원 옮김

문학사상사

지금으로부터 12년 전인 1979년 5월, 무라카미 하루키는 소설
《바람의 노래를 들어라》로 '군조[群像] 신인 문학상'을 수상하며
데뷔했다. 그는 당시 다음과 같은 '수상 소감'을 남겼다.

학교를 졸업하고 펜을 잡은 적이 거의 없었기 때문에, 처음
얼마 동안은 문장을 쓰는 데 대단히 애를 먹었다. 피츠제럴드의
"타인과 다른 무엇인가를 이야기하고 싶다면, 타인과 다른 말로
이야기하라"라는 문구만이 내가 의지할 곳이었으나, 그게 그렇
게 간단할 리 없다. 마흔이 되면 조금은 그럴 듯한 것을 쓸 수 있
을 거라 생각하면서 글을 써왔다. 지금도 그 생각에는 변함이
없다. 상을 받은 것은 매우 기쁘지만, 형태가 있는 것에만 구애
받고 싶지 않으며, 또 아직 그럴 나이도 아니라고 생각한다.

—《군조》, 1979년 6월호

세월이 흘러 1949년생인 하루키는 이제 마흔을 훌쩍 넘긴 나이
가 되었다. 스콧 피츠제럴드로부터 지대한 영향을 받아, 처음부터
"타인과 다른 무엇인가를 이야기하고 싶"어, "타인과 다른 말로 이

야기"하려 한 하루키는, 1979년부터 1989년에 걸친 10년 동안, 즉 30대였던 그 10년간 여러 작품을 집필해 독자들에게 남겼다. 그 대부분은 《무라카미 하루키 전집 1979~1989》 전 8권으로 정리되어 있다.

이제부터 이 책에서 우리가 하려는 시도는, 데뷔 이래 10년간 하루키의 작품이 걸어온 발자취에 초점을 맞추어, 그 작품들을 "타인과 다른 말로, 타인과 다른 각도"에서 다양하게 분석·추측하여 읽고 풀어나가려는 것이다. 우리는 '일반론의 제왕'이 되려는 생각은 조금도 없다.

"일반론을 아무리 늘어놓아도 사람은 아무 데도 갈 수 없기"(《양을 쫓는 모험》 중) 때문이다. 우리는 지금부터 매우 "개인적인 이야기"를, "많은 팬을 위해서" 하려고 한다.

이 책의 집필과 출판에 도움을 주신 분들께 감사드린다.

―히사이 쓰바키

머리말을 대신하여

# 제I부 수수께끼에 휩싸여

제Ⅲ부  미도리의 창구 ▰▰▰▰▰▰▰

■ **일러두기**

• 이 책 속에 인용된 무라카미 하루키의 작품들 《바람의 노래를 들어라》·《1973년의 핀볼》·《상실의 시대(원제 : 노르웨이의 숲)》·《양을 쫓는 모험》·《세계의 끝과 하드보일드 원더랜드》·《중국행 슬로보트》·《댄스 댄스 댄스》는 모두 문학사상사에서 간행된 번역본을 인용·참고하였습니다.

• 하루키 소설의 키워드나 중요 단어는 작은따옴표(' ')로, 작품 내용의 인용은 따옴표(" ")로 표시하였습니다.

• 본문의 각주는 별도의 표시가 없는 것은 필자주입니다. 역주는 주 끝 부분에 (*)로 따로 표시하였습니다.

# 제I부
## 수수께끼에 휩싸여

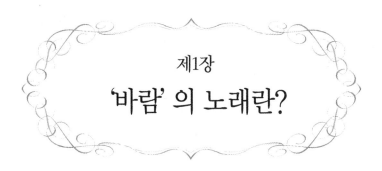

제1장

# '바람'의 노래란?

## 하루키가 "정말로 쓰고 싶었던 문장"

모든 것에는 순서가 있다. 우리는 그런 곳에서 살고 있다.

먼저 '바람의 노래'란 무엇인가부터 따져보자. 우리 독자들은 '바람의 노래'란 이미 '바람[風]의 노래'라는 사실을 알고 있다. 그 것은 《바람의 노래를 들어라》가 쓰인 1978년경의, 혹은 작품 속에 설정되어 있는 대로 1970년 8월 당시의 것이다.

작품 속에는 다음과 같이 쓰여 있다.

> 이 이야기는 1970년 8월 8일에 시작해서 18일 뒤, 그러니까 같은 해 8월 26일에 끝난다.
>
> —《바람의 노래를 들어라》, 제2장

그 이야기대로 말하자면, "1970년 8월 8일에 시작해서 18일 뒤"에 끝나는 '바람의 노래'라는 것이다. 소설의 주인공인 '나'는 이런 짧은 기간 동안 도대체 어떤 (바람의?) 노래를 들었을까? 예를 들면 《바람의 노래를 들어라》에서 처음으로 부는 바람은 다음과 같은 것이다.

나는 등나무 의자에 앉아 거의 졸면서, 펼쳐져 있는 책을 멍하니 바라보고 있었다. 빗발이 굵은 소나기가 뜰의 나뭇잎을 적시고는 물러갔다. 비가 지나간 뒤에는 바다 냄새가 나는 눅눅한 남풍이 불기 시작해, 베란다에 늘어놓은 관엽식물의 잎을 살며시 흔들고 커튼을 흔들었다.

―위의 책, 제18장

'바람의 노래를 들어라'라는 제목을 붙여놓고, 가장 먼저 불어오게 하는 기념할 만한 바람치고는, 이 얼마나 평범한 바람인가! "비가 지나간 뒤"에, '바다 냄새가 나는 눅눅한 남풍'이라는 이 바람은, '나'에게 혹은 우리 독자들에게 과연 들을 만한 가치가 있는 바람의 노래일까? 페이지 수에 눈을 돌리면 이 바람이 부는 것은 이미 이야기의 후반부에 들어서고 있는 대목, 장별로 말하자면 제18장의 대목에서다. 이것은 너무나도 늦장을 부린 등장이고, 역시 주역으로는 걸맞지 않은 '바람' 취급이 아닐까?

그리고 나서 부는 바람은 아래와 같다.

　세 번째 상대는 대학의 도서관에서 알게 된 불문과 여학생이
었다. 하지만 그녀는 이듬해 봄방학에 테니스 코트 옆의 울창하
지 않은 잡목림에서 목매달아 죽었다. 그녀의 시체는 새 학기가
시작될 때까지 사람들 눈에 띄지 않아서, 2주일 내내 바람을 맞
으며 매달려 있었다.

—위의 책, 제19장

　이건 어쩐지 혐오스러운 바람이다. "목매달아" 죽은 여학생의
시체에 부는, 그런 을씨년스러운 바람(의 노래)을 우리는 일부러
듣지 않으면 안 된단 말인가? 작가 하루키는 정말 이런 종류의 '바
람의 노래'를 '나'에게 들려주고, 그리고 독자에게도 들려주고 싶
었던 것일까? 아마도 그렇지는 않았을 것이다.
　그렇다면 이 기념할 만한 작품인 처녀작 《바람의 노래를 들어
라》에서, 꼭 누군가에게 들려주고 싶었던, 듣게 하고 싶었던 '바
람의 노래'의 참뜻, 혹은 의도 같은 것은 도대체 어디에 있었던 것
일까?
　《바람의 노래를 들어라》의 제32장에는 데릭 하트필드의 작품
〈화성의 우물〉 속의 이야기로서, 다음과 같은 '바람'이 등장하고
있다.

"앞으로 25만 년만 지나면 태양은 폭발하지. 쾅…… OFF라고. 25만 년. 대단한 시간은 아니지만 말이야."

바람이 그에게 속삭였다.

"나에 대해서는 신경 쓰지 않아도 돼. 그냥 바람이니까. 만일 자네가 화성인이라고 부르고 싶다면 그렇게 불러도 좋아. 나쁜 느낌은 아니니까. 하긴, 말 따윈 나에게 아무 의미가 없지만."

"그렇지만 말하고 있잖아."

"내가? 말하고 있는 건 자네지. 나는 자네의 마음에 힌트를 주고 있을 뿐이야."

"태양은 도대체 어떻게 된 거지?"

"늙었어. 죽어가고 있지. 나도 자네도 어쩔 수가 없다고."

"왜 갑자기……?"

"갑자기가 아니야. 자네가 우물을 빠져나오는 동안에 약 15억 년이라는 세월이 흘렀어. 자네들의 속담에도 있듯이 세월은 화살과 같다고. 자네가 빠져나온 우물은 시간의 일그러짐에 따라서 파진 거야. 그러니까 우리는 시간 사이를 방황하고 있는 셈이지. 우주의 탄생에서 죽음까지를 말이야. 그렇기 때문에 우리에게는 삶도 없고 죽음도 없어. 그냥 바람이지."

—위의 책, 제32장

이 대목에는 분명히 제목에 걸맞는 진짜 '바람'이 등장하고 있다. 그러나 이 바람은 '바람' 자신이 이야기하고 있는 것처럼 "신경 쓰지 않아도 되"는, "그냥 바람"인 것이다. 그렇다면 우리는 이 '바람' 이야기에서 도대체 무엇을 들어야 하는 것일까? 그것은 "쾅…… OFF라고"일까, "말 따윈 나에게 아무 의미가 없"다는 것일까, 아니면 "우리에게는 삶도 없고 죽음도 없어"일까?

화성의 우물로 기어 들어가 그 '바람'을 만난 청년은 마지막으로 '바람'을 향해 이렇게 질문한다.

> "한 가지 물어도 괜찮을까?"
> "얼마든지."
> "당신은 뭘 배웠지?"
> 대기가 희미하게 흔들리고 바람이 웃었다. 그리고 다시금 영원한 정적이 화성의 지표를 뒤덮었다. 청년은 주머니에서 권총을 꺼내 총구를 관자놀이에 갖다 대고 살며시 방아쇠를 잡아당겼다.
>
> ―위의 책, 제32장

몹시도 기괴한 작가, 데릭 하트필드―그는 알파벳순으로 정렬된 전화번호부를 방 안에서 '가장 신성한 서적'으로 여긴다―의 작품 속에 등장하는 '바람', 그 "그냥 바람"에만 언제까지고 사로잡혀 있다가 마지막으로 어리석은 질문을 하고 자살해 버린 이

'청년'과 마찬가지로 우리 또한 비웃음거리가 되어버리는 것은 아닐까? 그 후 갖가지 기호를 아로새겨 가면서 작품을 완성해 온 하루키가 비록 처녀작이라고는 하지만, 거기에 아무런 장치도 넣지 않은 채 작품을 출간했을까? 어쩌면 매우 알기 쉬운 이 '바람' 이야말로, 사실은 (대부분의 독자의 눈을 속이기 위한?) 교묘하게 짜인 함정이었을 수도 있지 않을까? 《바람의 노래를 들어라》에 관해서 하루키는 나중에 이렇게 진술했다.

> 《바람의 노래를 들어라》에 대해 솔직히 털어놓자면, 거기까지, 그러니까 제1장까지가 정말로 쓰고 싶었던 문장입니다. 나머지는 아무래도 상관없었죠. (중략)
>
> 그 문장은 지금도 암기할 정도로 또렷하게 기억하고 있고, 정말로 솔직하게 썼다고 생각합니다. 하트필드의 실재(實在) 운운을 제외하고 말이죠. 이 소설 중에서 그 부분을 제일 좋아합니다. 하지만 그 대목만 가지고는 소설이 되지 않기 때문에 나머지를 쓴 것입니다. 그러니까 내가 소설에서 가장 쓰고 싶었던 것은 그 부분에 전부 들어 있다고 생각합니다. 나머지는 전개시키고 있을 따름이고요.
>
> 지금도 소설을 쓰다가 이건 올바른 것이 아니지 않은가, 거짓이 아닌가, 소설을 쓰는 의미 따위는 없잖은가 하는 생각이 들 때마다 이 대목을 다시 읽어보면, 아아, 거짓이 아니었구나 하

며 용기를 얻습니다. 쓸 만한 가치는 있었다고 생각됩니다.

　　　　—《다카라지마》, 1983년 11월호, 〈무라카미 월드의 비밀〉


또한 가와모토 사부로 씨가 한 《분가쿠카이[文學界]》의 인터뷰에서도 다음과 같은 발언을 남겼다.


　　내가 이 소설에 대해서 가장 잘 기억하고 있는 것은, 내가 말하고 싶은 것을 제1장이라는 처음 몇 쪽 속에 거의 전부 써버렸다는 사실입니다. 그렇기에 제2장 이후로는 메시지라는 것이 전혀 없다고 해도 무관할 지경이 되어버렸고요. 하지만 제1장만으로는 소설이 될 턱이 없기에 어쩔 수 없이—이 표현은 적절치 않은 것 같지만— 아무튼 뭐가 됐든 계속 써나갔던 것이죠.

　　　　—《분가쿠카이》, 1985년 8월호, 〈이야기를 위한 모험〉


물론 앞에서 처음으로 등장했던 '바람'(바다 냄새가 풍기는 눅눅한 남풍)과, 하트필드의 〈화성의 우물〉 속의 '바람'은, 하루키가 "정말로 쓰고 싶었다"는 제1장에 등장하는 바람은 아니다. 이 '바람'은 둘 다, "어쩔 수 없이", "아무튼 뭐가 됐든 계속 써나갔"다고까지 말하는, "전개시키고 있을 따름"인 제2장 이후, 좀 더 정확하게는 제18장 이후에 등장하는 것이다.

　그렇다면 도대체 "내가 말하고 싶은 것" "거의 전부"가 담겨

있다고 하는, "정말로 솔직하게 썼"고, "암기할 정도로 또렷하게
기억하고 있"는 제1장에는 무슨 내용이 어떻게 담겨 있는 것일까?

## '그런 식', '이런 식'과 같은 '식(風)'의 노래

《바람의 노래를 들어라》는 다음과 같은 말로 시작한다.

> "완벽한 문장 같은 건 존재하지 않아. 완벽한 절망이 존재하
> 지 않는 것처럼……."
>
> 내가 대학생 때 우연히 알게 된 어떤 작가는 내게 이렇게 말
> 했다. 내가 그 참뜻을 이해하게 된 것은 그로부터 한참이 지난
> 뒤의 일이지만, 당시에도 최소한 그 말은 내게 일종의 위안이
> 되기는 했다. 완벽한 문장 따위는 존재하지 않는다, 라고.
>
> 그러나 그래도 역시 뭔가를 쓰려고 하면 언제나 절망적인 기
> 분에 사로잡혔다. 내가 쓸 수 있는 영역은 너무나도 한정되어
> 있었기 때문이다. 예를 들면 코끼리에 대해서는 뭔가를 쓸 수
> 있다 해도, 코끼리 조련사에 대해서는 아무것도 쓸 수 없을지도
> 모른다. 말하자면 그런 뜻이다.
>
> 8년 동안 나는 계속 그런 딜레마에 빠져 있었다. 8년 동안. 긴
> 세월이다.
>
> ─《바람의 노래를 들어라》, 제1장

하루키 자신은 '나' 처럼, "긴 세월" 동안 "쓴다"는 행위에 대해 상당한 딜레마에 빠져 있었을 것이다. 하루키는 그러한 심경을, 무라카미 류와의 대담을 담은 《워크, 돈 런(Walk, Don't Run)》에서 다음과 같이 토로했다.

나는 말이라는 것이 전혀 의미 없는 것은 아닐까 하는 생각을 했습니다. 물론 스무 살 즈음에는 쓰고 싶었죠. 시나리오였지만요. 그렇기에 한층 더 말이라는 것이 아무 의미를 담지 못한다고 생각해버린 것입니다. 그래서 10년 동안 아무것도 쓰지 못했습니다. 10년이 지나고 나서야 무엇인가 쓸 수 있지 않을까 하는 생각이 들었고, 다시 글을 썼습니다. 나는 스물아홉 살이 되도록 거의 문장을 쓰지 못하다가, 어떤 계기로 글을 쓸 수 있게 되었습니다. 조금 과장해서 말하자면, 신의 은총 같은 것이라고 느낍니다.

"10년이 지나고 나서야 무엇인가 쓸 수 있지 않을까 하는 생각이 들"어 쓴 것이 바로 《바람의 노래를 들어라》였다. "신의 은총 같은 것이라고 느"끼는 것이 바로 《바람의 노래를 들어라》였던 것이다. 이 소설의 서두를 장식하는, "정말로 솔직하게 썼다"는 제1장에는, 알고 보면 이러한 '바람'이 불고 있는 것이다.

물론 모든 것으로부터 무엇인가 배우려는 자세를 유지하고 있는 한, 나이를 먹고 늙어간다는 게 그렇게 크게 고통스런 일은 아니다. 하지만 그것은 일반론이다.

스무 살이 좀 지났을 때부터 나는 줄곧 그런 삶의 방식을 가지려고 노력해 왔다. 그 때문에 타인으로부터 여러 번 뼈아픈 타격을 받고, 기만당하고, 오해받고, 또 동시에 많은 이상한 체험을 하기도 했다.

다양한 사람이 찾아와서 나에게 말을 걸었고, 마치 다리를 건너듯 발소리를 내며 내 위를 지나가고 나서는 두 번 다시 돌아오지 않았다. 나는 그동안 입을 꼭 다물고 아무 말도 하지 않았다.

그런 식으로 나는 20대의 마지막 해를 맞았다. (중략)

정직하게 얘기하는 것은 여간 어려운 일이 아니다. 내가 정직해지려고 하면 할수록 정확한 언어는 어둠 속 깊은 곳으로 가라앉아 버린다.

변명할 생각은 없다. 적어도 내가 여기서 하는 얘기는 현재의 나로서는 최선을 다한 것이다. 덧붙일 건 아무것도 없다. 한편 나는 이렇게도 생각하고 있다. 잘만 되면 먼 훗날에, 몇 년이나 몇 십 년 뒤에 구원받은 자신을 발견할 수 있을지도 모른다고 말이다. 그리고 그때가 되면 코끼리는 평원으로 돌아가고, 나는 더 아름다운 말로 세계를 이야기하기 시작할 것이다.

—《바람의 노래를 들어라》, 제1장

그리고 같은 장에서 또 한 대목을 인용하면 다음과 같다.

하트필드는 좋은 글에 대해서 이렇게 쓰고 있다.

"글을 쓰는 작업은, 단적으로 말해서 자신과 자신을 둘러싼 사물과의 거리를 확인하는 일이다. 필요한 건 감성이 아니라 '잣대'다."(《기분이 좋으면 왜 안 되는데?》1936년)

내가 한 손에 잣대를 들고 겁에 질려서 주위를 바라보기 시작한 것은 분명히 케네디 대통령이 죽은 해다. 그로부터 벌써 15년이나 지났다. 15년 동안 나는 참으로 많은 걸 내팽개쳐 왔다. 마치 엔진이 고장 난 비행기가 무게를 줄이기 위해 짐을 내던지고, 좌석을 뜯어버리고, 마지막에는 불쌍한 남자 승무원을 내몰듯이, 15년 동안 나는 온갖 것을 다 내팽개치고 그 대신에 거의 아무것도 몸에 지니지 않았다.

그렇게 하는 것이 과연 옳았었는지 나로서는 확신할 수가 없다.

《바람의 노래를 들어라》에서 무엇보다 정확하게 파악하고 처리해 두어야 했던 중요한 것은, "정말로 쓰고 싶었다"는 제1장에 표현되어 있던, '風'[1]이 아니었을까?

---

1) 일본어에서는 '풍(風)'이 음독되어 '후'로 읽힐 경우, '~하는 식', '방향'이라는 의미가 된다.(*)

'그런 식', '이런 식' 같은 '식[風]'의 노래는 "전개시키고 있을 뿐"이라는 《바람의 노래를 들어라》의 제2장 이후에서도, 예를 들면 다음과 같은 장면에서도 노래되고 있다.

"왜 내가 부자들을 싫어한다고 생각해?"

그날 밤 쥐는 그렇게 물었다. 그렇게까지 얘기가 진전된 건 처음이었다.

모르겠다는 식으로 나는 고개를 흔들었다.

"분명히 말해서 부자들은 아무것도 생각하지 않아. 손전등과 잣대가 없으면 자기 엉덩이도 긁지 못한다고."

—위의 책, 제3장


나는 전에 인간의 존재 이유를 테마로 한 짧은 소설을 쓰려고 했던 적이 있다. 결국 소설은 완성하지 못했지만, 나는 그동안 줄곧 인간의 '레종 데트르'에 대해서 생각했고, 덕분에 기묘한 버릇이 생기게 되었다. 모든 사물을 수치로 바꾸지 않고는 견딜 수 없는 버릇이었다. 약 여덟 달 동안 나는 그런 충동에 시달렸다. 전철에 타자마자 승객 수를 헤아리고, 계단 수를 전부 세고, 시간만 나면 맥박 수를 셌다. 당시의 기록에 따르면, 1969년 8월 15일부터 이듬해 4월 3일 사이에 나는 강의에 358번 출석했고, 섹스를 54번 했고, 담배를 6921개비 피운 것으로 되어 있다.

그때 나는 그런 식으로 모든 걸 수치로 바꿔놓음으로써 타인에게 뭔가를 전할 수 있을지도 모른다고 진지하게 생각했다. 그리고 타인에게 전할 뭔가가 있는 한, 나는 확실히 존재한다고 생각했다.

—위의 책, 제23장


어느 날 점심시간에 내가 소변을 보고 있는데 그가 옆으로 와서 바지의 지퍼를 내렸다. 우리는 거의 말을 하지 않고 동시에 볼일을 보고 함께 손을 씻었다.

"야, 좋은 게 있어."

그는 바지 엉덩이에다가 손을 닦으면서 말했다.

"그래?"

"보여줄까?"

그는 지갑에서 사진 한 장을 꺼내 내게 건넸다. 그건 알몸의 여자가 가랑이를 쫙 벌리고, 그곳에 맥주병을 꽂고 있는 사진이었다.

"굉장하지?"

"그렇군."

"집에 가면 훨씬 더 굉장한 사진이 있어."

그렇게 해서 우리는 친구가 되었다.

—위의 책, 제28장

물론《바람의 노래를 들어라》에서 '식[風]'은 이것뿐만이 아니다. 실은 스물한 군데에 걸쳐 이런 '식' 표현이 실려 있다. 그 전부를 여기에서 열거할 수는 없지만, 실제로 제1장의 "그런 식", "이런 식"으로 시작해서 이 이야기는 얼마나 '~식 ~식 하면서' 이어지는지 모른다.

1970년 8월의, 불과 18일간의 이야기인《바람의 노래를 들어라》는 다음과 같은 '식'을 마지막으로 완결된다.

모든 건 스쳐 지나간다. 누구도 그걸 붙잡을 수는 없다.
우리는 그렇게 살아가고 있다.

—위의 책, 제38장


《바람의 노래를 들어라》는 제목 그대로 처음에도 '식[風]', 그리고 마지막에도 '식[風]'이다.

"……으음[2], 맛있다……."

—위의 책, 제11장

---

2) 원서에는 '후[風]'라고 쓰여 있다. 이 경우의 '후'는 단어의 의미와는 상관없이 음만 빌린 감탄사이다.(*)

## 밥 딜런의 노래 〈바람을 맞으며〉

나와 친분이 있는 A씨(40세)는 일찍이, "당연한 얘기인 듯하지만" 하고 전제한 뒤, 하루키가 말하는 '바람의 노래'에 대해 다음과 같이 자신의 생각을 들려주었다. 《바람의 노래를 들어라》의 '바람의 노래'에 대해 확실히 말할 수 있는 한 가지 사실은, 〈스물두 살의 이별〉 등의 곡으로 널리 알려져 있는 이세 쇼조[伊勢正三]가 이끄는 포크 듀오 '바람[風]'[3]의 노래를 일컫는 것은 아니라는 것이었다.

A씨에 의하면 《바람의 노래를 들어라》를 발표했던 당시, 도쿄의 센다가야에서 '피터 캣(Peter Cat)'이라는 재즈카페를 경영하면서 틈틈히 작품을 집필했던 하루키가 재즈와 더불어 열심히 그 '바람'의 노래를(설사 하늘이 뒤집힌다 하더라도) 들었을 리 없다는 것이다.

사실 지금까지 12년 동안 하루키는 작품 속에서 빈번히 음악에 대해 이야기하고 또 써왔지만, 그 어디에도 단 한 줄이라도 그들의 노래가 나온 예는 없었다는 것이다. 당연한 이야기다.

A씨의 이야기는 이어진다. "'바람'의 노래와는 전혀 관계가 없지만, 밥 딜런의 〈바람의 노래〉 쪽이라면 어쩌면 관계가 있을지도 모른다."

---

3) 70년대 일본의 포크 붐을 이끌었던 대표적인 듀오.(*)

A씨를 포함해 1950년을 전후해 일본에서 태어난, 서양 음악을 좋아하는 사람들(물론 하루키도 그들 중 한 사람이다)에게는, 밥 딜런의 〈바람의 노래〉, 정확히는 〈바람을 맞으며(Blowing in the wind)〉는 매우 선명하게 저항의 메시지를 전하는 노래로 그들의 내부에 한때 군림했을 가능성이 매우 높다.

예를 들어, 1952년생인 민중가요 싱어송 라이터인 하마다 쇼고는 데뷔작 〈뒷골목의 소년〉에서 다음과 같이 노래했다.

낡은 포크 기타를 창문에 기대놓고
갓 익힌 '바람을 맞으며'
좁은 방에서 친구와 꿈꾸었다.
언젠가는 이 나라를 눈뜨게 할 거라고
(중략)
그때 내 나이 열여덟

1952년생인 소년이 열여덟 살이라는 건, 1970년 즈음이고 이는 《바람의 노래를 들어라》의 시기와 일치한다. 그렇다면, 《바람의 노래를 들어라》의 주인공 '나' 역시 하마다 쇼고와 마찬가지로, 이 무렵 밥 딜런의 〈바람의 노래〉와 함께였다 하더라도 가히 이상하지 않다.

그래서 이러한 발상을 바탕으로 해서 《바람의 노래를 들어라》

를 신중히 다시 읽어보면, 다음과 같은 대목을 발견하게 된다.

> 그녀가 한숨을 쉬고 담배에 불을 붙이는 소리가 수화기 저편
> 에서 들려왔다. 귀 기울이니 밥 딜런의 〈내슈빌 스카이라인〉도
> 들렸다. 가게에서 전화를 거는 모양이었다.
>
> —《바람의 노래를 들어라》, 제18장

여기에서 "〈내슈빌 스카이라인〉도 들렸다"가 아니라, "귀 기
울이니 〈내슈빌 스카이라인〉도 들렸다"인 점에 주목할 필요가 있
다. '나'는 여기서 분명히 밥 딜런의 〈내슈빌 스카이라인〉을 "귀
기울"여 듣고 있는 것이다.

그렇다면 문제의 〈바람을 맞으며〉는 어떻게 된 것인가? '나'
는 〈내슈빌 스카이라인〉과 함께 밥 딜런의 〈바람을 맞으며〉도 당
시 "귀 기울"여 듣고 있었을까?

이미 앞에서 인용한 《바람의 노래를 들어라》의 제19장에서, 이
런 〈바람을 맞으며〉가 발견된다.

> 세 번째 상대는 대학의 도서관에서 알게 된 불문과 여학생이
> 었다. 하지만 그녀는 이듬해 봄방학에 테니스 코트 옆의 울창하
> 지 않은 잡목림에서 목매달아 죽었다. 그녀의 시체는 새 학기가
> 시작될 때까지 사람들 눈에 띄지 않아서, 2주일 내내 바람을 맞

으며 매달려 있었다.

제31장에는 이렇게 쓰여 있다.

"……한참 동안 걷다가 우리는 여름 풀이 보기 좋게 가지런
히 나 있는 비탈에 앉아서 상쾌한 바람을 맞으며 몸에 흐른 땀
을 닦았지……."

이와 같이 《바람의 노래를 들어라》에는 유감스럽게도 밥 딜런
의 곡은 〈내슈빌 스카이라인〉밖에 나오지 않지만, 하루키의 네 번
째 장편소설인 《세계의 끝과 하드보일드 원더랜드》의 〈하드보일
드 원더랜드〉의 마지막 장면에는 다음과 같이 〈바람을 맞으며〉를
포함한, 밥 딜런의 곡들이 많이 실려 있다. 다음의 서술에 주목하
면, 하루키가 밥 딜런을 얼마나 좋아하는지 분명해진다.

나는 밥 딜런의 테이프를 카세트에 넣고, 〈워칭 더 리버 플로〉
를 들으면서, 긴 시간을 들여서 계기판의 버튼을 하나씩 하나씩
시험해 보았다.

밥 딜런은 〈포지티블리 포스 스트리트〉를 노래하고 있었다.
20년이 지나도 좋은 노래는 역시 좋은 노래다.

밥 딜런은 〈멤피스 블루스 어게인〉을 노래하고 있었다. 그녀를 만난 덕분에 내 기분은 상당히 좋아졌다.

약속시간까지는 아직 여유가 있었으므로, 나는 느긋하게 담배를 피우며 밥 딜런의 테이프를 계속 듣고 있었다.

밥 딜런이 〈라이크 어 롤링 스톤〉을 부르기 시작했으므로, 난 혁명에 대해서는 더 이상 생각하지 않기로 했다. 그 대신 밥 딜런의 노래에 맞추어 허밍을 했다.
　　　　　　　　　　　　　　—《세계의 끝과 하드보일드 원더랜드》, 2권, 제33장

"······형태는 나도 잘 설명할 수 없지만, 아무튼 밥 딜런의 테이프를 틀어놓을 테니까."

항구에 도착하자 나는 인기척이 없는 창고 옆에 차를 세우고, 담배를 피우면서, 밥 딜런의 테이프를 자동적으로 반복하게 틀어놓은 채 듣고 있었다.

밥 딜런은 〈바람을 맞으며〉를 부르고 있었다. 나는 노래를 들으며, 달팽이나 손톱깎이와 농어, 그리고 버터크림 찜과 면도용 크림을 떠올렸다. 세계는 온갖 형태의 계시들로 가득 차 있는

것이다.

나는 내가 상실했던 모든 것을 되찾을 수 있다고 생각했다. 그것은 비록 한 번 상실되었지만, 결코 손상을 입지 않은 것이다. 나는 눈을 감고 그 깊은 잠에 몸을 맡겼다. 밥 딜런은 계속해서 〈폭풍우〉를 노래하고 있었다.

—위의 책, 2권, 제39장

또한 밥 딜런의 〈바람을 맞으며〉에 대해 하루키 본인은 이렇게 말했다.

밥 딜런의 〈브로잉 인 더 윈드〉는 60년대 젊은이에게는 많든 적든 간에 강렬한 기호였겠지만, 저는 말이죠, 〈브로잉 인 더 윈드〉를 듣고 있노라면 제가 자라난 아시야 역 앞의 풍경이 떠오릅니다. 왠지는 모르겠지만요.

—《플레이보이》, 1986년 5월호

또한 〈우리 시대의 포크로워─고도 자본주의 전사(前史)〉라는 작품(단편집《TV 피플》에 수록)의 서두에는 다음과 같은 글이 실려 있다.

이것은 실화이자 동시에 우화이다. 그리고 우리는 1960년대의 포크로어(folklore)이기도 하다.

　나는 1949년에 태어났다. 1961년에 중학교에 들어갔고, 1967
년에는 대학에 들어갔다. 그리고 그 요란스럽던 소동이 벌어지
는 와중에 스무 살을 맞이했다. 그렇기 때문에 우리는 문자 그
대로 "60년대의 아이들(식스티즈 키즈)"였다. 인생을 살면서 가
장 상처 입기 쉽고, 가장 미성숙한, 그렇기 때문에 가장 중요할
수밖에 없는 그 시기에, 1960년대의 터프하고 와일드한 공기를
듬뿍 들이마신 우리는 당연한 일이지만, 숙명적으로 그것에 취
해버렸던 것이다. 도어스나 비틀스로부터 딜런까지, BGM도 모
두 갖추어져 있었다.

　이렇게 보면, 역시 밥 딜런의 존재는 "60년대의 아이들"의 한
사람인 하루키에게도 결코 무시할 수 없는 숙명적인 것이었던 모
양이다. 《바람의 노래를 들어라》라는 타이틀은 밥 딜런을 의식하
고 붙인 것이 아니었을까?

　〈바람을 맞으며〉를 들어라! 《바람의 노래를 들어라》는 〈바람
을 맞으며〉를 들으면 떠오른다는, "내가 자라난 아시야 역" 근처
의 고베를 무대로 해서 쓰인 작품이다.

### 카포티의 "문장에서 따온 것"

《바람의 노래를 들어라》라는 작품 타이틀에 관해서 《주오고론

[中央公論》(1985년 11월호, 〈인물 교차점, 무라카미 하루키〉)에는 이렇게 쓰여 있다.

> 제목도《해피 버스데이는 화이트 크리스마스》라는 것이 원안이었던 듯하다.

"~듯하다"고 하니, 이는 100퍼센트 신용할 수 있는 이야기는 아니지만, 작품 속에서는 '나'의 해피 버스데이는 분명히 화이트 크리스마스(12월 24일)다. 그런 연유로 단행본《바람의 노래를 들어라》의 표지를 보면 지금도 분명히, "HAPPY BIRTHDAY AND WHITE CHRISTMAS"라고 인쇄되어 있다(이것은 누구의 디자인이고 발상이었을까?).

한편,《쇼세쓰신초[小說新潮]》(1985년 여름)〈롱 인터뷰〉에는 이렇게 쓰여 있다.

> 질문자 《바람의 노래를 들어라》라는 제목은 카포티의 단편에서 따왔다는 말씀인가요?
> 무라카미  그렇습니다. 카포티의《밤의 나무》라는 단편집에 들어 있는 〈마지막 문을 닫아라〉의 마지막 문장에서 따온 것입니다. "아무 생각도 하지 말자. 다만 바람에만 마음을 쏟자"는 문장에서《바람의 노래를 들어라》가 되었습니다만……

조사해 보니, 분명 그의 말대로 트루먼 카포티에게는 《밤의 나무》라는 단편집이 있고, 그 속에는 실제로 〈마지막 문을 닫아라〉라는 작품이 수록되어 있었다. 그리고 그 마지막 문장에는 작품 제목 《바람의 노래를 들어라》의 바탕이 되었다는, "아무 생각도 하지 말자. 다만 바람에만 마음을 쏟자"라는 문장도 실제로 있었다.

그러나 하루키는 이 발언을 하기 전인 1982년에 쓴 《양을 쫓는 모험》에서는 '검은 옷의 비서'로 하여금 다음과 같은 대사를 하게 했다.

> "정직하게 이야기하는 것과 진실을 이야기하는 것은 별개의 문제네. 정직과 진실의 관계는 선두(船頭)와 선미(船尾)의 관계와 비슷하지. 먼저 정직함이 나타나고, 마지막에 진실이 나타나는 거야. 그 시간적인 차이는 배의 규모에 정비례하고. 거대한 사물의 진실은 드러나기 어려운 법일세. 우리가 생애를 마친 다음에야 겨우 나타나는 경우도 있지. 그러니까 만약에 내가 자네한테 진실을 드러내지 않았다고 하더라도, 그것은 내 책임도 자네 책임도 아니네."
>
> —《양을 쫓는 모험》, 제6장

《바람의 노래를 들어라》라는 제목의 유래에 관해서 하루키는 분명히 "정직하게" 이야기했다. 그러나 여기서 말하고 있는 것처럼 "거대한 사물의 진실은 드러나기 어려운 법"이다. 따라서 설사 작자 자신이 정직하게 제목을 설명했다 하더라도, 그 사물의 거대함에 의해, 그것이 있는 그대로의 진실을 말한 것이라고는 할 수 없는 것이다.

"아무 생각도 하지 말자. 다만 바람에만 마음을 쏟자"는 대목에서 《바람의 노래를 들어라》가 나왔을까? 정말로 그랬을까?

《바람의 노래를 들어라》 제34장에는 다음과 같은 내용이 있다.

> 나도 이따금 거짓말을 한다.
>
> 마지막으로 거짓말을 했던 건 작년이다.
>
> 거짓말을 하는 건 몹시 불쾌한 일이다. 거짓말과 침묵은 현대의 인간 사회에 만연해 있는 거대한 두 가지 죄악이라고 말할 수 있다. 실제로 우리는 자주 거짓말을 하고, 자주 입을 다물어 버린다.
>
> 그러나 만일 우리가 1년 내내 쉴 새 없이 지껄여대면서 그것도 진실만 말한다면, 진실의 가치는 없어져 버릴지도 모른다.

"나는 이따금 거짓말을 한다", "마지막으로 거짓말을 했던 건 작년이다." 그러나 이건 사실이 아니다('나'는 그 이전, 제22장에서 이번 달에 '그녀'에게 한 번 거짓말을 했다).

하루키도 이따금 거짓말을 한다. 그것은 매우 '정직'한 거짓말이다.

    '바람의 노래'라는 것은 도대체 무엇이었을까? 다시금 '바람'
이라는 말에 마음을 쏟을 필요가 있을 것이다.

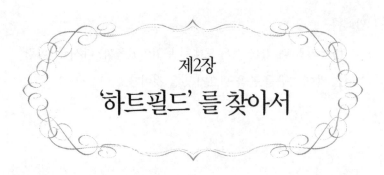

# 제2장
# '하트필드'를 찾아서

## 가공의 인물 '하트필드'의 모델

'하트필드'는 《바람의 노래를 들어라》의 주인공인 '나'가 "글에 대해 많은 것을 배웠다"고 하는 작가다.

> 나는 글에 대해 많은 것을 데릭 하트필드에게서 배웠다. 거의 전부라고 해야 할지도 모른다.
>
> —《바람의 노래를 들어라》, 제1장

'식(風)'과 마찬가지로, '하트필드'도 이렇게 일찍이 《바람의 노래를 들어라》의 제1장부터 등장한다. 이 작가는 가공의 인물임에도 불구하고, 하루키에 의해 연출된 등장 방법이 너무나 자연스럽고, 이 작품이 '나'라고 하는 하루키 자신을 연상시키는 인물을 주인공으로 삼은 영향도 있고 해서, 지금까지 '하트필드'를 실재의 인물이라고 굳게 믿은 사람들이 상당히 많았던 것 같다. 러시아 문학 연구가인 누마노 씨는 《유레카》(1989년 6월호)의 〈도넛, 맥주, 스파게티〉라는 글 속에서, 러시아 인 도우트키나가 쓴 《바람의 노래를 들어라》의 서평을 예로 들면서, 그녀가 '하트필드'라는 '속임수'에 보기 좋게 속아 넘어간 걸 다음과 같이 소개했다.

> 서평자가 '하트필드'라는 속임수에 보기 좋게 속아 넘어간 것도 재미있지만, 그걸 이러쿵저러쿵해봤자 아무 소용도 없을 것이다. (아마 그녀는 미국 문학을 잘 모르는 모양이다)

분명히 누마노 씨 외에 많은 사람들이 지금까지 주장한 것처럼, '하트필드'라는 이름으로 알려져 있는 미국 작가는 어디에도 존재하지 않는다.

하지만 '하트필드'는 정말로 하루키에 의해서 창작된 100퍼센트 상상 속의 인물이었을까? '하트필드'의 모델이 된, 당시 하루키가 염두에 두고 그렸던 실재하는 작가는 정말로 그 어디에도 존재하지 않는 것일까?

이 장에서는 '바람의 노래'에 이어 '하트필드' 모델의 실재성을 다루기로 한다.

## 바로우즈와 브래드버리의 합성 vs 피츠제럴드와 보네카트의 합성

몇몇 문학평론가가 제기해 논란의 대상이 되었던 《양을 쫓는 모험》의 불가사의한 기호 '양' 정도는 아니라 하더라도, 《바람의 노래를 들어라》 속의 '하트필드'에 관해서도 여태까지 그 기호성과 모델에 대한 분분한 의견이 여러 사람에 의해 제시되어 왔다. 그중에서도 《군조》(1979년 7월호)에 게재된 우에다 사시지, 미키 다쿠, 스가노 아키마사 세 사람이 함께 한 '창작 합평'은 매우 흥미로운 자료이다. 이것은 그 전호에 게재되었던 그해의 '군조 신인 문학상' 수상작 《바람의 노래를 들어라》를 재빨리 합평한 것인데, 가히 '하트필드' 논의의 효시를 이룬다고 할 수 있다. 좀 길어지겠지만 당시 어떤 논의가 행해졌는지 아래에 인용해 보겠다.

우에다   글을 쓰는 것이 인생이라는 말은 하트필드라는 인물의 말로 처음에 등장합니다. 저는 하트필드라는 사람을 모르겠지만요…….

미키   실재하는 사람일까요?

우에다   글쎄요. 만일 실재하지 않는 사람이라면 더 좋을 것 같아요. 이것도 창작이라면 말이죠.

미키   전 아무래도 창작이 아닐까 싶은데요.

스가노   몇 권 번역된 것이 있다고 쓰여 있더군요. 하지만 그런 번역서를 본 적이 없으니, 아마 가공의 작가일 겁니다.

우에다    엠파이어스테이트 빌딩에서 히틀러의 초상화를 끌어 안고 뛰어내렸다는 것도 지나치게 그럴싸하잖아요.

스가노    저도 진실은 알 수 없지만, 가공의 인물이라고 단언했 다가 만일 실재 인물이라면 곤란하잖아요. (웃음)

미키    에드거 라이스 바로우즈와 브래드버리를 합성해서 만들어낸 것 같은 느낌도 좀 들고요, 잘은 모르겠지만 꽤 수상 해요.

우에다    전 미국 문학에 대해서는 잘 모르겠고요. 오래된 이야 기입니다만, 만일 이것이 아쿠타가와 류노스케의 '레겐다 오레 아' 같은 완전한 가공인물로—합성이라도 좋지만, 여러 요소를 모아 하나의 인물을 만들어낸 것이라면, 이 작가는 굉장한 수완 가일 거라는 생각이 들어요. 그러니까 우리가 속임수에 넘어가 서 실재라고 생각하게 되고, 하여간 그 가공의 인물이 쓴 가공 의 문장을 인용하게도 하잖아요. 이것은 대단한 재능이라고 생 각합니다. 그런 의미에서 저는 거짓말이기를 바랍니다.

스가노    설사 실재하는 인물이라고 하더라도 정말 잘 서술해 놓았어요. 만일 가공의 작가라고 한다면, 지금 말씀하신 것처럼 정말로 대단한 에피소드 창작법입니다.

미키    그렇죠.

(중략)

미키    적어도 이 하트필드라는 사람이 존재하지 않는 게 아닐까, 그런 생각을 하게 하는 (웃음), 그러한 속임수를 느끼게 하는 소설인 것만은 틀림없습니다.

우에다　저는 처음에는 그대로 받아들이고 전혀 의심하지 않았거든요. 하지만 다 읽고 나서, 가만 있자, 이게 만일 창작이라면 이 작가는 대단한 사람인걸 하고 생각했어요. 마지막에 다시 한 번 이 사람이 등장하잖아요. 전 거기서 아무래도 수상하다는 생각을 했죠.

스가노　저는 좀 부정적인 측면도 있다고 봅니다. 가공의 소설가라는 전제에서 말인데요. 마지막 대목에서 묘비명으로 니체의 말이 나오잖아요.

우에다　마지막 마무리 부분에서요.

스가노　그건 단순히 죽은 작가의 묘비명일 뿐만 아니라, '나'의 현재의 심경과 오버랩되어 있다고 보거든요. 그러니까 '나'의 지금 심정을 대변한다는 의미죠. 그렇다면 마음이 여린 니힐리스트로서, 한편으로 인생과 화해해 결혼 같은 것도 하고, 평범한 시민 생활을 하고 있는 인간이라는 얘기가 되죠. 그런 인간이라는 시각에서 본다면, 이 니체는 좀 속이 빤히 들여다보이는 거 아닌가요? (웃음) '나'의 현재 상황은 그 정도로까지 대단한 것은 아닐 거라는 생각이 들게 되거든요.

우에다　애당초 이 하트필드라는 인물 자신도 좀 허황된 구석이 있으니까요. (웃음) 총을 수집한다든가, 죽는 방법이라든가,

모든 것을 증오한다든가, 인물이 너무나도 분명하게 반세계적
인 인물로 그려진 면도 있고요.

미키 씨는 "(하트필드는) 에드거 라이스 바로우즈와 브래드버리
를 합성해서 만들어낸 것 같은 느낌"이 든다고 말했다.

한편, 가와모토 사부로 씨는 《스바루》(1980년 6월호, 〈1980년의
노 제너레이션〉)에서, "아마도 피츠제럴드와 보네가트를 모델로 한
가공의 작가가 데릭 하트필드일 것"이라고 쓴 바 있다.

그렇다면 과연 어느 쪽이 옳은 것일까? '하트필드'는 《바람의
노래를 들어라》에서 다음과 같이 묘사되어 있다.

그러나 불행하게도 하트필드 자신은 모든 의미에서 '불모'의
작가였다. 그의 책을 읽어보면 알 수 있다. 문장은 읽기 힘들고,
스토리는 엉망이고, 테마는 치졸하다. 그럼에도 불구하고 하트
필드는 글을 무기로 싸울 수 있는, 몇 안 되는 뛰어난 작가 중 하
나였다. 헤밍웨이, 피츠제럴드와 같은 동시대의 작가와 견주어
도 하트필드의 그 전투적인 자세는 결코 뒤지지 않을 거라고 나
는 생각한다. 다만 유감스럽게도 하트필드 자신은 마지막까지
자기가 싸우는 상대의 모습을 명확하게 포착하지 못했다. 결국
불모라는 건 그런 뜻이다.

—《바람의 노래를 들어라》, 제1장

여기에서 피츠제럴드와 '하트필드'를 헤밍웨이와 더불어 동시에 등장시킴으로써 적어도 피츠제럴드는 '하트필드'의 모델이 된 인물이 아니라는 것이 분명해졌다. 또한 그것은 '하트필드'는 "전투적인 자세"를 지닌 "글을 무기로 싸울 수 있는, 몇 안 되는 뛰어난 작가"이기는 하지만, "스토리는 엉망이고, 테마는 치졸"한, "모든 의미에서 '불모'의 작가였다"는 표현으로도 알 수 있을 것이다. '하트필드'의 모델이 된 인물은 아무래도 헤밍웨이나 피츠제럴드 같은 이름이 알려진, 누구나가 인정하는 작가는 아닌 듯하다. 그렇다면 앞에서 거론한 보네가트나 레이 브래드버리와 같은 유명한 작가 또한 '하트필드'의 모델이 된 인물은 아니라고 단언할 수 있을 것이다.

브래드버리에 관해서는 《바람의 노래를 들어라》에 이렇게 쓰여 있다.

> 하트필드의 작품 중에 〈화성의 우물〉이라는 단편이 있다. 그의 작품들 가운데서도 이색적인, 마치 레이 브래드버리의 출현을 암시하는 듯한 단편이다.
>
> —위의 책, 제32장

'하트필드'의 모델을 찾는 데 있어 앞에서 인용한, '나는 글에 대한 많은 것을 데릭 하트필드에게서 배웠다. 거의 전부라고 해야 할지도 모른다"는 서술에만 현혹되어서는 안 된다. 그래 가지고는 '하트필드'의 진짜 모습은 언제까지고 보이지 않을뿐더러 하루키의 교묘한 속임수에 속아 넘어가게 될 뿐이다.

'하트필드'의 모델은 결코 스콧 피츠제럴드나 레이먼드 챈들러, 혹은 트루먼 카포티 같은, 하루키 자신이 나중에 공개적으로 (또한 노골적으로!) 영향을 받았다고 하는, 그런 작가들 중 누군가는 아닐 것이다. 속이 빤히 들여다보이는 싸구려 마술사라면 모를까. 일류 마술사는 결코 자진해서 트릭의 진실을 털어놓지는 않는 법이다. 마술사 뺨치는 기호 작가, 무라카미 하루키의 수법은 매우 교묘하며, 그렇기 때문에 심오한 것이다

## '하트필드' = 로버트 E. 하워드 설

가와무라 미나토 씨는 《유레카》(1989년 6월호)의 〈'신세계'의 끝과 하트 브레이크 원더랜드〉라는 글에서 다음과 같이 서술했다.

무라카미 하루키가 그 영향 관계를 숨기지 않는 사람이 하트필드이다. 1909년에 오하이오 주에서 태어난, 오늘날에는 완전히 잊혀진 모험소설과 괴기물 작가인 그는 엠파이어스테이트 빌딩에서 히틀러의 초상화와 우산을 들고 몸을 던져 죽지만(죽은 해가 1938년이니, 피츠제럴드보다 13년 늦게 태어나서 2년 일찍 죽었다. 그해는 히틀러가 독일의 통수권을 장악한 해이기도 하다), 잊을

수 없는 몇 편의 단편소설을 발표한 작가로서, 일부 애호가들 중 열렬한 지지가 있었다(는 것 같다). 〈화성의 우물〉도 그런 작품의 하나인데, 레이 브래드버리나 에도가와 란포의 〈화성의 운하〉를 상기시키는 듯한 단편이다(인 것 같다).

여기에서는 '하트필드'라는 말이 일부러 고딕체로 표기되어 있는 것과, 괄호를 붙여서 "(것 같다)"고 한 것이 특색인데, 이 글의 끝부분에 정확히 아래와 같은 '주'가 붙어 있다.

> ※ 데릭 하트필드에 대해서는 작가(무라카미 하루키 씨) 자신의 '실재부정설'(가공의 인물설), 하타나카 씨의 '하트필드=로버트 E. 하워드 설' 등이 있어 그 실재성에 의문이 제기되고 있으나, 이 원고에서는 전면적으로 《바람의 노래를 들어라》 속의 서술을 신뢰하기로 했다. '신세계'로서의 미국에 이런 작가가 있어도 좋지 않았을까?

물론 "'신세계'로서의 미국에 이런 작가가 있어도" 그건 그것대로 상관없지만, 실제로 있었는지 없었는지는 분명히 밝혀보고 싶다.

그래서 먼저 가와무라 씨의 "하타나카 씨의 '하트필드=로버트 E. 하워드 설'"을 확인해 보기로 하겠다. 그것은 도대체 어느 정도의 신뢰성이 있는 설일까?

하타나카 씨의 이 설은 《고쿠분가쿠[國文學]》(1985년 3월호)에, 〈미국 문학과 무라카미 하루키—또는 하루키와 아메리칸 펄프의 향기〉라는 제목으로 실려 있다. 다시 얼마간 길어지겠지만, 어쨌든 그것이 어느 정도의 신뢰성이 있는 것인지, 아래에 잠시 인용해 보기로 하겠다.

하루키의 소설과 우리 독자들 사이에는 이제까지 어색한 엇갈림이 존재해 왔다. 순수 문학의 뿌리를 순수 문학에서 찾으려는 우리 독자들과, 그렇게 순수 문학을 견지하는 편에서 보면 어딘가 이교적이고 통속 소설적 육체를 지닌 하루키의 소설과의 엇갈림이다.

남의 이야기를 하기 전에, 먼저 나 자신의 실수를 하나 고백하겠다. 하루키의 비교적 새로운 단편인 〈헛간을 불태우다〉를 보면, 주인공이 공항에서 윌리엄 포크너를 읽고 있는 대목이 있다. 이것만으로도 미국 문학 연구생에게는 충분한 단서가 된다. 포크너에게 〈불타는 헛간〉이라는 단편이 있다는 사실이 이내 머리에 떠오른다. 그래서 나는 포크너의 '헛간' 과 하루키의 '헛간' 사이에 심상치 않은 관계가 있다는 것을 즉각 확신했다.

그런데 그 후 저자 인터뷰에서 놀라운 사실이 밝혀졌다. 하루키는 포크너의 〈불타는 헛간〉 같은 건 들어본 적도 없다는 것이다! 우연의 일치라고 하기에는 너무나도 아이러니한, 깊이 생각하며 읽도록 독자를 유도하기 위해 일부러 계획한 듯한, 사람을 놀리는 듯한 부합이 아닌가. 하루키의 '소설' 과 우리가 기대하는 '문학' 은 언제나 보기 좋게 엇갈려 버린다.

또 한 가지 재미있는 현상이 있다. 《바람의 노래를 들어라》의 데릭 하트필드라는 미국 작가에 대한 독자들의 기묘한 무감각이라고 할까, 무딘 감각이 바로 그것이다. 이 가공의 작가를 실재하는 작가라고 굳게 믿어버린 경솔한 독자들을 말하는 게 아니다. 데릭 하트필드라는 작가의 모델에 대해서, 지금까지 이렇다 할 정설이 없는 상황의 이상함에 대해서 말하는 거다. 왜냐하면 데릭 하트필드는 모험가 코난을 낳은 확고한 신념을 가진 펄프 픽션 작가, 로버트 E. 하워드임에 틀림없기 때문이다. (중략)

이 가공의 작가의 경력은 1906년에 텍사스 주에서 태어나 1936년에 모친의 죽음을 슬퍼해 자살한 펄프 픽션 소설 작가 로버트 E. 하워드를 즉각 머리에 떠올리게 한다. 아니, 거의 똑같다. 모험소설과 괴기물을 섞은 《모험가 월드》 시리즈란 바로 '영웅 코난' 시리즈일 것이며(하워드는 이 시리즈로 영웅판타지의 창시자가 되었다), 막대한 창작 분량도, 모친을 기이할 정도로 사랑했다는 점도 똑같다. 하워드가 실제로 니체에 심취해 있었는지의 여부는 알 수 없지만, 얼마 전에 코난 시리즈 가운데 한 편이 할리우드에서 영화화되었을 때, 감독인 존 밀리어스(이 사람

또한 왠지 모르게 하워드를 연상시키는 남성우월주의자이다)는 권두에서 니체의 문구를 인용했다. 하워드에게는 분명 펄프판 니체 같은 분위기가 있었다.

증거 굳히기는 이미 충분할 것이다. 데릭 하트필드의 모델은 거의 틀림없이 로버트 E. 하워드이다. 하지만 포크너 사건 이래, 나는 상당히 조심스러워졌기 때문에 굳이 단언할 생각은 없다. 무라카미 하루키는 하워드라는 소설가를 몰랐을 가능성 또한 (매우 상상하기 힘든 일이기는 하지만) 배제할 수는 없다.

미국 문학 연구가인 하타나카 씨가 '하트필드'의 모델로 이처럼 단호하게, 더구나 강력하게, "로버트 E. 하워드임에 틀림없다", "거의 똑같다!" 하고 선언한 이상, 좀처럼 이 설을 뒤집을 수는 없을 것이다. 실제로 이 설이 발표된 후로는 아무도 (이미 해결이 된 문제로서?) 이를 더 이상 모색하지 않게 된 듯하다. 하타나카가 주장하는 설의 약점은 단 한 가지, "무라카미 하루키는 하워드라는 소설가를 몰랐을 가능성"을 남기고 있을 뿐이다. (아니, 남기고 있는 것처럼 생각된다.)

### '하트필드' = H.P.러브크래프트 설

그럼, 이런저런 "남의 이야기를 하기 전에", 슬슬 이쯤에서 우리의 설을 제시해 두기로 하겠다. 우리는 처음에 "하트필드는 필립 K. 딕이다"라는 설을 내세웠다. 어느 날 에세이집 《랑겔한스 섬의 오후》에 수록된 〈포도〉라는 수필에서 다음과 같이 쓰여 있는 대목을 발견했고, 이에 영감을 얻었기 때문이다.

그 가게에서 나는 포도를 한 봉지를 사서, 필립 K. 딕의 소설을 읽으며 한 알도 남기지 않고 다 먹어치웠다. 덕분에 내가 갖고 있는 《화성의 타임 슬립》에는 도처에 포도 얼룩이 묻어 있다.

필립 K. 딕의 《화성의 타임 슬립》이란 바로 《바람의 노래를 들어라》에 실린, "자네가 우물을 빠져나오는 동안에 약 15억 년이라는 세월이 흘렀어"라고 하는, '하트필드'의 바로 그 작품 〈화성의 우물〉이 아닌가!

그러고 보니 딕에게는 《안드로이드는 전기(電氣) 양(羊)의 꿈을 꾸는가?》라는 작품이 있는데 무라카미의 《양을 쫓는 모험》 속의 '양(羊)'이라는 기호는, 어쩌면 여기에서 유래되었는지도 모르지 않는가!

또한 딕에게는 《거꾸로 도는 세계》라는 작품도 있는데, 시험 삼아 '필립 K. 딕'이라는 이름을 거꾸로 돌려서, '딕 K. 필립'으로 발음해 보면, 어딘지 모르게 '데릭 하트필드'라는 소리와 비슷해진다!

하루키가 그의 장난기를 발휘해 이런 말장난으로 '데릭 하트필드'라는 가공의 작가 이름을 설정했던 것은 아닐까?

그러나 여러 조사를 하는 과정에서 결국 이 설을 우리 스스로 부정하지 않을 수 없게 되고 말았다. 왜냐하면 필립 K. 딕과 '하트필드'는 살았던 시대가 전혀 달랐기 때문이다. 《바람의 노래를 들어라》가 쓰인 1978년 당시 딕은 아직 살아 있었기 때문에(1982년에 사망), 딕을 염두에 두었다면 "뉴욕까지 가서 엠파이어스테이트빌딩 옥상에서 뛰어내려 개구리처럼 납작해져 죽었다"고는 도저히 쓸 수 없었을 것이다. 또한 마찬가지로 딕을 염두에 두었다면 "전투적인", "몇 안 되는 뛰어난 작가 중 하나"라고는 쓸 수 있어도, "모든 의미에서 불모의 작가"라고는 절대로 쓸 수 없었을 것이다. 이제 와서 칭찬한들 아무 소용도 없지만, 딕은 생전에 《높은 성(城)의 사나이》라는 작품으로 1963년도에 휴고 상을 수상하기도 한, 널리 인정받는 SF 작가였던 것이다.

누구도 부인할 수 없는 대가라는 점에서 피츠제럴드나 브래드버리와 마찬가지로 딕 역시 '하트필드'의 모델 자격을 결정적으로 상실한 셈이다.

그런 이유로, 우리는 더 이상 필립 K. 딕을 '하트필드'의 모델로는 생각하지 않게 되었다. 그렇다면 그 후의 조사에 의해서 지금은 누구를 모델로 생각하고 있느냐 하면, 그는 바로, H. P. 러브크래프트이다. 열광적인 '러브크래프트 팬'이 아닌 다음에야 이 사람이 도대체 어떤 인물이었는지 대개는 잘 알지 못할 것이다.

그래서 먼저 이 인물상을 확인하고 난 후에 '하트필드'와의 연관성과 유사성 등을 살펴나가기로 하겠다.

## "불모의 작가" 러브크래프트

H. P. 러브크래프트는 1890년 8월에 미합중국 로드아일랜드주의 프로비덴스라는 고장에서 태어나 1937년 3월에 병사한 인물이다. 이는 《바람의 노래를 들어라》 제1장에서 하트필드와 나란히 등장시켰던 헤밍웨이(1899~19161년)나 피츠제럴드(1896~1940년)와 거의 같은 세대, 같은 시대의 작가였음을 의미한다.

'러브크래프트 팬'의 한 사람인 야노 고사부로 씨는 〈아마추어 작가 러브크래프트〉라는 제목으로 다음과 같은 글을 《유레카》의 러브크래프트 특집호(1984년 10월호)에 실었다.

H. P. 러브크래프트는 평생 아마추어 작가였다. 1913년(23세)경에 아마추어 저널리즘에 발을 들여놓은 이래 죽을 때까지 그 세계를 떠난 적이 없었다. 작품의 주된 발표 무대는 아마추어 잡지와 《위어드 테일즈(Weird Tales)》로 대표되는 몇몇 펄프 매거진(통속 잡지)뿐이었다.

당시는 무명 공포소설 작가의 작품 따위를 이름이 알려진 출판사들이 상대해 주지 않는 실정이었다. 러브크래프트가 사망한 후, 그의 문학의 제자라 할 수 있는 오거스트 달레스와 도널

드 원드레이가 고인의 작품집을 출판하려 했지만 일류 출판사로부터 거절당하자, 하는 수 없이 자력으로 '아컴 하우스'를 설립해 간행했을 정도였다.

그 밖에도 "러브크래프트는 시종일관 아마추어 정신을 관철한 사람으로, 돈을 위해 글을 쓰는 것을 도덕적으로 싫어했을 뿐만 아니라, 그런 행위는 심미적으로도 자살 행위라고 여긴 사람이었다"고 한다. "그는 한 번 거절당한 원고를 다시 출판사에 보내는 걸 무척이나 싫어했"는데 그것은 "끈질기게 물고 늘어지는 장사꾼 같은 행동을 하고 싶지 않은 것이 그의 솔직한 심정이었기" 때문이었다.

야노 씨는 다음과 같이 글의 마무리를 짓고 있다.

결론적으로 말하자면, H.P. 러브크래프트는 독자를 위해서라기보다는 자신을 위해서 공포소설을 썼던 것이다. 그리고 그것이 평생 아마추어 작가, 즉 모라토리엄(moratorium) 인간으로 산 이유일 것이다.

그런데 이러한 러브크래프트의 모습은 앞에서 인용한 《바람의 노래를 들어라》에서 서술한,

그러나 불행하게도 하트필드 자신은 모든 의미에서 불모의
작가였다.

고 하는 것이나,


유감스럽게도 하트필드 자신은 마지막까지 자기가 싸우는 상
대의 모습을 명확하게 포착하지 못했다.

고 하는 것에 딱 맞게 호응하고 있지 않은가? 러브크래프트가
작품을 발표한 곳이 《위어드 테일즈》로 대표되는 몇몇 펄프(pulp)
매거진이었다는 것도, 《바람의 노래를 들어라》 제40장에서 소개
한, "시간이 나면 만화책이나 통속 잡지(펄프 매거진)를 탐독하고",
"그의 다섯 번째 단편은 1930년에 《웨어드 테일즈》[1]에 팔렸는
데……" 운운하는 에피소드와 흡사하다.
　또한 《바람의 노래를 들어라》 제1장에 '하트필드' 는,


문장은 읽기 어렵고, 스토리는 엉망이고, 테마는 치졸하다.


고 쓰여 있는데, 노리다 준이치로 씨는 《유레카》의 러브크래프

---

1) 여기에서 무라카미 하루키는 일반적으로 '위어드 테일즈(공포 소설)' 라고 표기해야 하는 것
을 어떤 이유에서인지 '웨어드 테일즈' 라고 표기했다.

트 특집호에서, 〈프로비덴스의 땅거미—러브크래프트 수용 소사(小史)〉라는 제목의 글 속에 러브크래프트에 관한 다음과 같은 에피소드를 소개했다.

러브크래프트에 대한 평가도 양분되어, 지지파(앨런 포 학자인 T. O. 마보트 외에 윌리엄 보라이소, 스티븐 빈센트, 베네트 윌리엄스, 로즈 베네트 등)가 반대파(해리 T. 무어 등)와 불모의 논쟁을 벌였다.

윌슨은 러브크래프트를 "선정적 싸구려 잡지"에 기고한 "20세기 최악의 가장 경박한 문장가"이며, "스토리는 모두 같은 패턴"이고, "원한이라도 맺힌 듯 고집스럽게 별세계를 창조하고 있는" 데 지나지 않는다고 평했다. 미래 세대는 그를 "상징적으로 진실"한 작가라고 생각할 것이라고 공감을 나타내면서도, "모든 것이 지나치고, 예술로서는 받아들일 수 없을 정도로 과장되어 있다"는 소극적 평가로 돌아가 버린다.

러브크래프트가 사람들에게 '수용'되기까지는 거기에 적지 않은 '소사(小史)'가 있었던 것 같다. 노리다 씨는 이 글의 서두에서, "러브크래프트를 논하는 모든 이가 언급하는", "평생 아마추어 작가였던 그는 펄프 매거진에 기고하는 것 외에는 일반 독서계로부터 거의 받아들여지지 않았고, 단행본도 친구들끼리 자비 출판으로 발행한 한 권밖에 없다"는 사실을 언급하고, "그렇다면, 그는 어떤 경로를 거쳐서 '시민권'을 획득한 것일까? 또 그 시민권이란 어떤 것이었을까?"라고 묻고 있다. 정말로 (불모의 작가) 러브크래프트의 시민권이란 도대체 어떤 것이었을까?

덧붙여 말하면, 1990년 가을, 시험 삼아 보스턴과 뉴욕에서 각각 10여 명의 미국인들에게 러브크래프트에 대해 물어보았더니 모두 한결같이, "아니, 모른다(I'm sorry, I don't know)"고 대답했다 (그때, 로버트 프루스트라는 인물에 대해서도 물어보았는데, 이쪽은 열이면 열 모두 알고 있었다).

### "전투적인 작가" 러브크래프트

그런데 문제의 하트필드는 앞에서 소개한 대로 《바람의 노래를 들어라》 제1장에는,

> 하트필드는 글을 무기로 싸울 수 있는, 몇 안 되는 뛰어난 작가 중 하나였다. 헤밍웨이, 피츠제럴드와 같은 동시대의 작가와 견주어도 하트필드의 그 전투적인 자세는 결코 뒤지지 않을 거라고 나는 생각한다.

고 쓰여 있는데 이 대목과 러브크래프트의 관계에 대해서는 도서간행회에서 출판한 《정본 러브크래프트 전집》 제10권의 마지

막에 수록되어 있는 그의 생애연표를 살펴보면, 자연히 그 답을 얻을 수 있게 된다. 그것에 의하면, 러브크래프트는 1906년 15세의 나이에 《프로비던스 선데이 저널》에 점성술을 탄핵하는 편지를 썼고, 또 《사이언틱 아메리칸》에 해왕성 너머에 제9혹성이 존재할 가능성을 논하고 천문학자는 이 발견에 전력투구해야 한다는 투서를 보냈다고 한다. 또한 이 시기에는 주간 신문 《포타크세트 밸리 그리너》에 천문에 관한 칼럼을 연재했고, 《프로비던스 트리뷴》에도 천문학 관계의 칼럼을 쓰기 시작했다고 한다.

1913년 9월 스물세 살 때는 《아고시》지에 인기 로맨스 작가 프레드 잭슨을 비판하는 장문의 편지를 쓴 것이 계기가 되어 잭슨의 팬들과 지상 논쟁을 펼쳤다고 한다. 이 논쟁은 이듬해 10월까지 계속되어 급기야 《아고시》지가 지면에서 독자투고란을 없애버리는 사태로까지 번졌다. 또 1914년 9월부터 12월까지 《프로비던스 이브닝 뉴스》 칼럼에 점성술사 J. F. 하트먼을 탄핵하는 글을 썼다고 한다. 이러한 일면을 지닌 러브크래프트야말로 "전투적인 자세"를 가진, "글을 무기로 싸울 수 있는 몇 안 되는 뛰어난 작가 중 한 사람"이 아니고 무엇이겠는가? 러브크래프트라는 사람은,

세미콜론, 콜론에 이르기까지 원고대로 활자화하지 않으려면, 그대로 돌려달라.

—《워싱턴 타임스》, 1923년 9월호

고 했다든가,

　저 하이에나의 배설물 같은 놈!
　　　　ㅡ위의 책, 〈멋대로 원고를 고친 편집자를 향해서〉, 1936년 6월

이라고 했다든가,

　철저하지 못한 인쇄로 인해 이 작품은 상당히 망가져버렸습
니다. 또한 쓸데없는 구두점도 많아지고 말도 안 되는 오식도
때때로 눈에 띕니다.
　　　　　　　　　　　　　　ㅡ위의 책, 1936년 6월 20일

라고 했다든가, 아무튼 격분해 마구 덤벼드는 "전투적인 작가"
였던 것 같다. (《정본 러브크래프트 전집》의 전단지, 〈러브크래프트 분
노하다〉에서 인용)

### "싸우는 상대를 명확히 포착 못한" 러브크래프트
　《바람의 노래를 들어라》 제40장에서는 "마지막으로 다시 한
번 데릭 하트필드에 대해서 이야기하겠다"고 하고, 부모를 위시해
펄프 매거진에 관한 이야기 등, '하트필드'에 얽힌 이런저런 얘기
들을 허심탄회하게 소개해 놓았다. 하타나카 씨는 우리가 앞에서

인용한 글 속의 중략한 대목에서, 사실은 이《바람의 노래를 들어라》제40장의 문장을 거의 그대로 전문 인용하고, 실재 작가인 로버트 E. 하워드와 가공 작가인 '하트필드'의 접점을 찾고 있다. 하타나카 씨는 다음과 같이 주장한다.

　　모험소설과 괴기물을 섞은《모험가 월드》시리즈란 바로 '영웅 코난' 시리즈일 것이다.

　그렇다면 우리도 주장한다.
　"모험소설과 괴기물을 섞은《모험가 월드》시리즈"란 바로 러브크래프트의 작품《차일즈 워드의 기괴한 사건》일 것이다.
　또 하타나카 씨는《바람의 노래를 들어라》에 서술되어 있는, 하트필드의 아래와 같은 에피소드,

　　그는 한 달에 7만 단어씩 써댔고, 그 다음 해에는 10만 단어, 죽기 전 해에는 15만 단어를 써댔다. 레밍턴 타자기를 반년마다 새 것으로 갈았다는 얘기가 전해지고 있다.
　　　　　　　　　　　　　　—《바람의 노래를 들어라》, 제40장

　에서 알 수 있듯이 방대한 창작 분량도 하워드와 똑같다고 주장한다. 한편 우리가 지지하는 러브크래프트로 말하자면, 앞에서

도 인용한 대로 생전에 출판된 작품이라고는 "친구들끼리 자비 출판으로 발행한 한 권밖에 없"는 형편이다. 평생 동안 남긴 작품이라고 해봤자 50여 편의 소설에 불과하다.

그러나 《정본 러브크래프트 전집》 제10권에 실려 있는 야노 고사부로 씨의 해설문에는, 러브크래프트의 놀랄 만한 생전의 실태가 보고되어 있다.

러브크래프트에게 있어서 친구와 지인에게 편지를 쓰는 것은, 오늘날로 말한다면, 우리가 전화로 이야기를 나누는 행위와도 같은 것이었다. 아니, 그 정도의 이야기가 아니다. 예를 들어, 우리는 (가령 전화 광의 성향이 있다고 가정하고) 하루에 평균 몇 번 정도 친지에게 전화를 걸까? 1927년 여름날 오후, 프로비덴스의 로저 윌리엄스 공원에서 친구와 시간을 보내던 러브크래프트는 거의 두 시간 동안 엽서 네 통과 각각 두 장에서 네 장에 이르는 편지를 다섯 통이나 썼다고 한다. 러브크래프트는 어떤 친구에게, 엽서는 별도로 하고 하루에 평균 열다섯 통의 편지를 썼다고 털어놓은 적이 있다.

더구나 러브크래프트가 편지를 쓰는 방법이란 작은 글씨로 편지지 왼쪽 끝에서 오른쪽 끝까지 빽빽하게, 그것도 종이의 앞뒷면에 걸쳐 써 넣는 방식이었다. (중략)

어쨌든 방대한 분량이다. 러브크래프트의 친한 친구들은 평소에 그가 하루의 절반을 편지를 쓰는 데 할애해 버린다는 걸 알고 있었기 때문에, 그 에너지를 창작이라는 방향으로 돌리기 위해 고의로 몇 주일씩이나 답장을 보내지 않았다고 할 정도였다. (중략)

친구와 지인에게 보냈던 편지들은 현재 최대한 회수되어 그 대부분이 브라운 대학의 존 헤이 도서관에 보관되어 있다. S. T. 요시에 의하면, 만일 러브크래프트가 평생 동안 쓴 편지를 전부 회수했다고 가정하고, 그것을 출판한다면 최소한 50권은 넘는 분량이 될 것이라고 한다. 그러니까 '아킴 하우스' 에서 간행된 것보다 실로 열 배 이상이나 된다는 얘기다.

그렇다면 분명히 "레밍턴 타자기를 반년마다 새 것으로 갈았다"는 전설이 러브크래프트에게 남아 있다고 해도 전혀 이상한 일은 아닐 것이다. 러브크래프트라는 사람은 한 푼의 도움도 되지 않는 친구와 친지에게 편지를 쓰는 데 하루의 절반을 소비한, 참으로 마지막까지 자기가 싸우는 상대의 모습을 명확하게 포착하지 못했던, "불모의 작가" 였던 셈이다.

## 러브크래프트와 똑같은 '하트필드'의 수법

그렇기는 하지만, 그래도 역시 하타나카 씨가 주장하는 '하트필드=로버트 E. 하워드 설'에는 약간 못 미치는 바가 있다. 그 이유 중 하나는, 하워드가 "1906년에 텍사스 주에서 태어나 어머니의 죽음을 슬퍼하여 1936년에 자살" 했다는 점을 들 수 있다.

《바람의 노래를 들어라》에 의하면, 하트필드는 1909년에 오하이오 주의 작은 고장에서 태어나 1938년에 죽었다고 되어 있다. 이 약력은 1890부터 1937년까지 살았던 러브크래프트와 비교해 볼 때 하워드 쪽이 좀 더 가깝다고 할 수 있다.

또한 하트필드는 1938년에 모친이 죽었을 때, "뉴욕까지 가서 엠파이어스테이트 빌딩 옥상에서 뛰어내려 개구리처럼 납작해져 죽었다"고 되어 있으나, 《바람의 노래를 들어라》 제40장에 의하면, 그는 생전에 "총의 손잡이에 진주 장식이 붙어 있는 38구경 리볼버"를 소지하고 있었으며, 입버릇처럼 "나는 언젠가 이걸로 나 자신을 리볼버할 거야"라고 말했다고 한다. 한편, 하타나카 씨에 의하면 로버트 E. 하워드도 1936년에 모친의 죽음을 비관해서 자살했다고 하는데, 조사해 본 즉, 이 죽음은 놀랍게도 권총 자살에 의한 것이었다.

그 밖에 똑같이 니체를 좋아했던 점 등을 미루어보아, 1985년에 발표된 하타나카 씨의 '하트필드=로버트 E. 하워드 설' 이 역시 상당한 설득력을 지닌다고 할 수 있다. 그 후 아무도 이 '정설' 을 뒤집지 못한 것도 충분히 수긍이 가는 바이다.

그러나 하트필드에 관한 이런 복잡한 모든 수법이 실은 러브크래프트의 수법과 한 가지라고 한다면 어떨까? 노리다 씨는 앞에서 인용한《유레카》러브크래프트 특집호에 기고한 글〈프로비덴스의 땅거미―러브크래프트 수용 소사〉에서 다음과 같이 주장했다.

과거 40년 동안 러브크래프트에 대한 평가의 흐름 중에서 가장 특징적인 것은 '대중 현상으로서의 러브크래프트'의 출현이다. 'H. P. 러브크래프트'라고 칭하는 뮤지션의 레코드가 출반되고, 러브크래프트가 살았던 프로비덴스의 주거지나 묘지에는 숭배자들의 발길이 끊이지 않는다. 미국의 고서점에 가공의 책《네크로노미콘》이 '출현'했을 때부터 오늘날의 열광적인 붐이 예상되었지만, 일본에서도 가령 작품 중에 '인용'한 책을 모두 실재라고 믿는 것과 같은 러브크래프트적 허구와 현실을 구별하지 못하는 독자도 출현하고 있다고 한다.

또《정본 러브크래프트 전집》의 월보②에는, 가공 세계를 창출하는 러브크래프트의 수법을 그대로 흉내 낸 광고를 게재한 후, 다음과 같은 사과와 정정문을 발표하고 있다.

지난달의 월보에 가공의 광고를 게재한 결과,
순진한 독자들로부터 다수의 주문이 쇄도했습니다.
농담을 이해하지 못하는 사람들이 이 정도로 우리나라에
많이 존재한다는 사실에 어안이 벙벙해지는 동시에,

융통성이 없는 여러분께 폐를 끼치게 된 점 사과드립니다.

(편집자)

배후 주모자인 하루키 또한 이러한 러브크래프트의 수법을 그대로 흉내 내어 처녀작 《바람의 노래를 들어라》에 '데릭 하트필드'라는 (적어도 그 이름에 관해서는) 가공의 작가의 이야기를 도입해 혼자 유쾌하게 즐겼던 건 아닐까? 물론 로버트 E. 하워드에 관한 것도 충분히 알고 한 일이다. 《위어드 테일즈》지에 함께 활약하던 동시대인 H. P. 러브크래프트와 로버트 E. 하워드는 사실은 단순한 동시대인이었을 뿐만 아니라, 서로가 잘 알고 있는 사이이기도 했던 것이다. 실제로 러브크래프트는 생전에 로버트 E. 하워드에게 편지를 여러 통이나 보냈다고 한다.

"고등학교 시절에 대부분의 러브크래프트 작품을 읽었다"는 아라마타 히로시 씨는, 앞에서 인용한 《유레카》 러브크래프트 특집호에서 가사이 기요시 씨와의 대담을 통해 다음과 같이 말한다.

아라마타　제 생각은 그래요. 러브크래프트라는 사람은 그 모임에서는, 방금 전에도 말한 것처럼 로버트 E. 하워드 등도 포함해서 일종의 보스 격이기는 했지만, 그 사람이 그렇게 쓸거리를 많이 갖고 있었느냐 하면, 결코 그렇지는 않았다고 생각합니다. 인종 문제, 켈트 문제는 로버트 E. 하워드에게서 거의 얻은 것이고, 수상쩍은 마술적인 분위기 같은 것은 클라크 애쉬튼 스미스에게서 얻은 것이지요. 어쨌든 그 사람이 유일하게 갖고 있었던 건 우주론과, 그것에 얽힌 연금술적 우주론, 이야토로 물리학과 이야토로 화학 정도입니다. (중략)

그런 점으로 볼 때, 이른바 순수한 러브크래프트 신봉자가 말하는 것만큼 그가 특출한 정보 수집력 혹은 상상력을 갖고 있었다고는 생각하지 않습니다. 오히려 그러한 모임 덕분에 러브크래프트는 음으로 양으로 은혜를 입고, 그런 가운데서 하나의 상징적인 존재가 되었다고 보는 쪽이 옳을 것입니다. 러브크래프트의 편지 같은 걸 보더라도, 그럼, 다음에는 이런 걸 좀 찾아달라며 그들을 통해 열심히 쓸거리를 구하고 있는 것을 알 수 있습니다.

러브크래프트가 때로는 로버트 E. 하워드의 정보를 바탕으로 해서 작품을 썼던 것처럼, 하루키 역시 《바람의 노래를 들어라》에 로버트 E. 하워드의 정보(이력)를 슬그머니 넣어가면서 (러브크래프트의 수법 그대로) '하트필드' 라는 가공의 작가 이야기를 창출한 것은 아닐까? 가공의 작가 '데릭 하트필드' 의 존재가 사실은 이 H. P. 러브크래프트에서 그대로 유래된 것이라는 게 나중에 고스란히 탄로 나지 않게 하기 위해서라도 하루키는 로버트 E. 하워드와 비슷하게 만든 경력을 그 속에 일부 섞어둘 필요가 있었던 것이다.

하루키가 데뷔 당초부터 얼마나 만만치 않은 기호 작가였던가를 다시 한 번 살펴볼 필요가 있을 것이다.

## 하루키의 《정본 러브크래프트 전집》 추천문

그런데 하타나카 씨는 "증거 굳히기는 이미 충분"하다고 하면서도, "포크너 사건 이래 상당히 조심스러워"져서, 하트필드의 모델을 로버트 E. 하워드라고는 "굳이 단언"하지 않는다. "무라카미 하루키가 하워드라는 소설가를 몰랐을 가능성 또한 (매우 상상하기 어려운 일이기는 하지만) 배제할 수는 없"다고 말하고 있다.[2]

반면에 우리가 지지하는 러브크래프트에 관한 한 그런 염려는 전혀 할 필요가 없다. 하루키는 확실히 러브크래프트의 존재를 알고 있었다. 그 확실한 증거로, 이것은 아마도 누군가의 눈에 띄거나 기억에 남아 있지는 않겠지만, 예전에 도서간행회가 열권의 《정본 러브크래프트 전집》을 출판했을 때, 실은 그에 앞서 H. R. 기거의 일러스트 〈주문(呪文)〉을 넣은 전단지를 작성했는데, 거기

---

2) 초기의 단편 작품이 수록된 무라카미 하루키 전집 제3권의 〈자작을 이야기하다〉에서, 그는 하타나카 씨의 글을 읽은 듯한 인상을 주며 《헛간을 태우다》에 관해 다음과 같이 서술했다. "이것은 '헛간을 태우다'는 말에서 착상한 소설이다. 물론 포크너가 쓴 단편의 제목이지만, 당시의 나는 그다지 열렬한 포크너 팬은 아니어서, 《헛간을 태우다》라는 그의 단편을 읽은 적이 없었으며, 그것이 포크너가 쓴 단편의 제목이라는 것 자체도 몰랐다. 그렇지만 어딘가에서 들어본 것 같은 느낌이 들어 아마도 프랑스 영화나 그런 유의 타이틀일 것이라고 생각했던 기억이 난다. 만일 포크너의 단편 제목이라는 것을 알았다면, 아마 그런 소설은 쓰지 않았을 것이다. 나도 그 정도로 뻔뻔한 인간은 아니니까. 하지만 몰랐기 때문에 모르는 자의 우직함으로 편안하게 쓸 수 있었다."

에 놀랍게도 "《정본 러브크래프트 전집》을 추천한다"고 하면서 하루키 자신이 H. P. 러브크래프트의 세계를 해설한 원고를 게재했던 것이다!

그 문장을 여기에 전문 인용해 우리의 '하트필드=H. P. 러브크래프트 설'의 마지막 "증거 굳히기"를 함으로써, 일단 이 사항을 마무리 짓기로 하겠다. 하루키 역시 사실은 열렬한 "러브크래프트 신봉자" 중 한 사람이었던 것이다.

나에게 있어서 러브크래프트라는 존재는 하나의 이상(理想)이다.

그러나 이는 러브크래프트의 소설이 이상적인 소설이라는 것을 의미하는 건 아니다. 러브크래프트의 소설은 결코 이상적인 소설은 아니며, 어떤 경우에 그의 소설은 소설이기를 포기한 듯이 생각될 정도이다.

그럼에도 불구하고, 우리 소설가는—이런 표현이 적당하지 않다면, 적어도 나는— 러브크래프트를 손에 들 때마다, 소설을 읽는 기쁨의 진수라고 할 만한 치열한 전율을 온몸으로 느끼지 않을 수 없다. 러브크래프트를 읽는 것은 하나의 총체적인 체험이다. 그의 소설이 소설이기를 포기할 때, 우리 또한 단순한 독자라는 사실을 포기하고, 지도 없는 러브크래프트의 미로를 방황하게 된다.

20세기의 현대 작가들이 의식성과 무의식성이라는 두 요소 사이에서 고뇌하고 있을 때, 러브크래프트는 전혀 별개의 개인적 심연을 열어 보였던 것이다. (무라카미 하루키)

그런데 대단히 재미있는 것은 하타나카 씨가 지적한, "주인공이 공항에서 윌리엄 포크너를 읽고 있다"는 대목을, 하루키는 〈헛간을 불태우다〉를 전집에 수록하면서 "주간지를 세 권 읽었다"는 평범하기 짝이 없는 서술로 변경해 버렸다. 그리하여 무라카미 하루키는 어느 날 '헛간' 뿐만 아니라 포크너까지도 불태워 버렸던 것이다.

그것은 무엇 때문일까? 전설을 전하기 위해서? 설마?

## 그 외, '하트필트' = 존 하트필드 설

우리가 알고 있는 유일한 "러브크래프트 신봉자"인 B군(20세)의 '하트필드'에 대한 흥미로운 통찰을 소개한다.

하트필드란 H. P. 러브크래프트의 'H. P', 즉 '하워드 필립스'를 단순히 변화시켜 만들어낸 것이 아닐까요?

듣고 보니 꽤 그럴듯하다.
'하워드 필립스' → '하트필드',

분명히 비슷하다.

그러나 그렇게 본다면, 애당초 '러브(Love)크래프트'가 '하트(Heart)필드'로 둔갑했을지도 모른다.

또한 지도에서 찾아보면, 러프크래프트가 태어난 고향인 미합중국 로드아일랜드 주의 프로비던스 부근에는 '하트포드'나 '스프링필드' 같은 이름의 도시가 엄연히 실재하고 있다. '바람의 노래'와 마찬가지로, '하트필드'에도 역시 다양한 해독법의 가능성이 존재한다.

물론 '데릭 하트필드'는 1920년대, 독일에서 포토몽타주 분야에서 활약했던 존 하트필드(본명 헬무트 프란츠 요세프 헤르츠페르트)를 은근히 의식했을 가능성도 있다.

하리우 이치로 씨의 〈포토몽타주는 파시즘과 싸웠다〉(아사히신문사, 《광망의 1920년대》에 수록)에 의하면, 존 하트필드는 사회주의적 성향을 띤 작가였던 아버지(필명 프란츠 헤르트)와 전투적인 방직공장 여공이었던 어머니의 장남으로 1891년에 베를린에서 태어난 인물이다. 그는 "베르너 하우프트만의 《20세기 회화》(1954년)에 소개된 1100명이 넘는 미술가들 대열에도 들지 못했다고 한다. "하트필드는 파시즘에 반대한 사람들의 추억 속에만 살아 있다"고 하리우 씨는 서술했다.

"1960년대의 학생 운동 속에서 그의 포토몽타주가 마침내 재평가되어 해적판이나 언더그라운드 잡지에 복제되었으며, 몇 개의 전람회에 출품되었다. 그리고 1962년에 동생 비란트가 동독에서 출판한 전기가 그 단서로 귀중히 여겨졌던" 듯하다. 작품으로는 해골을 쭉 늘어놓은 《아버지와 아들》(1924년) 등이 있다.

그런데 60년대의 젊은이인 하루키는 존 하트필드에 대해 알고 있었을까? 또 의식하고 있었을까? 1938년 존 하트필드는 독일 정부로부터 나치스를 비판했다는 이유로 신병의 구속을 요구받자 런던으로 망명하게 되었다. 그리고 같은 해, 데릭 하트필드는 오른손에 히틀러의 초상화를 끌어안고 자살했다.

제3장
'쥐' 의 비밀

## '쥐' = 변별적인 기호 설

여기서 '쥐' 란 물론 하루키의 초기 3부작 《바람의 노래를 들어라》, 《1973년의 핀볼》, 《양을 쫓는 모험》에서 '나' 와 '제이' 와 더불어 등장하는 그 '쥐' 이다. 이 호칭은 작가에 의해 처녀작인 《바람의 노래를 들어라》에서 그렇게 붙여진 것이며, 그에게는 이 '쥐' 라는 것 외의 호칭은 존재하지 않는다. 작품 내내 '쥐' 는 언제나 '쥐' 인 것이다. 그것은 '제이' 가 항상 '제이' 라고밖에 불리지 않는 것과 (혹은 주인공인 '나' 가 '나' 외에 아무것도 아닌 것과) 마찬가지이다. '쥐' 는 예를 들어 《바람의 노래를 들어라》에서 다음과 같이 등장한다.

"부자 놈들은 모두 엿이나 먹어라."

쥐는 카운터에 두 손을 짚은 채 나를 향해서 우울한 표정으로 소리를 질렀다.

어쩌면 쥐가 소리친 상대는 내 뒤에 있는 커피밀인지도 모른다. 나와 쥐는 카운터에 나란히 걸터앉아 있었으니까 나를 향해서 일부러 고함을 칠 필요는 전혀 없기 때문이다. 그러나 어쨌든 쥐는 큰소리를 치고 나더니 평소처럼 만족스러운 얼굴로 맛있다는 듯이 맥주를 들이켰다.

—《바람의 노래를 들어라》, 제3장

이렇게 부자들을 싫어하는 이 '쥐'에 대해서도 '하트필드'와 마찬가지로 지금까지 몇 차례에 걸쳐 논의가 이루어져 왔다. 그중에서도 가라타니 유키토 씨는 '쥐'라는 호칭에 관해 1989년에 처음으로 다음과 같은 해답을 제시했다.

그 호칭은 아무런 의미도 갖지 않는다. 단지 변별적인 기호이다. 그것은 《1973년의 핀볼》에서 쌍둥이 아가씨에게 붙인 호칭과 기본적으로 다를 것이 없다. 그녀들은 '나'에 의해서 208과 209라고 불린다. (중략)

호칭이란 여기서는 전혀 구별할 수 없는 것을 식별하는 시차적(示差的)인 기호에 불과하다. 즉, 고유명은 언어 일반으로 해소되고 있다. 이러한 사고는 소쉬르 이후의 언어학에서는 흔한 것이다. 언어라는 시차적 체계에 의해서 분절(articulate)될 때, 대상이 그것으로 인지되는 것이지, 대상이 있기 때문에 호칭이 붙는 것은 아니다.

　　　　　　—《가이엔》, 1989년 11월호, 〈무라카미 하루키의 풍경(1)〉

"소쉬르 이후의 언어학에서는……" 하고 운운하는 것은 일단 차치하고서라도(그것은 이 경우, 전혀 관계없는 것, 아니 무용한 지식이다), 과연 무라카미 작품에 나오는 '쥐'라는 호칭은 가라타니 씨가 주장하는 대로 아무런 의미도 갖지 않는, 단지 "변별적인 기호"에 불과한 것일까? 하루키는 이 호칭에 어떤 의미와 장치를 은밀하게 부여한 것은 아닐까? 가라타니 씨의 주장대로 '쥐'라는 것이 정말로 아무런 의미도 갖지 않는, 단지 "변별적인 기호"에 불과했다면, 예를 들어 '쥐'를 작품 속에서 '곰'이나 '고양이' 같은 호칭으로 바꿔 불러도 전혀 상관이 없을까?

'쥐'가 '쥐'인 이상에는 역시 어딘가에 '쥐'라고 불리게 된 특별한 속성 같은 것이 그에게 갖추어져 있었던 것은 아닐까?

## 별명의 이유가 밝혀지지 않은 '쥐'

'나'와 '쥐'의 첫 만남은 《바람의 노래를 들어라》 제4장에서 아래와 같이 서술되어 있다.

내가 쥐를 처음 만난 건 3년 전 봄이었다. 그해는 우리가 대학에 들어간 해였고, 둘 다 몹시 취해 있었다. 그렇기 때문에 도대체 어떤 사정으로 우리가 새벽 4시 넘어서 쥐의 검은색 피아트 600에 함께 타게 되었는지 전혀 기억이 없다. 우리 둘 다 아는 친구라도 있었던 모양이다.

어쨌든 우리는 엉망으로 취한 상태였고, 더군다나 속도계의 바늘은 80킬로미터를 가리키고 있었다. 그리고 우리가 신나게 공원의 울타리를 넘어뜨리고, 진달래 덤불을 깔아뭉개고, 돌기둥에 있는 힘껏 차를 박았는데도 불구하고 상처 하나 입지 않았다는 건, 그야말로 운이 좋았다고밖에는 달리 표현할 방법이 없다. (중략)

"우리는 운이 좋아."

5분 정도 후에 쥐가 말했다.

"이것 봐, 상처 하나 없다니 믿을 수 있겠어?"

나는 고개를 끄덕였다.

"하지만 자동차는 이제 못쓰게 됐어."

(중략)

"나를 쥐라고 불러줘."

그가 말했다.

"왜 그런 별명이 붙었지?"

"잊어버렸어. 아주 오래전의 일이어서. 처음 얼마 동안은 그

렇게 부르면 불쾌했지만 지금은 아무렇지도 않아. 사람은 무엇
에든지 익숙해지는 법이거든."

—《바람의 노래를 들어라》, 제4장

'쥐'에게 "왜 그런 별명이 붙었는지"는 그 뒤의 작품들에서도
일절 밝혀지지 않았으며, 그것은 지금까지도 수수께끼이다. 그러
나 어쨌든, 여기에서 작가는 그에게 '쥐'라는 유일한 호칭을 부여
했던 것이다.

## 쥐 상이니까 '쥐'

1989년도 전 프랑스 오픈 테니스 남자 단식에서 열일곱 살 3개
월이라는 젊은 나이에 충격적인 우승을 차지한 대만계 미국인 마
이클 창의 별명이 '동양의 쥐'였다는 건 열렬한 테니스 팬이 아니
더라도 대부분 잘 알고 있는 사실일 것이다. 이 별명은 창이 대활
약을 한 그 대회 기간 중에 기자단에 의해서 즉각적으로 붙여진
것인데, 그에게 그런 별명이 붙여진 데에는 전혀 의심할 여지가
없는 이유가 있었다. 즉, 마이클 창의 얼굴이 동서양을 불문하고
쥐의 얼굴로 비쳐졌기 때문이다.

쥐 상이어서 그 사람의 별명이 '쥐'가 된 것이다. 누구나 '쥐'
라는 호칭을 들으면, 모두 이러한 이유일 것이라고 납득하고 그렇
게 생각해버릴 것이다. 실제로 영화 《바람의 노래를 들어라》를 촬

영한 오모리 가즈키 씨도 '쥐'의 얼굴은 쥐 상이어야 한다고 생각해 '쥐' 역에 얼핏 보기에도 쥐와 매우 닮은 배우(마키가미 고이치)를 기용해 '쥐'의 분위기를 자아냈다.

이 일에 관해서는 오모리 씨의 담화 《유레카》(1989년 6월호), 〈완성된 소설 · 지금부터 완성할 영화〉에 다음과 같은 서술이 실려 있다.

쥐의 캐스팅에는 무척 신경을 쓰고 있었죠. 그 역을 맡고 싶어 하는 사람은 많았지만 마키가미 고이치를 보았을 때, 아, 쥐가 바로 여기 있구나 하는 생각이 들었습니다.

그러나 유감스럽게도 《바람의 노래를 들어라》는 물론이고, 지금까지 어떤 작품에서도 쥐 상을 한 '쥐'의 묘사는 이루어져 있지 않다. 즉, '쥐'라는 기호는 그처럼 단순한 것이 아니다.

《플레이보이》(1986년 5월호)에는 무라카미 하루키와 인터뷰어의 다음과 같은 대화가 실려 있다.

플레이보이 무라카미 씨는 그 기호 조작이 무척 교묘하다고나 할까요. 즉 의미가 있는 것 같으면서도 의미가 없기도 하고, 의미는 전혀 없을 터인데 뭔가 의미가 있기도 하거든요. 소설에 기호를 넣는 방법이 너무 복잡한 거 아닙니까?

무라카미　애당초 그게 좋아서 소설을 쓰는 겁니다. (웃음). 그런 재미가 없다면 쓰지 않을 겁니다. 그렇기 때문에 이따금, 이렇게 쓰면 평론가들이 걸려들겠지 (웃음) 하며 쓰곤 합니다. 장난으로 일부러 집어넣는 거지요. 그럼 몇 사람인가는 걸려듭니다. 재미있어요.

'쥐'에게는 도대체 어떤 '기호 조작'을 시도했던 것일까? "쥐란 아무런 의미도 갖지 않는다. 단지 변별적인 기호이다"라고 한 가라타니 씨는 앞에서 인용한 글에서 다음과 같이 서술했다.

　　가령, 오에 겐자부로의 작품에 고유명사가 없는 것과, 무라카미 하루키의 작품에 고유명사가 없는 것은 완전히 다른 의미를 갖고 있다. 《만연 원년의 풋볼》의 다카시와 미츠사부로, 혹은 후자의 별명인 쥐는 타입명이다. 그러나 무라카미의 초기 3부작에 등장하는 '쥐'라는 호칭은 그 호칭을 가진 인물의 외형이나 성격과는 아무런 관계가 없다.

가라타니 씨는 "'쥐'라는 호칭은 그 호칭을 가진 인물의 외형이나 성격과는 아무런 관계가 없다"고 했다. 정말로 그랬을까? 이 점에 대해서 더 자세히 살펴보기로 하자.

## "키가 크고 조금 이상한" 쥐

마이클 창이 예전에 '동양의 쥐'라고 불린 데에는 그 얼굴 생김새 외에도 다른 이유를 더 꼽을 수 있다. 그것은 창이 왜소한 남자인 데다 테니스 코트 안을 쫄래쫄래 잘도 뛰어다녔기 때문이다. 보리스 베커를 위시해서 190센티미터급 거한들이 즐비한 남자 톱 프로 테니스계에서 173센티미터라는 창의 키는 매우 작은 축이었다. 그야말로 쥐처럼 작은 것이다. 창의 키가 만약 180센티미터 이상이었더라면, 그는 아마 '두더지' 쯤 되는 별명을 얻었을 것이다.

'동양의 두더지', 마이클 창!

그런데 하루키의 작품에 나오는 '쥐'는 어떤가? 그도 쥐처럼 몸집이 작았을까?

이 문제에 관해서는 《바람의 노래를 들어라》 제18장에 아래와 같이 언급되어 있다.

"네 전화번호를 찾는 데 꽤 고생했어."

"그래?"

"제이스 바에 가서 물어봤더니 가게 주인이 당신 친구에게 물어봐 주더라고. 키가 크고 조금 이상한 사람 말이야. 몰리에르를 읽고 있더군."

여기에서, '쥐'는 "키가 크고 조금 이상한 사람"이라고 표현되어 있다. 결코 그는 쥐 하면 흔히 떠오르는 것처럼 키가 작지는 않은 것이다.

그 밖에도 《양을 쫓는 모험》에는 쥐에 대해 다음과 같이 묘사되어 있다.

스웨터와 셔츠는 낡아서 조금 닳기도 하고 해진 데도 있었으나 고급이었다. 그중의 몇 개는 낯이 익었다. 쥐의 것이었다. 사이즈 37짜리 셔츠와 73짜리 바지. 틀림없었다.

양사나이의 키는 우편함보다 조금 큰 정도였다. 150센티미터쯤일 것이다.

양사나이는 손등을 뚫어지게 쳐다보다가 뒤집어서 손바닥을 바라보았다. 그 행동은 쥐가 자주 하던 짓이다. 그러나 양사나이가 쥐일 리는 없다. 키가 20센티미터 이상이나 차이가 난다.

—《양을 쫓는 모험》, 제8장

이렇게 살펴보면, '쥐'의 키는 깜짝 놀랄 정도로 크지는 않지만—약간 마른 체형인 것 같기는 하다— 일반적인 일본인보다 키가 작아서 '쥐'라고 불릴 만큼 작지도 않다. 쥐 상 얼굴은 아닌 것

같고, 키도 쥐하고는 인연이 없는 '쥐'가 그렇다면 어째서 하루키 작품에서는 '쥐'라고 불리고 있을까? 초기 3부작을 아무리 면밀하게 읽어보아도 이 '쥐'에게는 '동양의 쥐' 마이클 창처럼 쫄래쫄래 잘 뛰어다니는 그런 모습도 전혀 없다.

그렇다면 역시 가라타니 씨의 "'쥐'라는 호칭은 그 호칭을 가진 인물의 외형이나 성격과는 아무런 관계도 없다"는 앞에서 소개한 설, 그러니까 '쥐'는 아무런 의미도 갖지 않는, 단지 "변별적인 기호"라는 설이 옳다는 얘기일까?

## '쥐'의 태생

'쥐'의 태생에 관해서는 지금까지 완전히 등한시해 왔다. 첫째로, 그런 건 작품 속에 표면상으로는 어디에도 쓰여 있지 않기 때문이기도 하지만, 또 하나는 그런 걸 설사 제대로 조사해 보았자 (작가의 함정에 보기 좋게 빠지기만 하지), '쥐' 해독에 도움이 된다고는 여태껏 아무도 생각하지 않았기 때문이다. 작가 자신도 역시 이 건에 관해서는 전혀 관심이 없는 것 같다.

그러나 그러니만큼 더욱 '쥐'의 태생에 관해서 알고 싶어지는 것이다. 《분가쿠카이》 (1985년 8월호) 〈 '이야기'를 위한 모험〉에서, 하루키는 다음과 같은 발언을 남겼다.

내가 문장을 쓸 때에는 어딘가에 있는 친구에게 나름대로 조

용한 메시지를 전하고 싶은 마음이 있습니다. 알 만한 사람은
알아줄 것이라는 그런 메시지요.

지금까지 살펴본 '바람의 노래'가 그렇고, '하트필드' 역시 그
랬을 것이다. 다시 말하면, 하루키는 처녀작 《바람의 노래를 들어
라》이래, 이러한 "알 만한 사람은 알아줄 메시지"라는 식의 조작
을 상당히 의도적으로 행해 왔다. 그렇다면 당연히 이 이색적인
이상한 기호, '쥐'도 역시 그러한 것 중의 하나였을 것이다. 하루
키가 어느 날 '쥐'를 '쥐'라고 이름 붙였을 때는, 아무것도 아닌
것처럼 보여도 역시 거기에는 어떠한 의도 혹은 구조가 단단히 짜
넣어져 있을 것이다.

그렇다면 도대체 그것은 무엇이었을까? 그것은 이 '쥐'의 태
생, 태어난 해에 관련되어 있지 않을까?

그러나 앞에서 '쥐'의 태생은 "작품 속에 표면상으로는 어디
에도 쓰여 있지 않다"고 했다. 그러니 우선은 이것부터 차분히 살
펴보기로 하자. 하루키는 지금까지 이에 대해 얼마만큼 썼고, 또
실제로 얼마만큼 숨겨왔을까?

### '나'가 태어난 해는 1948년

《바람의 노래를 들어라》제39장에서는,

이것으로 내 이야기는 끝나는데, 물론 뒷이야기는 있다.


고 한 다음, 다음과 같이 쓰고 있다.


나는 스물아홉 살이 되었고, 쥐는 서른 살이 되었다.


물론 이러한 서술만으로 '쥐' 가 태어난 해를 확정 짓는 건 불가능하다. 왜냐하면, 이 '뒷이야기' 라는 것을 도대체 언제 쓴 것인지 알 수 없기 때문이다. 그러나 여기서 우선 '나' 가 태어난 해를 확정할 수만 있으면, 그에 따라 '쥐' 가 태어난 해도 상대적으로 확정할 수 있을 것이다.

그래서 먼저 '쥐' 가 태어난 해를 정확히 알기 위해서 《바람의 노래를 들어라》에서 '나' 가 태어난 해부터 조사해 보기로 하자. ( '쥐' 가 태어난 해에 관한 서술은 이 대목에만 있고, 그 외에는 일절 언급되어 있지 않다. 그러니까 숨겨져 있는 셈이다.)

《바람의 노래를 들어라》 제19장에는 이렇게 쓰여 있다.


얘기를 하자면 길지만, 나는 스물한 살이다.


제2장에는 이렇게 쓰여 있다.

이 이야기는 1970년 8월 8일에 시작해서 18일 뒤, 그러니까 같은 해 8월 26일에 끝난다.

그러므로 적어도, "1970년 8월"에 "나는 스물한 살"이라는 거니까, '나'가 태어난 해는 1948년이나 1949년이 될 것이다. 8월까지 그해 생일을 맞이했다면 1949년생이고, 맞이하지 않았다면 1948년생이다.

그렇다면 '나'의 생일은 언제인가? 그건 12월 24일 크리스마스이브이다. 《바람의 노래를 들어라》 제35장에서 '나'의 대사로 분명하게 다음과 같이 이야기한다.

"크리스마스 때까지는 다시 돌아올 거야. 12월 24일이 생일이거든."

그리고 제39장에도 다음과 같이 쓰여 있다.

원고지의 첫 장에는 언제나,

해피 버스데이,
그리고
화이트 크리스마스.

라고 쓰여 있다. 내 생일이 12월 24일이기 때문이다.

따라서 이것으로 일단은 '나'가 태어난 해는 1948년이라고 확실히 단정할 수 있게 되었다. 1948년 12월 24일에 태어난 '나'는, 1970년 8월에 "스물한 살이 되어" 있었던 것이다.[1]

## 감춰져 있는 '쥐'의 출생일

'나'가 태어난 해가 명백해졌으니, 그럼 이번에는 '쥐'가 태어난 해를 확정지어 보자. 앞에서 인용한 대로 《바람의 노래를 들어라》의 뒷이야기에는 분명히 다음과 같이 쓰여 있다.

나는 스물아홉 살이 되고, 쥐는 서른 살이 되었다.

그렇다면 쥐가 태어난 해는 당연히 '나'보다 1년 이른 1947년이 될 것 같지만, 사실은 그렇게 간단하지가 않다. 왜냐하면 '나'의 출생은 분명히 1948년 12월 24일이다. 이는 틀림없다. 그렇다고 해서 아무 문제없이 '쥐'가 태어난 해는 '나'보다 1년 이른

---

1) 《무라카미 하루키의 연구 독본》이라는 제목으로, 1984년에 출판된 《Happy Jack 쥐의 마음》(호쿠소샤)이라는 책의 권말에는, 〈수수께끼가 없는 연보〉라는 제목이 붙은 무라카미 하루키 초기 3부작의 상세한 연보가 실려 있다. 그곳에는 어찌된 셈인지 제2판이 나온 지금도 (오타가 아니라) 나의 탄생을 1949년이라고 적고 있다. 이 연보를 편찬한 자도 역시 무라카미 하루키의 '속임수'에 깨끗이 속아 넘어간 것일까? 수수께끼이다.

1947년이 되느냐 하면, 물론 그럴 가능성도 충분히 있지만, '나'의 이 12월이라는 늦은 생일 때문에, '쥐'도 역시 '나'와 마찬가지로 1948년생일 가능성도 충분히 고려해야 한다. 이 '뒷이야기'가 쓰인 시기를 무라카미 하루키가 '나'와 '쥐'의 생일 사이의 시기로 설정했다면, 당연히 그 시점에서 아직 그해의 생일을 맞이하지 않은 "나는 스물아홉 살"이며, 한편 이미 그해의 생일을 맞이한 '쥐'는 "서른 살이 되었다"는 이야기가 된다.

그러한 이유로 《바람의 노래를 들어라》의 서술만으로는 '나'가 태어난 해는 확정 지을 수 있어도, '쥐'가 태어난 해에 관해서는 아직 명확히 확정 지을 수 없는(숨겨져 있는) 것이다.

## '나'와 '쥐'의 나이 관계

그런데 '쥐'가 태어난 해에 관한 것이라면, 《바람의 노래를 들어라》 제16장에 아래와 같이 쓰여 있다.

"뭐야, 이건?"
"생일 선물이야."
"내 생일은 다음 달이야."
"다음 달에는 내가 여기 없을 테니까."
쥐는 레코드 꾸러미를 든 채 생각에 잠겼다.

지금까지 여러 차례 살펴본 바와 같이, '뒷이야기'의 대목을 제외한 《바람의 노래를 들어라》의 본문 속의 이야기는 모두 1970년 8월의 이야기다. 그렇다면 다음 달이 생일이라는 '쥐'가 태어난 달은, 명백히 9월이라고 확정할 수 있을 것이다.

　　그러면 '뒷이야기'가 쓰인 시기 설정에 의해서, '나'와 '쥐'는 사실상 같은 해인 1948년생이지만, 9월생인 '쥐'는 그때 이미 생일을 맞이했기 때문에 서른 살이고, 12월생인 '나'는 아직 그 시점에서는 생일을 맞이하지 않았기 때문에 스물아홉 살이라는 것인지, 아니면 '쥐'는 1947년 9월생이고, '나'는 1948년 12월생이지만, 둘 다 아직 그해, 1978년의 생일을 맞이하지 않았기 때문에, '나'는 스물아홉 살이고, '쥐'는 서른 살이라는 것인지, 둘 중 하나라는 이야기다.

　　그러나 유감스럽게도 과연 그 어느 쪽이 옳은가 하는 것을 확정하는 것은 《바람의 노래를 들어라》의 서술만으로는 불가능하다. "내가 쥐를 처음 만난 건 3년 전 봄이었다. 그해는 우리가 대학에 들어간 해였고……"라고, 분명히 《바람의 노래를 들어라》 제4장에 쓰여 있기는 하지만, 이 서술만 가지고 '나'와 '쥐'의 나이 관계를 명확히 단정해 버릴 수는 없는 것이다. 설사 '나'와 '쥐'가 어쩌다 같은 해에 대학에 들어갔다 하더라도 '나'는 현역으로 대학에 입학하고, '쥐'는 재수를 하고서 입학했을 가능성 또한 있는 것이다.

그런 이유로, '쥐'가 태어난 해가 1947년인지 아니면 1948년인지 확정 짓기 위해서는 역시 《바람의 노래를 들어라》 외의 작품에 나오는 '쥐'에 관한 서술을 기대할 수밖에 없다.

## '쥐'의 생일은 1948년 9월

《바람의 노래를 들어라》 다음으로 두 번째로 쓰인 《1973년의 핀볼》의 시작 부분 〈1969~1973〉에는 다음과 같은 작품 설명이 붙어 있다.

이것은 '나'의 이야기인 동시에 쥐라고 불리는 사나이의 이야기이기도 하다. 그해 가을 '우리'는 700킬로미터나 떨어져서 살고 있었다.

1973년 9월, 이 소설은 그때부터 시작된다. 이것이 입구다. 출구가 있으면 좋겠다고 생각한다.

제11장에는 이렇게 쓰여 있다.

비는 영원히 내릴 것 같았다. 10월의 비는 언제나 이런 식으로 내린다. 모든 것을 흠뻑 적실 때까지 언제까지고 하염없이 내린다.

제14장에는 이렇게 쓰여 있다.

　쥐는 눈앞에 늘어서 있는 여섯 개의 빈 맥주병을 바라보았
다. 병 사이로 제이의 뒷모습이 보였다.
　지금이 은퇴할 적당한 시기일지도 모른다고 쥐는 생각했다.
이 술집에서 처음으로 맥주를 마신 것은 열여덟 살 때였다. 수
천 병의 맥주, 수천 개의 감자튀김, 주크박스에 있는 수천 장의
레코드. 모든 것이 마치 작은 배에 밀려드는 파도처럼 왔다가는
사라져갔다. 나는 이제 맥주를 마실 만큼 충분히 마신 게 아닐
까? 물론 서른이 되든 마흔이 되든 맥주는 얼마든지 마실 수 있
다. 하지만 여기서 마시는 맥주만은 다르다고 그는 생각한다.
스물다섯 살, 은퇴하기에 나쁘지 않은 나이다. 감각이 있는 인
간이라면 대학을 나와서 은행의 대부계에서라도 일하고 있을
나이다. (중략)
　자아, 생각해보자, 도망치지 말고 생각해보자고, 스물다섯
살…… 조금은 생각해도 좋은 나이야.

　이렇게 세 군데에 걸쳐서 《1973년의 핀볼》 속에 나오는 서술
에 《바람의 노래를 들어라》에서 이미 알고 있던 사항—'쥐'는
9월생이라는 것—을 염두에 두고 계산해 보면 '쥐'가 태어난 해
는 1947년 9월이 아니라, 1948년 9월이라는 것이 명백해질 것이

다. 만약 '쥐'가 1947년 9월생이었다면, 1973년 10월에 이미 그는 스물여섯 살이 되어버리기 때문이다.

그렇다면,

　　　나는 스물아홉 살이 되고, 쥐는 서른 살이 되었다.

라고 《바람의 노래를 들어라》의 '뒷이야기'에 써놓은 이 서술은 상당한 속임수였다는 이야기가 된다. '나'와 '쥐'는 사실상 같은 나이이며, 더구나 생일은 단 3개월 정도밖에 차이가 나지 않는 것이다. 즉, 무라카미 하루키는 이 '뒷이야기'가 쓰인 시기를, 무슨 이유에서인지 일부러 '나'와 '쥐'의 생일 사이인 3개월가량의 시기로 설정한 셈이 된다. (그렇다면 어째서 그것을 명확히 써놓지 않았을까?[2]

그러한 이유로, '하트필드'와 마찬가지로 이 교묘한 속임수에

---

2) 그러나 이 문제에 관해서는 무라카미 류 씨와의 대담집 《워크 돈트 런》에서 "《바람의 노래를 들어라》는 마쓰오카 투수가 주니치에 완봉으로 이겨 우승이 결정된 무렵에 완성하여, 시부야의 진구마에 우체국에 가지고 가서 응모를 했습니다"라고 말한 것에서—《무라카미 하루키 전집》, 제1권의 〈자작을 이야기하다〉에도 같은 이야기가 쓰여 있다— 무라카미 하루키는 이 뒷이야기가 쓰인 시기를 고의적으로 설정한 것이 아니라, 단순히 작품 《바람의 노래를 들어라》와 현실을 의식적으로 오버랩시키면서 썼을 뿐이었다고 이해할 수도 있다. 즉 프로야구 팀 야쿠르트의 "마쓰오카 주니치를 완봉으로 이겨 우승이 결정되었을 무렵"은, 1978년 10월 초순이라는 점을 미루어볼 때(우승 날짜는 10월 4일), 《바람의 노래를 들어라》의 뒷이야기 대목은 아마 실제로도 그 무렵—1978년 10월 초순, 아니면 9월 하순경—에 쓰인 것이며, 그래서 1948년 9월생으로 설정된 '쥐'는 당시 이미 서른 살이었고, 1948년 12월생으로 설정된 '나'는 그때 아직 스물아홉 살이었던 것이다.

몇몇 문학평론가들을 포함해 지금까지도 상당히 많은 사람들이 속아 넘어가고 있다.

## 쥐띠 해 태생이므로 '쥐'?

이렇게 해서 숨겨져 있던, '쥐'의 태어난 해를 1948년이라고 일단 확정한 시점에서, 다음과 같은 사실을 말할 수 있다.

즉, 1948년이라는, '쥐'가 태어난 그해는 쥐띠 해였다는 사실이다. 그리고 쥐띠 해 태생이므로 그 사람의 호칭이 '쥐'가 아니겠느냐는 것이다.

그러나 이것만으로는 아마도 어딘가 조금 (아니 많이?) '쥐'라고 불리기에 그 근거가 빈약하다 할 수 있을 것이다. 단지 그뿐이라면, 같은 1948년생인 '나'도 역시 '쥐'라고 불려야 하기 때문이다. 이는 매우 어설픈 이야기이다. 그러니 '쥐'가 '쥐'인 까닭을 다른 곳에서도 찾아낼 필요가 있을 것이다. 이 정도의 언급으로는 아마 다른 누구보다도, " '쥐'는 아무런 의미도 갖지 않는, 단지 변별적인 기호" 설을 주장하는 가라타니 씨가 납득해 주지 않을 것이다.

그러므로 좀 더 면밀하게 '쥐'의 발자취를 더듬어보기로 하자.

## '쥐 3부작' 속에서의 정확한 연관성

'쥐 3부작'의 마지막 작품 《양을 쫓는 모험》에서, '쥐'의 태생에 대해서 알 수 있는 것은 다음의 한 대목뿐이다.

　그리고 나는 스물아홉 살이 됐네. 이제 아홉 달만 있으면 서
른 살이 되겠지.
　　　　　　　　　　　　　　　　　—《양을 쫓는 모험》, 제5장

　이것은 '쥐'가 '나'에게 처음으로 보낸 편지 내용의 일부분이
다. 따라서 여기서 '나'라고 하는 것은 이른바 '나'를 가리키는 것
이 아니다. 그것은 '쥐'를 말하는 것이다. '쥐'가 "이제 아홉 달만
있으면 서른 살이 되겠지"라고 하는 것이다. 그렇다면, "이제 아
홉 달"이라는 그때는 도대체 언제일까? 그것은 1977년 12월이다.
이 편지를 포함한 장의 소제목에,

　쥐의 첫 번째 편지
　—1977년 12월 21일 소인

　이라고 정확히 쓰여 있는 것으로도 알 수 있고, 또한 '쥐'가 이
편지 추신에,

　이 편지가 12월 24일에 도착할 수 있도록 속달로 보내네. 제
대로 도착했으면 좋겠는데.

어쨌든 생일 축하하네.

그리고, 화이트 크리스마스.

라고 쓴 것으로 보아도, 그 무렵에 '나'에게 보냈다는 것으로
도 알 수 있다.

그런데 여기서 "생일 축하하네", "12월 24일에 도착할 수 있도
록"에서도 알 수 있듯이, '나'의 생일은 이《양을 쫓는 모험》에서
도 역시 12월 24일, 크리스마스이브이다. 이 점에 관해서는,


"생일은 1948년 12월 24일, 크리스마스이브지."

—위의 책, 제3장


라고 이 작품 속에서 '나'의 대사로 분명히 얘기하고 있는 것
으로 미루어보더라도 전혀 의심할 여지가 없다. '나'의 생일은
《양을 쫓는 모험》에서도,《바람의 노래를 들어라》에서도—그리고
특별히 명기되어 있지는 않지만, 물론《1973년의 핀볼》에서도—
언제나 "1948년 12월 24일, 크리스마스이브"이다.

그렇다면 '쥐'는《양을 쫓는 모험》에서 "1977년 12월 21일"경
에 '나'에게, "이제 아홉 달만 있으면 서른 살이 된다"고, 편지를
써서 보낸 점으로 미루어보아, 그의 생일은 1948년 9월 21일경이
라는 얘기가 된다. 이 사실은 역시 이전의 작품《바람의 노래를 들

어라》에서의 생일 설정과도, 또한 《1973년의 핀볼》에서의 설정과도 모순되지 않는다. 보기 좋게 일치하고 있는 것이다.

이러한 사실들은 도대체 무엇을 의미하고 있는 것인가? 당연한 이야기이지만, 그것은 '쥐' 또한 '나'와 마찬가지로 이 초기 3부작에서는 정확한 연관성을 가진 동일 인물로 그려지고 있다는 것을 의미한다. 그 이후의 작품 《댄스 댄스 댄스》에서는 그렇지 않지만, '나'와 '쥐'는 초기 3부작 안에서는 항상 연관되어 있는 것이다. 다시 말하면, 하루키는 처음부터 그와 같은 생일을 설정한 뒤에, '나'와 마찬가지로 '쥐'를 '쥐'로서 정확히 묘사한 것이다. 결코 적당히, '나'와 '쥐'를 묘사한 것이 아니다.

## 쥐띠 해의, 더구나 20일 태생이니까 '쥐'

그건 그렇다 치고 지금까지의 논의에서 '쥐'의 생일이 소상히 파헤쳐졌다. 1948년 9월 21일경이 바로 '쥐'의 생일임이 명백해진 것이다. 이 새로운 사실로부터 대체 무엇을 추측할 수 있을까? '나'와는 달리, 항상 간접적으로만 밝혀진 '쥐'의 생일 설정에는 뭔가 수상쩍은 부분이 있지 않을까?

속달로 보낸 편지의 소인이, "1977년 12월 21일"이었다는 것은, 당연히 그 편지를 당일 우체국에 직접 가지고 갔다는 얘기다. '쥐'는 당시 "아오모리에서 기차를 타고 한 시간쯤 걸리는 작은 고장"에 있었던 것이다. "열차 시간표를 보니 거기에는 하루에 열

차가 다섯 번 정거"하는 조그만 고장이다. '쥐'는 그런 고장에서, 일부러 '나'의 29세 생일에 도착하기를 바라는 마음을 담아 그 편지를 보낸 것이다, 속달로. 그것은 "1977년 12월 21일" 수요일의 일이었다.

이 편지를 미리 써놓았다면 구태여 속달로 보낼 필요가 없었을 테니까 '쥐'가 이 편지를 쓴 건 아마 그 전날인 1977년 12월 20일이었을 것이라고 추측할 수 있다.

그리고 그날(12월 20일) '쥐'는 "이제 아홉 달만 있으면 서른 살이 된다"고 편지에 쓴 것인데, 그날이 어쩌면 '쥐'의 생일로부터 꼭 9개월 전에 해당되는 날이었기 때문은 아니었을까? 그날이 '쥐'의 생일로부터 꼭 9개월 전에 해당되는 12월 20일이라는 것이 떠올라 "이제 아홉 달만 있으면" 하고 운운하며 그 편지에 써 넣었던 것은 아닐까? 하루키는 여기에서의 날짜 설정에 은밀히 그런 의미를 담고 있었던 것은 아닐까?

어째서였을까? 물론 그것은 "알 만한 사람은 알아줄 메시지"를 "알아줄 사람에게만" 전하기 위해서다. '쥐'를 쥐띠 해 태생으로 숨겨오면서도 일부러 설정한 하루키는 그 '쥐'에게 사실은 처음부터 9월 20일생의 '생쥐'[3]라는 것까지도 암시했던 것은 아닐까?

---

3) 일본어에서 쥐는 '네즈미', 생쥐를 '하쓰카네즈미'라고 부른다. 이 '하쓰카'는 20일을 뜻하는 '하쓰카'와 발음이 같다.(*)

그러니까, 쥐띠 해의, 더구나 20일 태생이니까, 그의 호칭은 '쥐'였던 것이다. '쥐'가 '쥐'라고 불리는 것은, 결코 '쥐'가 특별히 쥐 상을 하고 있었기 때문도 아니고, 키가 쥐처럼 작았기 때문도 아니며, 성질이 쥐와 닮았기 때문도 아니었다. 하지만 그렇다고 해서 '쥐'는 결코 "아무런 의미도 갖지 않는, 단지 변별적인 기호"라고 할 정도로 단순한 것도 아니었다. '쥐'는 본래 이와 같이 쥐스러운 배경 아래 태어나서 예전부터 '쥐'라고 불린 것이다.

"나를 쥐라고 불러줘."
그가 말했다.
"왜 그런 별명이 붙었지?"
"잊어버렸어. 아주 오래전의 일이어서.

하루키의 기호 조작을 결코 얕잡아봐서는 안 된다. 텍스트를 충분할 정도로 깊이 읽을 필요가 있다. 《양을 쫓는 모험》에는 이런 서술이 있다.

누군가 말했듯이 수고만 아끼지 않는다면 웬만한 일은 곧 알 수 있게 마련이다.
　　　　　　　　　　　　　　　　　　　　—《양을 쫓는 모험》, 제1장

## 존 업다이크 단편 속의 '허브'와의 유사점

"날 허브라고 불러도 좋아." 같은 방을 쓰는 사람이 말했다. "사람들 대부분이 그렇게 부르고 있거든. 하지만 네가 꼭 그래야 한다면, 헨리라도 좋아."

이는 하루키가 매우 좋아하는 존 업다이크의 단편, 〈같은 방의 그리스도교 신자들〉(단편집 《뮤직 스쿨》에 수록)이라는 작품에서 '허브'가 등장하는 대목이다. 하루키의 단편 〈코끼리 공장의 해피 엔드〉에 의하면, 하루키는 "봄이 오면 존 업다이크를 회상한다. 존 업다이크를 읽으면 1968년 봄이 떠오른다"고 하는데, "내가 대학에 들어가기 위해서 도쿄로 올라올 때", "코트 주머니에 담배와 라이터와 존 업다이크의 《뮤직 스쿨》만 쑤셔 넣고 집을 나왔다"는 사연이 있기 때문이라고 한다.

그러면 다시 '허브'의 이야기로 돌아가자. 이 인물의 등장은 어딘지 모르게 '쥐'의 등장을 연상시키지 않는가? 앞에서도 인용한 대로, '쥐'의 등장은 다음과 같았다.

"나를 쥐라고 불러줘."
그가 말했다.
"왜 그런 별명이 붙었지?"

"잊어버렸어. 아주 오래전의 일이어서.

'허브' 와 '쥐' 라는 배합도 어쩐지 재미있다.

## 중세 수필 《호조키》와의 유사점

하루키와 미국 문학의 친밀한 관계에 대해서는 《바람의 노래를 들어라》 당시부터 오늘날에 이르기까지 여러 사람에 의해서 다양한 형태로 언급되어 왔다. 반면 하루키와 일본 문학의 관계에 대해서는 여태껏 거의 아무런 고찰도 이루어지지 않았다(누마노 미츠요시 씨가 우리가 알고 있는 유일한 예외이다). 기막힐 정도라고 해도 좋을 정도로 간과되어 왔다. 그러나 무라카미 류 씨와의 대담집 《워크 돈트 런》에는, 하루키 본인의 입을 통해서, 일본의 고전 문학과의 깊은 관계에 대한 놀랄 만한 증언이 남겨져 있다.

부모님 두 분 다 국어 선생님이었고, 특히 아버지는 제가 어렸을 때 《마쿠라노소시》[4] 라든지 《헤이케 모노가타리》[5] 를 읽게 했죠. 하지만 전 그런 것들을 읽는 걸 무척 싫어했어요. 그래서 외국 소설만 읽기 시작했죠. 하지만 지금까지도 기억하고 있어요. 《쓰레즈레쿠사》[6] 라든지, 《마쿠라노소시》 같은 걸 전부 머릿

---

4) 《마쿠라노소시[枕草子]》. 11세기에 써진 일본 최초의 수필로 일컬어지는 작품.(*)
5) 《헤이케 모노가타리[平家物語]》. 가마쿠라 막부를 열개 된 전투를 다룬 중세 문학.(*)

속에 암기하고 있지요.《헤이케 모노가타리》라든지요. 식탁의
화제가《만요슈》[7]였으니 알 만하죠?

그리고 《다이요[太陽]》(1981년 10월호)에는 〈8월의 암자〉라는 제
목의, '나의 《호조키》[8] 체험' 이라는 글 또한 발표되어 있다. 거기
에는 '죽음' 과 '격절된 시간', 혹은 '격절된 장소' 등, 하루키 소
설의 배경을 이루고 있는 것들이 솔직하고 풍부하게 서술되어 있
다. 관심 있는 분은 꼭 한 번 읽어보기 바란다.

그러고 보면《바람의 노래를 들어라》제38장의 마지막에 쓰여
있던 결정적인 말, 즉,

모든 건 스쳐 지나간다. 누구도 그걸 붙잡을 수는 없다.

라고 하는 것은《호조키》의 서두,

흐르는 강의 줄기는 그치는 법이 없고 그 물은 예전에 본 물
이 아니다. 웅덩이에 떠오르는 물거품은 한순간 사라졌다 또다
시 떠올라 언제까지고 같은 모양으로 존재하는 법이 없다. 이

6)《쓰레즈레쿠사[徒然草]》. 가마쿠라 막부 시대 불교의 영향을 받아 써진 수필.(*)
7)《만요슈[万葉集]》. 8세기 무렵 편찬된 일본 최고의 가집.(*)
8)《호조키[方丈記]》.《마쿠라노소시》와 《쓰레즈레쿠사》와 함께 일본의 3대 중세 수필 중 하나
로 꼽히는 작품.(*)

세상에 존재하는 사람과 인생살이도 마찬가지다.

세계와 꼭 닮지 않았는가? 적어도 이는 '아메리칸 세계'는 아닐 것이다.

《쓰레즈레쿠사》도 그렇다. 앞의 발언을 믿는다면, 무라카미 하루키는 일찍이 이를 "전부 머릿속에 기억하고 있을" 정도였던 모양인데, 조사해 본즉 《쓰레즈레쿠사》에 '쥐'의 생일과 완전히 일치하는 "9월 20일경"으로 시작되는, 실은 교과서에도 실려 있을 정도로 유명한 글이 있어서, 시험 삼아 그 서두의 글을 여기에 조금만 인용해 보기로 한다. (괄호 안 필자 부기)

9월 20일경, 어떤 사람의 권유로 날이 밝을 때까지 (잠도 자지 않고) 달구경을 하며 걸었는데, 생각나는 곳이 있어 안내를 청하여 들어가 보았네.

# 제4장
# '제이'의 존재

## '제이'가 '제이'여야 하는 이유

《바람의 노래를 들어라》에서 《1973년의 핀볼》, 《양을 쫓는 모험》으로 이어지는 하루키 초기 3부작에서 정확히 연관성을 가지고 그려져 있는 인물은 단지 '나'와 '쥐' 뿐만이 아니다. '제이' 또한 그러한 인물로 그려져 있다. 바텐더인 '제이', 그러니까 제이스 바의 '제이'이다. '제이'라는 호칭 역시 '쥐'와 마찬가지로 《바람의 노래를 들어라》에서 하루키에 의해 어느 날 그렇게 붙여진 호칭인데, 이 호칭 또한 색다른 불가사의한 호칭이니만큼, 어째서 '제이'인지 한 번쯤은 연구해 볼 필요가 있을 것이다. 이 호칭은 과연 "아무런 의미도 갖지 않은, 단지 변별적인 기호"에 불과한 것일까? 아니면, '제이'라는 호칭 역시 뭔가 의미가 숨겨져 있는, 그러니까 작가 무라카미 하루키의 교묘한 기호 배치가 시도된 호칭일까?

　물론 우리의 입장은 후자 쪽이다. '제이'는 '제이'라고 어느 날 (속임수의 명인) 하루키에 의해서 붙여지게 된 기이한 호칭인 이 상, 역시 거기에는 뭔가 '제이'가 '제이'여야 하는 의미가 부여되 어 있을 것이다. 알고 보면 '제이'는 초기 3부작 속에서 그 호칭에 걸맞은 행동이나 언행을 연기했던 것은 아닐까? '쥐'가 그 태생부 터 결코 '원숭이'나 '개', 혹은 '소' 같은 호칭이 아니었던 것처 럼, 이 '제이' 또한 '엘'이나 '엠'과 같은 호칭은 결코 아닌 것이 다. 하루키는 수많은 선택지 가운데서 유일하게 '제이'라는 호칭 을 선택한 것이다. 역시 거기에는 '제이'가 '제이'여야 하는 이유 같은 것이 어딘가에 아마도 숨겨져 있을 것이다.

## '제이스 바'니까 '제이'라는 얼버무림

　'제이'는 그 호칭의 발음과는 달리 서양인이 아니다. 중국인 으로 설정되어 있다. '제이'라는 본명을 가진 중국인은 (아무리 중 국이 넓다 하더라도) 아마 그 어디에도 존재하지 않을 테니, 이는 역 시 별명 같은 것이다. 《분게이슌슈[文藝春秋]》(1989년 4월호)의 〈롱 인터뷰〉에서 하루키는 '제이'에 관해서 다음과 같이 시원스레 설 명했다.

　제이(J)라는 건 말이죠, 그 제이스 바의 주인이니까 제이인 거고 그건 기호 같은 것이지요.

한편, 작품 속에 나오는 '제이'에 대한 서술은 다음과 같다.

제이의 본명은 길고 발음하기도 어려운 중국 이름이었다. 제
이라는 호칭은 그가 제2차 세계대전이 끝난 후에 미군 기지에
서 일하고 있을 때에 미군 병사들이 붙여준 것이었다. 그러는
사이에 본명은 잊혀졌다.

내가 오래전에 제이에게서 들은 이야기로는, 그는 1954년에
미군 기지의 일을 그만두고 그 근처에 작은 바를 열었다. 그것
이 최초의 제이스 바였다. 장사는 꽤 잘 됐다.

—《양을 쫓는 모험》, 제5장

이렇게 보면, '제이'라는 호칭이 붙은 건 앞에서 인용한 하루
키 본인의 발언대로, "제이라는 건 말이죠, 그 사람이 제이스 바의
주인이니까"는 결코 아님을 알 수 있을 것이다. 이야기의 흐름으
로 봐도 '제이스 바'가 먼저 있었고, 그렇기 때문에 그가 '제이'라
고 불리게 된 것은 아닌 것이다. 이 '제이'라는 호칭은 '제이스
바' 이전에 이미 존재해 있었으며 오히려 '제이스 바'가 '제이'라
는 호칭으로부터 따온 것이다. 따라서 "제이의 술집이니까 제이
스 바"라는 것이 올바른 인식이며, 작가 자신이 말한 그 반대의 인

식, 그러니까 "제이스 바의 주인이니까 제이"라는 것은─적어도 이야기의 흐름에서 볼 때─ 잘못된 것이다.

그러나 이러한 작자 자신에 의한 별 뜻 없는 듯한 발언은 어쩌면 두고두고 '제이' 의 의미를 깊게 파고들지 못하게 하기 위해 의식적으로 행해진 것인지도 모르므로, 조금은 주의해 둘 필요가 있다. 영화감독인 알프레드 히치콕이나 화가인 앤디 워홀 같은 이들에게서도 이러한 예를 찾아볼 수 있는데, 이른바 '속임수의 명인' 들은 대개 인터뷰를 하거나 발언을 할 때, 당연한 일이기는 하지만 때로는 진실을 얘기하지 않고 **의도적으로** 얼버무린다. 실제로 인터뷰를 할 때의 그러한 '얼버무림' 경향에 대해서, 하루키는 일찍이 다음과 같이 말한 바 있다.

일본에서 이루어지는 인터뷰의 가장 큰 문제점은 미리 준비해 둔 프로그램을 지나치게 고집하는 것이라고 나는 생각한다. 어떤 질문이 던져지고 그에 대한 답변을 한 다음 과연 그 이야기가 어떻게 발전해 나갈까 하는 생각을 하고 있노라면, "그럼, 다음 질문입니다만……" 하고 넘어가 버려 적잖게 실망하는 경우가 종종 있다. 그야 나도 즉석에서 적당히 이야기하는 경우도 있고, 입에서 나오는 대로 지껄여댄다고는 하지 않더라도 대충 얼버무려서 이야기하는 경우도 있고, 애매모호한 이야기를 할 때도 있다. 하지만 어떤 때는 내가 방금 이야기한 것만큼은 추

궁해 오면 곤란한데 하고 여겨지는 문제가 있는데, 그런 허점을
찌르고 들어오는 사람은—몇 사람은 있었지만— 많지 않다. 그
렇게 되고 보면 나도 스릴감이 없어지니 점점 더 적당한 노선으
로 가버리게 된다.

　　　—《슈칸 아사히》, 1985년 10월 11일호, 〈인터뷰에 대해서〉


　앞서 다룬 "제이스 바의 주인이니까 제이"라고 한 작가 자신에
의한 '제이'의 설명은, 그러한 이유로 "대충 얼버무려서 이야기"
한, 상당히 "적당한 노선"이라고 할 수 있을 것이다.

### 재팬(Japan)의 'J'

　이렇게 해서 일단은, 제이란 "그 제이스 바의 주인이니까 제
이"인 것이 아니라, 미군 병사들이 무슨 생각에서인지 이 중국인
에게 예전에 붙여준 호칭임이 분명해진 셈인데, 그렇다면 어째서
이 미군 병사들은 그에게 '제이'라는 호칭을 붙인 것일까? 가령
'차이나'라고 하지 않고 말이다.

　거기에는 물론 작가인 무라카미 하루키의 어떤 의도가 있었기
때문일 것이다. 작가의 의도나 근거 같은 뭔가가 있었기 때문에,
'제이'는 '차이나'가 아니고, 또 '엘'이나 '엠'도 아닌, '제이'라
고 불리게 되었을 것이다. 《1973년의 핀볼》이 《군조》잡지에 게재
된 얼마 후에 무라카미 하루키는 다음과 같은 발언을 남겼다.

나의 작품은 우화(寓話)입니다. 그러니까 지금 가장 흥미가 있
는 건 메타포(은유)나 심벌리즘에 대한 문제입니다.

—《아사히 신문》, 1980년 5월 17일, 〈촌스러운 이야기는 쓰지 않는다〉


그렇다면 역시 '쥐'와 마찬가지로 '제이' 또한 "그 호칭은 아
무런 의미도 갖지 않은, 단지 변별적인 기호" 같은 것이 아니라,
뭔가의 "메타포나 심벌리즘에 대한 문제" 같은 것을 지니고 있기
에 의도적으로 '제이'라고 했다고 보아야 할 것이다. 다양한 "메
타포나 심벌리즘에 대한 문제"의 한복판에 있으면서 '제이' 혼자
만이 예외였을 리는 없을 것이다.

그렇다면 '제이'란 무엇인가? '제이'에게 숨겨지고, 실린 작가
의 의도(혹은 연출)란 도대체 무엇이었느냐 하는 의문이 불거져 나
오지만, '제이'란 즉 'J'였다는 것만큼은 일단 틀림없는 사실일
것이다. 그렇다면, 그 'J'란 도대체 무엇이었을까?

우치무라 간조[1]를 인용할 것도 없이 'J'라고 하면 먼저 '재팬
(Japan)'의 'J'를 생각할 수 있을 것이다. '재팬'의 'J' 그러니까
'재패니즈'의 'J'이다.

하지만 '제이'는 앞에서도 언급한 대로 '차이니즈'이지 '재패
니즈'가 아닌 것이다. 따라서 이 추측은 깨끗이 어긋난다—이렇

---

1) 우치무라 간조([內村鑑三], 1861~1930). 무교회(無敎會) 운동을 폈던 일본의 개화기 때
지식인. "평생 두 'J', 즉 예수(Jesus)와 일본(Japan)을 섬겼다"는 말을 남겼다.(*)

게 말할 수 있을 것 같지만, 사실은 그렇지도 않다. 왜냐하면《바람의 노래를 들어라》제10장에서 '제이'는 다음과 같은 인물이라고 서술되어 있기 때문이다.

그는 중국 사람이지만 나보다 훨씬 일본 말을 잘 구사한다.

처녀작인《바람의 노래를 들어라》에서 하루키는 일찍이 이러한 '제이'를 설정해 놓았다. 따라서 여기서 '제이'라는 것은 '재패니즈'의 'J'를 상징했다고 봐도 일단은 무관하다. 어쨌든 간에 우선은 그러한 '제이'의 설정을 가지고 무라카미 하루키가 작품 속에서 다양하게 '제이'를 그렸을 것이라고 보고 지금부터 실제로 '제이'를 추적해 보기로 하자.

## 일본에 정착한 중국인 '제이'

'제이'가 '재패니즈'의 'J'에서 유래되었다고 한다면, 미군 기지의 미군 병사들이 그를 '제이'라고 부른 이유는 간단하게 설명될 수 있을 것이다. 아마도 다음과 같은 연유일 것이다.

그러니까 '제이'는 중국인임에도 불구하고 너무나도 능숙한 일본어를 구사했기 때문에 미군 병사들은 '제이'를 진짜 일본인이라고 여기고 그렇게 불렀던 것이다. 이런 일이라면 실제로도 (구태여 소설 속의 이야기가 아니더라도) 있을 법한 이야기다. 재패니즈처럼 능숙하게 일본어를 구사하니까 '제이'라고 불렀다 해도 전혀 부자연스럽지 않다. 자못 명랑한 미국인다운 발상에서 만들어진 호칭이 아니겠는가. 일본어를 잘하는 중국인에게 매우 친근하게 '제이', 가령 "이봐, 제이 술!" 하는 식이다(만약 그대로 "이봐, 차이나!"라고 했다면 듣기 민망했을 것이다).

그렇다면 그 밖에 제이는 대체 어떠했을까? '제이'는 일본어가 능숙하다는 사실 외에 작품 속에서 어떻게 묘사되었을까? 예를 들면 《바람의 노래를 들어라》 제29장에는,

"다만 나는 자네보다 스무 살이나 연상이고……."

라는 '제이'의 발언이 있다. 그렇다면 여기서 '제이'에게 '자네'라고 불리고 있는 '나'가 태어난 해는 1948년이니까 '제이'가 태어난 해는 1928년경이 될 것이다.

또한 《바람의 노래를 들어라》 제 38장에는 '제이'의 대사로,

"나는 도쿄 올림픽이 있었던 해 이후로는 이 거리를 떠나본 적이 없어."

라고 말하는 장면이 있기도 하고, 이어서

"몇 년쯤 후에는 중국에 한번 가보고 싶네. 아직 가본 적은 없
지만 말이야."

라고 말하는 장면이 있기도 하다. 그렇다면 《1973년의 핀볼》
제10장에도 엄연히 묘사되어 있듯이 '제이'는 분명히 "중국 태생
의 중국인"이기는 하지만 거의 일본인인 셈이다. 1970년 '바람의
노래' 무렵에는 이미 마흔 살의 고개를 넘었을 '제이'는 일본에
건너온 이래 단 한 번도 모국인 중국에 돌아간 적이 없다는 이야
기다. 그렇다면 그는 아마도 제2차 세계대전 후에 일본의 어느 미
군 기지에서 '제이'라는 호칭으로 일하기 시작한 이후로는, 중국
은커녕 일본을 떠난 적조차 없을 것이다. 고향에조차 한 번도 간
적이 없다는 '제이'는 언제부터인가 일본에 완전히 정주했으니
당연히 그의 일본어가 능숙한 셈이다.

'제이'는 기본적으로 어디에도 가지 않는 사람이다. '제이'가
이제까지 가본 여행다운 여행이라 봤자, 아마도 기껏해야 "도쿄
올림픽이 있었던 해"에 도쿄에라도 잠시 가본 정도였을 것이다.
그 밖에 대체 어디로, 어떤 이유가 있어서, 이 '제이'가 나들이를
나갔겠는가? 작품 속에서 '제이스 바' 외의 장소에서 '제이'가 등
장했던 예가 있는가? '제이'는 언제나 '제이스 바'에 머물며 날이
면 날마다 양동이에 가득 담긴 감자 껍질을 벗기고는 변함없이 손
님 상대를 하고 있을 뿐인 사람이 아니었던가? '제이'는 대체로

그러한 인물로 지금까지 그려져 왔다.

그런 이유로 중국인 '제이'는 일본에, 아니 '제이스 바'에 완전히 정착해 버린, 좋은 의미에서든 나쁜 의미에서든 거의 완전한 일본인, 즉 'J'인 것이다.

### "묻지도 말하지도 않는" 제이

그런데 '제이'에 대한 이야기라면 이 외에도 가령 《1973년의 핀볼》 제24장에 다음과 같이 쓰여 있다.

"제이, 그러면 안 돼요. 그런 식으로 모두가 묻지도 말하지도 않으면서 서로를 이해해 봤자 아무런 해결도 나지 않아요. 이런 말은 하고 싶지 않지만……, 나는 너무 오랫동안 그런 세계에 머물렀던 것 같아요."

이 대목은 《1973년의 핀볼》에서 '쥐'가 마침내 도시를 떠날 결심, 즉 움직일 결심을 했을 때,

"나도 그 심정을 알 것 같으니까."

라고만 할 뿐, "여기서는 안 되는 이유가 뭐냐고"는 전혀 물어보려고도 하지 않는 '제이', 늘 변함없는 그런 '제이'에게 '쥐'가

"혀를 차며" 내뱉는 대사다.

　"제이, 그러면 안 돼요. 그런 식으로 모두가 묻지도 말하지도
않으면서 서로를 이해해 봤자 아무런 해결도 나지 않아요. 이런
말은 하고 싶지 않지만⋯⋯."

　'제이' 는 결코 스스로 움직이거나 변화할 타입의 인물이 아니
다. 여태껏 그러한 적극적인 행동파의 인물로 '제이' 가 묘사된 예
는 한 번도 없었다.
　"문제는" 하고 '제이' 는 《1973년의 핀볼》 제19장에서 말한다.

　"문제는 자네 자신이 변하려 하고 있다는 거야. 안 그래?"

　'쥐' 에게 그런 말을 하는 '제이' 는, 이제부터 변하려고 하는
'쥐' 를 향해서 그렇게 말하는 '제이' 는 결코 변하거나 할 인물이
아니다. '제이' 라는 인물은 변함없이 날이면 날마다 양동이에 가
득 담긴 감자 껍질을 벗기고만 있을 인물인 것이다.

## 무력한 일본의 모습 같은 '제이'
　그런데 하루키의 작품 세계(하루키 월드)에는 아무래도 그러한
(어디에도 가지 않는, 갈 수도 없는) "묻지도 말하지도 않는", 그런 "제

이의 세계"를 매우 싫어하는 구석이 있다는 걸 일찌감치 눈치 챘는가? 이는 예를 들어, 《세계의 끝과 하드보일드 원더랜드》의 다음과 같은 서술을 보아도 쉽사리 알 수 있다.

나는 대체로 솔직한 편이다. 알 것 같으면 알겠다고 말하고, 모를 때엔 모른다고 말한다. 말썽의 대부분이 모호한 말투에서 비롯된다고 생각하기 때문에 모호한 말투는 사용하지 않는다. 세상의 많은 사람들이 모호한 말투로 얘기하는 건 그들이 무의식적으로 말썽이 빚어지기를 바라고 있기 때문이라고 나는 믿고 있다. 나로서는 그렇게 생각할 수밖에 없는 것이다.
─《세계의 끝과 하드보일드 원더랜드》, 1권, 제5장

이와 같이 "세상의 많은 사람들이 모호한 말투로 얘기하는 건 그들이 무의식적으로 말썽이 빚어지기를 바라고 있기 때문"이라고밖에 생각할 수 없는 하루키 월드는 정말이지 트러블에 말려드는 것을 싫어한다. 가능하면 그런 꼴을 당하지 않고 아마 "첼로나 그리스어라도 배우면서 느긋하게 노후를 보내고 싶다"는 생각을 할 것이다. 하루키가 만들어내는 하루키 월드의 주인공들은 트러블을 무척 싫어하고, 그중에서도 그 주된 원인인 "모호한 말투"를 싫어하고—"분명히 말해서"가 '쥐'의 입버릇이다— 더구나 "묻지도 말하지도 않는" 세계는 딱 질색이다.

그러나 그러한 "모호한 말투"나 "묻지도 말하지도 않는" 세계, 즉 '제이의 세계'란, 이렇게 말하긴 좀 뭐하지만, 우리 일본인이 오랫동안 살아온 세계 = '재패니즈의 세계'가 아니던가? "노(No)라고 말할 수 있는 일본"이 아니다. 재패니즈의 세계는 아직도 "예스"와 "노"가 분명하지 않은, "모호한 말투"로 "묻지도 말하지도 않는" 그런 세계인 것이다.

그러니까 하루키의 작품 세계에 등장하는 '제이'는 역시 그러한 '재팬'이나 '재패니즈'의 'J'의 특성을 능수능란하고 교묘하게 상징하고 있었던 것이다. 그러한 일본인의 대표적인 일면도 함께 지닌 사람으로서, 실은 다양하게 묘사되었을 '제이'는, "가게를 닫을 시간이 되었는데도 튀김용으로 껍질을 벗겨둔 감자가 양동이에 반 정도나 남아 있는"데도(《1973년의 핀볼》 제2장), 무슨 까닭에서인지 아무런 현실적인 타개책을 시도해 볼 생각조차 하지 않는다. 그것은 분명 "매년 있는 일이긴 했지만", "가을이 물러가는 모습은 충격적"이었는데도 말이다.

이러한 '제이'의 설정 또한 하루키가 싫어하는 '재패니즈', 즉 'J'의 상징화였을까?

'제이'의 그러한 '정치적' 판단의 결여, 주체성의 결여는 《1973년의 핀볼》에 서술되어 있는, "시부야에서 난페이다이로 향하는 언덕길에 있는 맨션을 빌려서 번역을 전문으로 하는 조그만 사무실을 운영하고 있던' '나'와 '나의 친구' 그리고 '여사무원',

이렇게 세 사람의 다음과 같은 에피소드와 그야말로 좋은 대조를 이룬다. 거기에는 다음과 같이 쓰여 있다. (괄호 안은 필자 부기)

반년에 한 번 정도 찾아오는 끔찍하게 한가한 시기에 우리 세 사람은 시부야 역 앞에 서서 심심풀이 삼아("사람의 손으로 써진 것 중에서 인간이 이해할 수 없는 것은 존재하지 않습니다"라는 선전 문구를 쓴 3도 인쇄의) 그 팸플릿을 나누어주곤 했다.

—《1973년의 핀볼》, 제1장

비록 심심풀이라 하더라도 '나'를 포함한 세 사람은 자기들이 만든 3도 인쇄의 팸플릿을 시부야 역 앞에 서서 나누어주었던 것이다, 현실 타개책의 하나로서. 이는 심상치 않을 정도의 '제이스 바'의 조락(凋落)상황에 대해서 아무런 타개책도 세우려들지 않는 '제이'와는 크게 다르다.

묻지도 말하지도 않는 '제이', 어디에도 가지 않고 스스로는 움직이지 않는, 아니 움직이려고조차 하지 않는 '제이', 그러한 '제이'는 그야말로 하루키의 눈으로 본 '재팬'이나 '재패니즈'로 대표되는 'J'가 아니었을까?

또한 '제이'는 《1973년의 핀볼》 제10장에서 그럴듯하게 다음과 같은 말을 한다.

"나는 45년 동안 살면서 한 가지 깨달은 게 있어. 이런 거지. 인간은 어떤 것에서든지 노력만 하면 뭔가를 배울 수 있다는 사실이야. 아무리 흔해빠지고 평범한 것에서도 반드시 무엇인가를 배울 수가 있다고. 그 어떤 이발사에게도 철학은 있다는 글을 어디선가 읽은 적이 있어. 실제로 그렇게 하지 않으면 아무도 살아남을 수가 없는 거지."

감자 껍질을 끊임없이 벗기는 일과, 주정뱅이를 상대하는 일 외에 '제이'는 1973년까지의 45년이라는 삶에서 도대체 어떤 (영업적인) 노력을 해왔다는 것일까? 그럭저럭 45년 동안, '제이'가 어떻게든 "살아남을 수" 있었던 것은 결코 노력을 적극적으로, 또는 주체적으로 해왔기 때문은 아니다. '제이'는 이발사처럼 누군가가 스위치를 켜주지 않으면 아무것도 할 수 없는─할 수 있어도 한 가지 일밖에 할 수 없는─ 지극히 평범한 인물이다.

"국도 옆의 낡은 빌딩 지하"에서 "엘리베이터까지 딸린 4층짜리 새로운 빌딩의 3층"으로 '제이스 바'가 세 번째 이전한 것도 알고 보면 단지 도로 확장 때문이었다. '제이' 자신의 영업 방침이나 확장 의지에 의한 것은 결코 아니었다.

쥐는 고개를 몇 번 끄덕이고 나서 잠자코 맥주를 마셨다. 그리고 자신이 이 중국인 바텐더에 대해서 거의 아무것도 모른다는 사실에 새삼 놀랐다. 하긴 제이에 대해서는 아무도 아는 게 없었다. 제이는 무서울 정도로 조용한 사람이었다. 자신에 대해서는 무엇 하나 얘기하지 않으며, 누군가가 물어봐도 조심스럽게 서랍을 여는 것처럼 언제나 아무 문제될 것 없는 대답을 할 뿐이다.

—《1973년의 핀볼》, 제10장


"아무 문제될 것 없는 대답을 할 뿐"인 '제이', 그러한 '제이'는 역시 '재팬'이나 '재패니즈'로 대표되는 'J'가 아니었을까? 하루키는 메타포나 심벌리즘의 문제로서 그런 기호 조작을—일찍이 '제이'에게— 덧붙였을 것이다. '제이'가 '제이'인 이유, 결코 '엘'도 아니고 '엠'도 아닌 이유이다.

## '제이' = 대동아 공영권의 부활?

그런데 '제이'라는 이 인물이 실은 작품 속에서 전혀 다른 일면을 지니고 있었다는 사실을 간과해서는 안 될 것이다. 이 "무서울 정도로 조용한 사람" '제이', "언제나 아무 문제될 것 없는 대답을 할 뿐"인 '제이'라는 인물은 역시 '나'와 '쥐'에게는 없어서는 안 되는 특별한 존재이기도 했던 것이다. 예를 들면, '쥐'에게 '제이'는 이러한 존재였다.

그리고 제이…….

왜 그의 존재가 이처럼 자신의 마음을 어지럽게 만드는지 쥐는 알 수가 없었다. 나는 이 고장을 떠나겠어요, 잘 있어요, 라고 말하면 끝날 일이었다. 서로가 서로에 대해서 아무것도 알지 못했다. 낯선 타인끼리 우연히 만났다가 그냥 스쳐 지나가는, 그뿐인 관계였다. 그래도 쥐는 마음이 아팠다.

—《1973년의 핀볼》, 제19장

한편, '나'에게 '제이'는 이러한 존재였다.

제이. 만약 그가 여기에 함께 있다면 여러 가지 일이 잘될 것이다. 모든 일은 그를 중심으로 돌아가야만 한다. 용서하는 일과 불쌍히 여기는 일과 받아들이는 일을 중심으로.

—《양을 쫓는 모험》, 제8장

이와 같은 대목들로 미루어본다면, '제이'는 이미 '재팬'이나 '재패니즈'로 대표되는, 그런 'J'는 결코 아니라는 이야기가 될 것이다. 왜냐하면 이 '제이'를 여기에서 그렇게 해석해 버린다면 "모든 일은 일본(혹은 일본인)을 중심으로 돌아가야만 한다", 그러면 "여러 가지 일이 잘될 것이다"로 되어버리기 때문이다. 이래서야 그야말로 대동아 공영권의 부활이 되어버리지 않겠는가? 비록 은밀하게나마 하루키가 그런 의미를 담아 '제이'를 심벌리즘의 문제로, 그렇게 서술했을 리는 만무하다.

그렇다면 '제이'는 대체 어떠한 'J'였던가? 우치무라 간조에게는, 분명히 '재팬'의 'J'와 더불어, 또 다른 하나의 존중할 만한 'J'라는 존재가 있었다. 그건 그러니까 예수 그리스도의 'J'. 그에 대해서는 차츰 얘기를 풀어나가기로 하겠다.

## 재즈의 'J'

마지막으로 영화 《바람의 노래를 들어라》에서의 '제이' 이야기를 서술하고 끝마치기로 하겠다.

이 영화에서 '쥐' 역에 쥐 상이라는 이유로 마키가미 고이치 씨를 캐스팅한 오모리 가즈키 감독은 '제이' 역에는 사카다 아키라 씨를 기용했다. 이는 아마도 사카다 씨의 중국인 같은 외모 때문이기도 했겠지만, '제이'와 '재즈'의 연관성도 고려했던 것으로 여겨진다.

듣고 보니 과연 그럴듯한 이야기이다. 왜냐하면 《바람의 노래를 들어라》를 썼을 당시 하루키는 센다가야에서 실제로 '피터 캣(Peter Cat)'이라는 이름의 재즈 바를 경영하고 있었기 때문이다. 재즈 바를 경영하던 주인이 처음으로 소설을 썼고, 거기에 '제이'라는 호칭의 바텐더를 등장시켰다고 한다면, 그 '제이'는 곧 재즈의 'J'라고 해도 하등 이상할 것이 없다. 아니, 보통 그렇게 생각하는 게 당연하다.

그러나 유감스럽게도 그와 같은 '제이'에 대한 해석은 '쥐'에 대한 쥐 상의 해석과 마찬가지로 작품에 부합한 이해라는 점에서는 결코 올바른 것은 아니다. 왜냐하면 초기 3부작 속의 '제이'는 사카다 씨 같은 재즈 팬은커녕 음악과 결부되는 행동이나 말을 일체 보이지 않기 때문이다. 이는 그야말로 '쥐'에 대해 쥐 상의 묘사가 어디에도 의도적으로 서술되어 있지 않은 것과 마찬가지이다. 작품 속에 분명히 M. J. Q나 스탠 게츠 등이 나오기는 하지만, 그러한 재즈를 비롯한 다양한 음악을 즐겨 듣는 것은 언제나 '나'이지 '제이'가 아닌 것이다(《양을 쫓는 모험》의 에필로그에는, '나'에게 있어서 대단히 유감스러운 사실은 신장개업을 한 세 번째 '제이스 바'에 핀볼과 마찬가지로 주크박스도 놓여 있지 않은 것이라고 쓰여 있다).

그러한 까닭으로, 하루키의 작품에서 제이는 "중국인이지만, 재즈를 좋아한다"가 아니라, 어디까지나 "제이는 중국 사람이지만 일본 말을 잘 구사한다"로 기술된다. "메타포나 심벌리즘의 문제"로서, 작품 속의 '제이'는 결코 재즈의 'J'와는 연결되지 않는다. 그러한 안이한 기호 설정을 작가는 그다지 좋아하지 않는 모양이다.


제이는 여전히 감자 껍질을 벗기고 있었다. 아르바이트를 하는 젊은 여자아이는 꽃병의 물을 갈기도 하고 테이블을 닦기도

하고 있었다. 홋카이도에서 이 거리로 돌아오자 아직 가을이었
다. 제이스 바의 창으로 보이는 산은 곱게 단풍이 들어 있었다.
나는 문도 열지 않은 가게의 카운터에 앉아서 맥주를 마셨다.
땅콩 껍질을 한 손으로 벗기자 기분 좋은 소리가 났다.

"그렇게 기분 좋게 껍질이 벗겨지는 땅콩을 사는 일도 쉽지가
않아"라고 제이가 말했다.

"그래?"

나는 땅콩을 씹으면서 대꾸했다.

(중략)

"이봐, 제이. 이 가게로 옮길 때 돈이 좀 들었지?"

"들었지."

"빚은?"

"좀 있어."

"그 수표로 빚을 갚을 수 있겠어?"

"오히려 돈이 남아. 하지만……."

"어때. 그렇게 하고 나와 쥐를 이 가게의 공동 경영자로 해주
지 않겠어? 배당금도 이자도 필요 없어. 그저 이름만이면 돼."

"하지만 그러면 너무 미안하잖아."

"됐어. 그 대신 나와 쥐에게 무슨 어려운 일이 생기면 그때는
여기서 받아들여 주면 되는 거야."

"이제까지도 늘 그렇게 해왔잖아."

나는 맥주잔을 든 채 뚫어지게 제이의 얼굴을 쳐다보았다.

"알아. 하지만 그렇게 하고 싶어서 그래."

(중략)

나는 카운터의 의자에서 내려와 그리운 가게의 공기를 들이
마셨다.

"그런데 공동 경영자로서 핀볼과 주크박스가 있었으면 싶은데."

"다음에 올 때까지 들여놓을게."

제이는 말했다.

─《양을 쫓는 모험》, 에필로그

이발사인 '제이'도 이쯤이면 약간은 진보한 듯하다.

# 제II부
# 심볼릭 애니멀즈
## (상징적 동물)

제5장

## '코끼리' 의 창조

### 불가사의한 기호 '코끼리'

처녀작인 《바람의 노래를 들어라》로 시작된 1979년부터 《댄스 댄스 댄스》에 이르는 1988년까지의 여섯 편의 장편소설들에서, 결코 간과해서는 안 되는 개념의 하나가 '코끼리' 이다. 실제로 '코끼리' 는 하루키 작품에 처음으로 나타나는 불가사의한 기호이자 개념인 동시에 오늘날에 이르기까지 여전히 해결되지 않은 수수께끼이기도 하다.

《바람의 노래를 들어라》 제1장에는 '코끼리' 에 대해 다음과 같이 서술되어 있다.

코끼리에 대해서는 뭔가를 쓸 수 있다 해도, 코끼리 조련사에 대해서는 아무것도 쓸 수 없을지도 모른다. 말하자면 그런 뜻이다.

그리고 이런 글도 실려 있다.

　코끼리는 평원으로 돌아가고, 나는 더 아름다운 말로 세계를
이야기하기 시작할 것이다.

　물론《바람의 노래를 들어라》제1장은 이미 앞에서 인용한 것
처럼, 하루키가 "정말로 솔직하게 썼다고 생각"하고, 혹은 "정말
로 쓰고 싶었던 문장"이며, "암기할 정도로 기억이 잘" 난다는 발
언을 남길 정도로 성실하고 진지하게 쓴 부분이다. 즉, 여기서 하
루키는 결코 적당히 언어를 선택해 '코끼리'나 '코끼리 조련사'
같은 표현을 채택한 것이 아니다. 여기에서의 '코끼리'는 결코
'기린'이나 '코뿔소'나 '하마', 혹은 '소' 같은 동물로 대체 불가
능한 것이다. 무라카미 하루키는 정확히 "코끼리에 대해서는 뭔
가를 쓸 수 있다 하더라도"라는 사실을 인식하고 있었으며, 동시
에, "코끼리 조련사에 대해서는 아무것도 쓸 수 없을지도 모른다"
는 사실까지도 명확히 파악하고 있었을 것이다. 그리고 나아가
"코끼리는 평원으로 돌아가"는 것과, '나'가 장래 "더 아름다운
말로 세계를 이야기하기 시작할 것이"라는 것과의 뚜렷한 상관관
계까지도 파악하고 있었을 것이다.

제1장에서 그러한 '코끼리'들은 각각 다음과 같은 문맥 속에 쓰여 있다.

"완벽한 문장 같은 건 존재하지 않아. 완벽한 절망이 존재하지 않는 것처럼……."

내가 대학생 때 우연히 알게 된 어떤 작가는 내게 이렇게 말했다. 내가 그 참뜻을 이해하게 된 것은 그로부터 한참이 지난 뒤의 일이지만, 당시에도 최소한 그 말은 내게 일종의 위안이 되기는 했다. 완벽한 문장 따위는 존재하지 않는다, 라고.

그러나 그래도 역시 뭔가를 쓰려고 하면 언제나 절망적인 기분에 사로잡혔다. 내가 쓸 수 있는 영역은 너무나도 한정되어 있었기 때문이다. 예를 들면 코끼리에 대해서는 뭔가를 쓸 수 있다 해도, 코끼리 조련사에 대해서는 아무것도 쓸 수 없을지도 모른다. 말하자면 그런 뜻이다.

8년 동안 나는 계속 그런 딜레마에 빠져 있었다. 8년 동안. 긴 세월이다.

(중략)

이제 나는 이야기를 하려고 한다.

물론 문제는 무엇 하나 해결되지 않았으며, 얘기를 끝낸 시점에서도 어쩌면 사태는 똑같다고 말해야 할지도 모른다. 결국 글을 쓴다는 건 자기 요양을 위한 수단이 아니라 자기 요양을 위한 사소한 시도에 불과하기 때문이다.

　그러나 정직하게 자신에 대해 말하는 것은 여간 어려운 일이
아니다. 내가 정직해지려고 하면 할수록 정확한 언어는 어둠 속
깊은 곳으로 가라앉아 버린다.

　변명할 생각은 없다. 적어도 내가 여기서 하는 말은 현재의
나로서는 최선을 다한 것이다. 덧붙일 건 아무것도 없다. 한편
나는 이렇게도 생각하고 있다. 잘만 되면 먼 훗날에, 몇 년이나
몇 십 년 뒤에 구원받은 자신을 발견할 수 있을지도 모른다고
말이다. 그리고 그때가 되면 코끼리는 평원으로 돌아가고, 나는
더 아름다운 말로 세계를 이야기하기 시작할 것이다.

ー《바람의 노래를 들어라》, 제1장


하루키에게 있어서 '코끼리' 란 도대체 무엇이었을까? 문제는
아직 "무엇 하나 해결되지 않았"다는 사실이다. 다시 상세하게 살
펴보기로 하자.

## "세계라는 것을 이해 못하는" 코끼리

《1973년의 핀볼》에 등장하는 '코끼리' 는 다음과 같다.

　전화는 죽음을 예감한 코끼리처럼 몇 번인가 미친 듯이 울려
대다가(내가 헤아린 것 중 서른두 번이 최고 기록이다) 그리고 죽었

다. 죽었다는 말은 그야말로 말 그대로였다.

그녀는 언제나 수화기에 대고 지칠 대로 지친 목소리로 낮게 얘기했다. 거의 알아들을 수 없을 정도로 웅얼거리는 목소리였다. 아름답기는 하지만 음침한 느낌을 주는 얼굴이었다. 이따금 길에서 스쳐 지나간 적은 있지만 말을 주고받은 적은 없었다. 마치 깊은 정글의 오솔길을 흰 코끼리를 타고 가는 듯한 표정으로 그녀는 걷고 있었다.

─《1973년의 핀볼》, 제5장

아주 호의적으로 본다면 창고는 코끼리 무덤 같기도 했다. 그리고 다리를 구부린 코끼리의 백골 대신, 핀볼 기계가 콘크리트 바닥에 시야의 끝까지 즐비하게 늘어서 있었다.

─위의 책, 제22장

"죽음을 예감한 코끼리", "흰 코끼리", "코끼리 무덤"……. 이렇듯 《1973년의 핀볼》에 나오는 '코끼리'는 왠지 무척이나 어두운 인상이다.

그 다음에 쓴 장편소설 《양을 쫓는 모험》에 나오는 '코끼리'는 이렇다.

세계—이 말은 언제나 나에게 코끼리와 거북이가 필사적으로 떠받치고 있는 거대한 원반을 생각나게 했다. 코끼리는 거북이의 역할을 이해하지 못하고, 거북이는 코끼리의 역할을 이해하지 못한다. 뿐만 아니라 그 어느 쪽도 세계라는 것을 이해하지 못하고 있는 것이다.

—《양을 쫓는 모험》, 제5장

냉장고 안에는 먹을 만한 것은 아무것도 없었으므로 할 수 없이 텔레비전 뉴스를 보면서 맥주를 마셨다. 뉴스다운 뉴스가 없는 일요일이었다. 이런 날의 저녁 뉴스에는 대개 동물원 풍경이 나온다. 기린과 코끼리와 판다를 대충 보고 나서 나는 텔레비전의 스위치를 끄고 전화 다이얼을 돌렸다.

—위의 책, 제6장

여기에는 '기린'이나 '판다'와 함께 아무 특징이 없는 그저 평범한 '코끼리'도 등장하지만, "세계라는 것을 이해하지 못하고 있는" 대단히 상징적인 '코끼리' 또한 등장한다. '코끼리'와 '거북이'는 '세계'와 유사한 "거대한 원반"을 "필사적으로 떠받치고 있는"데, "코끼리는 거북이의 역할을 이해하지 못하고, 거북이는 코끼리의 역할을 이해하지 못한다. 뿐만 아니라 그 어느 쪽도 세계라는 것 또한 이해하지 못하고" 있다.

이렇게 살펴보면, 하루키 작품에서 '코끼리' 란 역시 상당히 신경이 쓰이는 동물, 아니 개념이라고 할 수 있을 것이다. 처녀작 《바람의 노래를 들어라》 이래, 하루키는 분명 '코끼리' 에 대하여 여러 가지 기술을 하고 있다.

## '코끼리' 에 관한 단서를 제공하는 표현들

《양을 쫓는 모험》에 이어지는 네 번째 장편소설인 《세계의 끝과 하드보일드 원더랜드》에서 '코끼리' 는 모두 아홉 군데에 걸쳐 등장한다. 그러나 그냥 코끼리가 아닌, 뭔가 의미를 담고 있는 듯한 '코끼리' 에 대한 표현은 여섯 군데로 집약된다.

처음에 등장하는 것은 다음과 같은 '코끼리' 이다.

"다시 말하면 머릿속에는 아직 사람이 발을 내딛지 않은, 미지의 거대한 코끼리 무덤과 같은 것이 묻혀 있는 셈이지. 대우주를 별개로 한다면 이건 인류 최후의 미지의 대지라고 불러야 마땅해. 아니, 코끼리 무덤이라고 하는 표현은 좋지 않군그래. 왜냐하면 그곳은 죽은 기억의 집적소가 아니기 때문이지. 정확하게 말한다면 코끼리 공장이라고 부르는 편이 가까울지도 모르겠군. 거기에선 무수한 기억과 인식의 조각들이 선별되고, 선별된 조각들이 복잡하게 짜맞추어져서 선을 만들고, 그 선이 또 복잡하게 편성되어 다발을 만들고, 그 다발이 시스템을 구성하고 있기 때문이야."

(중략)

"그래서 그 코끼리 공장에서 보내지는 지령에 따라 우리의
행동 양식이 결정된다는 것이로군요."

"그렇지"라고 노박사는 말했다.

—《세계의 끝과 하드보일드 원더랜드》, 2권, 제25장

먼저 "거대한 코끼리의 무덤"이라는 표현이 나왔으며, 그것을
바로 이어지는 문장에서 "죽은 기억의 집적소"라고 바꿔 말하고
있다. 이렇게 보면 여기서의 '코끼리'는 죽음뿐만 아니라 기억과
도 결부된다. "죽은 기억의 집적소"는 곧 "거대한 코끼리의 무덤"
인 것이다.

또한 "코끼리 공장"이라는 새로운 표현도 쓰고 있다. '무덤'과
의 차이는 생산성이다. "죽은 기억의 집적소"가 곧 "코끼리의 무
덤"이라면, "살아 있는 기억의 생산지"는 곧 "코끼리 공장"이다.
"우리의 행동 양식"은 그러한 "코끼리 공장"으로부터의 지령에
의해서 결정되고 있다는 것이다.

그리고 제25장과 27장에 걸쳐 이러한 "코끼리 공장"에 관한 묘
사로 '코끼리'에 관한 서술은 계속된다.

"근대 이후의 과학은 물론 인간의 자발성에 중점을 두고 진행

되어 왔지. 그런데 말야, 자발성이 무엇이냐고 물어보면 아무도 제대로 대답하지 못하네. 우리 속에 자리 잡고 있는 코끼리 공장의 비밀을 파악하지 못하고 있기 때문이지."

"……지금의 새로운 컴퓨터는 그 자체가 코끼리 공장과도 같은 기능을 꽤 많이 가지고 있으니까, 그런 의식의 복잡한 구조에 대응해 나갈 수 있는 것이라네."

"또 비유를 하자면, 자네는 자신의 의식 밑바닥에 있는 코끼리 공장으로 내려가서, 자네의 손으로 코끼리를 만들고 있었다는 거야. 그것도 자네 자신도 모르는 사이에."

—위의 책, 2권, 제25장

"……자네의 의식 속에 있는 코끼리 공장의 양식이 변화하는 데 따라, 그곳과 표층 의식과의 사이를 연결하는 파이프가 보정되고 있다는 것일세."

—위의 책, 2권, 제27장

이처럼 "우리 속에 자리 잡고 있는 코끼리 공장"에 대한 묘사가 이어진 후, 《세계의 끝과 하드보일드 원더랜드》에서 마지막으로 표현된 '코끼리'는 다음과 같다.

고등학생들 틈에 섞인 노인들의 모습도 보였다. 노인들은 일요일 오후를, 잡지 열람실에서 잡지도 읽고 네 종류의 신문을 읽기도 하며 지내는 것이다. 그리고 코끼리처럼 지식을 잔뜩 끌어담고, 저녁 식사가 기다리는 자신의 집으로 돌아가는 것이다.

—위의 책, 2권, 제35장

도서관에는 물론 '고등학생들'의 모습도 보이지만, 그곳에서 마치 "코끼리처럼 지식을 잔뜩 끌어 담고" 있는 사람은 다름 아닌 '노인들'이다. "코끼리 무덤"은 아니지만, 역시 '코끼리'와 결부되는 것은 어두운 '죽음'의 이미지가 감도는 '노인들'이다. 아직 젊고 '죽음'과는 거리가 먼 존재인 '고등학생들'이 결코 아닌 것이다.

노인과 '코끼리', 그리고 "거대한 코끼리 무덤", "코끼리 공장". 이러한 표현의 근저에는 도대체 '코끼리'에 관한 어떤 인식이 존재하고 있을까? 노인들은 "코끼리처럼 지식을 잔뜩 끌어 담고, 저녁 식사가 기다리는 자신의 집으로 돌아"간다.

《바람의 노래를 들어라》 제1장에는 이렇게 쓰여 있다.

코끼리는 평원으로 돌아가고, 나는 더 아름다운 말로 세계를 이야기하기 시작할 것이다.

## '코끼리' = "머리통만 큰 현대인과 지식인들"

그럼, 이쯤에서 우리의 해답을 제시할 때가 되었다. 하루키의 작품에서 '코끼리'는 '죽음'이나 '무덤'과 결부되는 것이고, 동시에 '기억'이나 '지식'과도 결부되는 것이다. 그렇다면 《바람의 노래를 들어라》 제1장에 나오는 불가사의한 '코끼리' 표현은, 빨리 '평원'에라도 돌아가 주었으면(죽어주었으면?) 하는 '코끼리'들, 즉 쓸데없는 지식을 축적할 뿐인 이른바, **머리통만 큰 현대인과 지식인들**을 가리킨 것은 아닐까? '코끼리'를 그러한 부정적인 것으로 파악함으로써 비로소, "더 아름다운 말로 세계를 이야기하기 시작할 것"이라는 인식과 연관성이 보이게 된다.

물론 이러한 '코끼리' 인식은 이를테면, 《양을 쫓는 모험》에서의 '코끼리' 표현에도 충분히 통용되는 것이다. 앞에서도 보았듯이 거기에는 정확하게 다음과 같은 '코끼리'가 서술되어 있다.

세계—이 말은 언제나 나에게 코끼리와 거북이가 필사적으로 떠받치고 있는 거대한 원반을 생각나게 했다. 코끼리는 거북이의 역할을 이해하지 못하고, 거북이는 코끼리의 역할을 이해하지 못한다. 뿐만 아니라 그 어느 쪽도 세계라는 것을 이해하지 못하고 있는 것이다.

여기서 '코끼리'를 "머리통만 큰 현대인"이라고 파악한다면,

'거북이'란 말하자면 "1만 년이나 이어진 전통을 그저 떠받치고 지킬 뿐인 자"로 이해할 수 있을 것이다. 지식을 축적할 뿐인, 머리통만 큰 '코끼리'들로서는 도저히 "세계라는 것"을 이해할 리 없고, 그저 전통을 지킬 뿐이고 진보라곤 전혀 없는, 황소걸음의 '거북이'들도 "세계라는 것"을 이해하는 것은 어차피 무리인 것이다(그러니 '코끼리'와 '거북이'가 서로를 이해하지 못한다는 것은 두말할 필요조차 없다).

하루키는 '거북이'에 대해서 1982년, 즉《양을 쫓는 모험》를 발표한 해에 쓴〈오다마키 술의 밤〉이라는 작품 속에서 다음과 같이 서술했다.

정말이지 거북이라는 동물은 닥치는 대로 물건을 파묻어 버린다.

하루키는 '거북이'에 대해서도 당시 '코끼리'에 대해 나타낸 것과 똑같은 싫은 내색을 드러내고 있는 것이다.

### '코끼리' = "비열한 패거리"

그러면 이번에는《상실의 시대》에 나오는 '코끼리'에 대해서 알아보기로 하자. 이 작품에는 도대체 어떤 '코끼리'가 서술되어 있을까? 이를테면 다음과 같은 식의 '코끼리'이다.

동맹 휴학이 철회되고 기동대의 점령 하에서 강의가 재개되자, 맨 먼저 출석한 학생들은 동맹 휴학을 선동·주도했던 패거리였다. 아무 일도 없었다는 듯이 강의실에 나와 강의를 들었고, 이름을 부르면 대답을 했다. 이건 아무래도 이상한 일이었다. 왜냐하면 동맹 휴학 결의는 아직도 유효했고, 아무도 동맹 휴학 종결을 선언한 일이 없었기 때문이다.

대학 측이 기동대를 끌어들여 바리케이드를 파괴했을 뿐, 원칙적으로 동맹 휴학은 아직도 계속되고 있는 것이다. 그리고 그들은 동맹 휴학 결의 때는 하고 싶은 만큼 큰소리를 치면서, 동맹 휴학에 반대하는 (혹은 의혹을 표명하는) 학생을 매도하고, 혹은 규탄하지 않았던가. 나는 그들을 찾아가 왜 동맹 휴학을 계속하지 않고 강의에 나오느냐고 물었다.

그들은 대답을 못했다. 대답할 말이 없었던 것이다. 그들은 출석 일수가 모자라 학점을 따지 못하게 되는 것이 두려웠던 것이다. 그런 패거리들이 대학 해체를 외쳐댔구나, 하고 생각하니 한심하기 짝이 없었다. 그런 비열한 패거리들은 바람의 방향 하나로 큰소리를 쳤다 움츠러들었다 하는 것이다.

이봐, 기즈키, 여긴 정말 형편없는 세계야, 하고 나는 생각했다. 이런 작자들이 버젓하게 대학에서 학점을 따고, 사회에 나가 부지런히 비열한 사회를 만들어가는 것이다.

—《상실의 시대》, 제4장

여기에는 '코끼리(象)' 라는 표현이 직접적으로 사용되고 있지는 않지만, 하루키가 《바람의 노래를 들어라》에서 빨리 평원으로라도 돌아가 주기를 바랐던 '코끼리' 들, 즉 쓸데없는 지식을 축적할 뿐인 구제불능의 하찮은 인간들의 이야기를 이때다 하는 듯이 서술해 놓았다. 《상실의 시대》에서는 사실상 '코끼리(象)' 를 뜻하는 정확한 한자를 사용해 표현한 '코끼리' 는 어디에서도 찾아볼 수 없지만, 이러한 "비열한 패거리"(아마도 '코끼리' )에 대한 언급은 종종 이루어지고 있는 것이다. 물론 그 필치는 제법 엄격한 것이다. 예를 들면 다음과 같다.

키가 훤칠한 녀석이 전단을 나누어주는 동안, 얼굴이 둥근 녀석이 단상에 올라 연설을 했다. 전단에는 저 모든 사상을 단순화하는 특유의 간결한 서체로, "기만적 총장 선거를 분쇄하고", "새로운 전학(全學) 동맹 휴학에 전력(全力)을 결집하며", "일본 제국주의=산학(産學) 협동 노선에 철퇴를 가한다"라고 쓰여 있었다.

내세우는 바는 제법 훌륭했고 내용에도 특별한 이의는 없었지만, 문장에 설득력이 없었다. 또한 신뢰성도 없거니와 마음을 사로잡는 힘도 없었다. 둥근 얼굴이 한 연설도 마찬가지였다. 그 타령이 그 타령이었다. 똑같은 멜로디에 가사의 토씨만 다를 뿐이었다. 이 녀석들의 진짜 적(敵)은 국가 권력이 아니라 상상력의 결핍이 아닐까, 하고 나는 생각했다.

—위의 책, 제4장


'나' 외에도 '미도리'의 입을 통한 다음과 같은 말도 있다.


"그때 난 생각했어. 이들은 모두 엉터리 같은 가짜들이라고
말이지. 적당히 그럴듯한 말을 지껄여대면서 우쭐해져 가지고,
새로 입학한 여학생을 감탄시키고는 스커트 속에 손을 집어넣
는 일밖에는 생각하고 있지 않다고, 그자들은. 그리고 4학년이
되면 머리를 짧게 깎고 미쓰비시 상사(商事)나 TBS, IBM, 후지은
행 같은 대기업에 재빨리 취직해서, 마르크스 따위는 읽어본 적
도 없는 귀여운 신부를 맞아들이고, 어린애를 낳으면 제법 그럴
듯한 이름을 붙여주는 거지. 산학 협동체 분쇄는 무슨 놈의 산
학 협동체 분쇄야. 너무 우스워서 눈물이 날 지경이야."

—위의 책, 제7장


이렇게 살펴보니 《상실의 시대》에는 '코끼리' 같은 혐오스러
운 녀석들이 묘사되어 있는 대목이 많다. '코끼리'라는 것은 아무
래도 '기억'과 더불어 마르크스 등과도 관계가 있는 것 같다. 《자
본론》을 가장 중요한 서적으로 정해 놓고 "적당히 그럴듯한 말을
지껄여대면서 우쭐해져 가지고", "바람의 방향 하나로 큰소리를

쳤다 움츠러들었다 하"면서, "똑같은 멜로디에 가사의 토씨만 다를 뿐", "그 타령이 그 타령"인 것만 쉬지 않고 연설하던 친구들. "엉터리 같은 가짜들"이며 동시에 "비열한 패거리"들. 그러한 인간들이 《상실의 시대》에서는 해치워야 할 '코끼리'였을 것이다.

그들은 '상상력'이 결핍되어 있으니만큼, 그 결핍분을 (코끼리같은) '기억력'이나 '지식'으로 벌충하는 것이다.

> "잘만 되면 먼 훗날에, 몇 년이나 몇 십 년 뒤에 구원받은 자신을 발견할 수 있을지도 모른다고 말이다. 그리고 그때가 되면 코끼리는 평원으로 돌아가고, 나는 더 아름다운 말로 세계를 이야기하기 시작할 것이다."

이제 처녀작 《바람의 노래를 들어라》의 도입 부분에 쓰여 있던 이 말의 의미와 깊이가 실상 어느 정도였는지 이해할 수 있을 것이다. 이때 '나'는 분명히 "구원받은 자신"과 '코끼리'의 관계를 완전히 피부로 파악하고 있었던 것이다. "이제 나는 이야기를 하려고 한다"로 시작되는 '나'의 그 출발점에는 당시 아직도 거대한 '코끼리'가 앞길을 가로막고 있었던 것이다. 물론 그 배후에는 "코끼리 조련사"라는, 더욱 거대한 시스템이 존재하고 있다는 것 또한 '나'는 알고 있었을 것이다.

예를 들면 코끼리에 대해서는 뭔가를 쓸 수 있다 해도, 코끼리 조련사에 대해서는 아무것도 쓸 수 없을지도 모른다. 말하자면 그런 뜻이다.

8년 동안 나는 계속 그런 딜레마에 빠져 있었다. 8년 동안. 긴 세월이다.


## '코끼리' = 시스템에서 살아남은 "형편없는 놈들"

《상실의 시대》에 이어지는 여섯 번째 장편소설 《댄스 댄스 댄스》에 나오는 '코끼리' 표현은 다음과 같다.


뚱뚱한 여종업원(그녀의 다리는 코끼리를 연상케 했다)은 복도를 걸으면서 콜록콜록 불길한 기침을 했다.

—《댄스 댄스 댄스》, 1권, 제1장


이는 자못 단순한 코끼리처럼 보이지만, 의도적으로 괄호 안에 등장시키거나 함으로써 약간은 수상쩍은 분위기를 자아내는 '코끼리'이기도 하다. '그녀'가 "콜록콜록 불길한 기침을" 하는 것과 '코끼리'는 어떤 관계가 있는 것일까(여기서 '그녀'의 "콜록콜록 불길한 기침"이란 물론 근대의 병 결핵을 가리키는 것일 것이다)?

다음으로 나오는 '코끼리'는 이렇다.

그리고 나는 이 고도 자본주의 사회의 코끼리의 무덤 같은 곳
에서 이런 식으로 투덜투덜 혼잣말을 하면서 늙어버리게 된단
말인가?

　　　　　　　　　　　　　　　—《댄스 댄스 댄스》, 1권, 제16장


또다시 "코끼리의 무덤"이 나온다. 《댄스 댄스 댄스》에서는
'나'와 '고탄다'의 입을 통해 이 '무덤', 즉 '고도 자본주의 사회'
라는 시스템이 얼마나 하찮고 바보스러운지 자주 언급하고 있다.
　《댄스 댄스 댄스》의 마지막 부분에 표현된 '코끼리' 또한, 그
런 시스템에서 살아남은 "형편없는 놈들"에 대해서 다음과 같이
'코끼리'를 서술하며 표현하고 있다.


"쓸모없는 놈들이 주위에 우글거리고 있어"라고 고탄다는 토
해 내듯이 말했다. "도시의 욕망을 빨아먹으며 살아가는 흡혈
귀 같은 자들이야. 물론 모두 다 형편없는 건 아니야. 착실한 사
람도 약간은 있어. 하지만 형편없는 놈들이 너무 많거든. 말만
번드르르하게 하고, 요령이 좋은 놈들. 지위를 이용해서 돈이나
여자를 손에 넣는 놈들. 그런 어중이떠중이들이 세계의 욕망의
웃물을 마시며 통통하게 살이 찌는 그런 세계야. 자네는 알지
못하겠지만, 정말로 형편없는 놈들이 많아.

　　　　　　　　　　　　　　　—《댄스 댄스 댄스》, 2권, 제8장

처녀작인 《바람의 노래를 들어라》로부터 10년이라는 시간이 흐르고서야 비로소 하루키는 《댄스 댄스 댄스》를 통해 "코끼리에 대해서" 뿐만 아니라, 코끼리들을 뒤에서 은밀히 조종하는 눈에 보이지 않는 거대한 시스템, 즉 "코끼리 조련사에 대해서"도 쓸 수 있게 된 것이다. 《댄스 댄스 댄스》의 가장 커다란 테마 중 하나는, 사실은 10년 전에 그가 마음속에 그리고 있었던, 그런 "코끼리 조련사에 대한" 제대로 된 언급이었을 것이다.

'고도 자본주의 사회' 란,

문화적으로 눈(雪) 치우는 사회

라고 표현되는 곳이며, '나' 의 동급생인, 뭐든 잘하는 인기 있는 우등생이었던 '고탄다' 가 살다 스스로 목숨을 끊은 사회이다.

남의 이목 때문에 '스바루' 가 아니라 고급 승용차 '마세라티' 를 몰고 다니던 '고탄다' 의 방 벽에는 **꼬르뷔제의 그림**이 걸려 있었다. 외팔 시인, '딕 노스' 는 '나' 앞에서 **로버트 프루스트의 시**를 낭독하고 있다.

하루키는 데뷔작 《바람의 노래를 들어라》 이후 《댄스댄스댄스》에 이르는 10년 동안 끊임없이 '코끼리' 와 싸우고 있었던 것이다.

## 소멸시키고 싶은(?) '코끼리'

덧붙여, 하루키의 단편 작품에 나오는 '코끼리'에 대해서도 언급하고 넘어가겠다.

무엇보다도 먼저 이야기되어야 할 것은 뭐니 뭐니 해도 그 제목에서부터 알 수 있는, 단편집 《빵가게 재습격》에 수록되어 있는 〈코끼리의 소멸〉일 것이다.

그러나 이 작품은 간단히 말해, 문자 그대로 "코끼리가 소멸"해 버린다는 단순한 이야기이다. 제목에 '코끼리'를 내세운 것치고는 너무나도 단순한 코끼리 이야기이다. 거기에 '소멸'이라는 상징성이 첨가되어 있기는 하지만, 그 외에는 특별히 눈에 띄는 '코끼리' 묘사는 이루어지지 않고 있다. 어느 날, 어느 때, 시내에 있는 코끼리 축사에서 사육담당자와 함께 늙은 코끼리 한 마리가 흔적도 없이 사라져버린다. 그리고 '나'는 갑자기 사라져버린 그 코끼리와 사육담당자를 마지막으로 목격한 사람이다. 마지막으로 목격한 그 코끼리에 대해서 '나'는 '그녀'에게 이렇게 이야기한다.

"그러니까 크기의 조화가 문제였어. 코끼리와 그 사육담당자의 몸집의 크기가 이루는 조화 말이야. 여느 때와는 조금 다른 조화인 것 같은 느낌이 들었어. 여느 때보다 코끼리와 사육담당자의 몸집 크기의 차이가 작아진 것 같은 느낌이 들었어."

코끼리 한 마리가 사라져버린 사건의 마지막 목격자치고는 무척이나 담담한 말투다. '나'는 코끼리에 대해서 평소에 이런 식으로 생각한다.

"코끼리라는 동물은 뭔가 내 마음을 끄는 구석이 있어. 옛날부터 줄곧 그랬던 것 같은 느낌이 들어. 왠지는 잘 모르겠지만 말이야."

"왠지는 잘 모르겠지만", "옛날부터 줄곧", "뭔가 내 마음을 끄는 구석이 있다"는 코끼리. 그렇다면 하루키의 말에 귀를 기울여보자. 하루키 자신은 후에 《플레이보이》(1986년 5월호)와의 인터뷰를 통해 이 〈코끼리의 소멸〉이라는 작품에 관해서 다음과 같은 말을 남겼다.

**플레이보이** 예를 들어, 얼마 전에 발표한 〈코끼리의 소멸〉이었던가요? 나같이 머리가 굳어버린 사람은 이게 대관절 어떤 의미일까, 하는 생각을 순간 하게 되거든요?

**무라카미** 그건 말이죠. 처음 시작은, 코끼리가 사라진 축사라는 것은 어떤 것일까 하는, 일종의 풍경에서부터 시작되는 거죠. 코끼리가 사라지고 풀이 무성하게 자라고, (중략)

**플레이보이** 코끼리라는 게 어떤 상징이 아니란 말인가요?

**무라카미** 아닙니다. 코끼리라고 하면, 그저 '코끼리'라는 커다란 글자만 우리 안에 존재하고 있어도 좋을 것입니다. 아아, 코끼리구나 하고 생각하고, 코끼리라는 글자를 봅니다. 그러다 보면 무엇인가 쓸 수 있잖겠어요?

그러나 두말할 나위도 없이 이 작품에서 '소멸' 당한 것은 '코끼리'이지, '기린'이나 '다람쥐'나 '판다'가 아니다. 하루키는 물론 '코끼리'이기 때문에 '소멸'시켰을 것이다. 단편집 《빵가게 재습격》에서 〈코끼리의 소멸〉에 이어지는 작품은 〈패밀리 어페어〉인데 이 작품에서도 역시 혐오의 대상인 (소멸시키고 싶은?) '코끼리'가 명확하게 표현되어 있다.

나는 다시 한 번 그 사진을 손에 들고 사나이의 얼굴을 보았다. 이 세상에 첫눈에 싫어지는 타입의 얼굴이 있다면, 그것이 바로 그 얼굴일 것이다. 더군다나 그 컴퓨터 기사는 내가 고교 시절 제일 싫어했던 클럽의 선배와 분위기가 꼭 닮아 있었다. 얼굴이 못생긴 것은 아니지만, 머리가 텅 비고 뻔뻔스러운 사람이었다. 더군다나 코끼리처럼 기억력이 좋아서 쓸데없는 일을 언제까지고 기억한다. 머리가 나쁜 만큼 기억력으로 벌충하고 있는 것이다.

"머리가 나쁜 만큼 기억력으로 벌충하고 있는" 코끼리 인간. 기억력이 좋아서 "쓸데없는 일을 언제까지고 기억하는" 코끼리 인간. "머리가 텅 비고 뻔뻔스러운" 녀석……. 이렇듯 하루키는 단편 작품에서도 역시 "코끼리에 대해서" 여러모로 기술하고 있었던 것이다.

참고로 〈패밀리 어페어〉는 〈코끼리의 소멸〉과 마찬가지로 《세계의 끝과 하드보일드 원더랜드》보다 나중에 쓰이고 발표된 작품이다.

그 밖의 단편 작품 〈춤추는 난쟁이〉(단편집 《개똥벌레·헛간을 불태우다·그 밖의 단편》에 수록)에도 '코끼리'가 종종 등장하고 있다.

### 'elephant'의 사전적 의미와의 유사성

그건 그렇다 치고, 하루키에게 있어 '코끼리'라는 표현은 도대체 어디에서 유래한 것일까? 물론 그 하나는 코끼리라는 동물의 몸집이 상당히 크다는 점일 것이다. 하루키는 원래 조직(組織)을 포함해 그와 같이 거대한 체구나 체질을 가진 것을 싫어하고, 반대로 '스바루'처럼 매우 심플하고 자그마하고 조촐한 것을 좋아한다. 예를 들면 《바람의 노래를 들어라》의 제35장에는 이런 묘사가 되어 있다.

우리는 항구 근처에 있는 작은 레스토랑에 들어가 간단하게 식사를 끝내고 나서, 블러디 메리와 버본을 주문했다.

또한 이보다 앞서 제31장에는 '쥐'의 다음과 같은 대사가 나온다.

"몇 년 전에 여자 친구와 함께 나라[奈良]로 여행을 간 적이 있어. 굉장히 무더운 여름날 오후였지. 우리는 세 시간 동안 산길을 걸었는데, (중략)
비탈 아래쪽에는 깊은 해자(성 밖으로 둘러서 판 못)가 펼쳐져 있고, 그 건너편에는 나무가 울창하게 우거지고 약간 높은 섬 같은 고분이 있었어. 옛날 천황의 것이지. 본 적 있어?"
나는 고개를 끄덕였다.
"그때 생각을 했지. 왜 이렇게 거대한 걸 만들었을까.……물론 모든 무덤에는 의미가 있어. 어떤 사람이라도 언젠가는 죽는다는 사실을 가르쳐주지. 그래도 그 무덤은 너무 거대하더군. 거대하다는 건 때때로 사물의 본질을 완전히 다른 것으로 바꿔버려. 실제로 말이야, 그것은 전혀 무덤으로 보이지 않더군. 산이지."

어찌되었건 하루키가 처음부터 '코끼리'에 대해서 기호적인 마이너스 이미지를 부여할 수 있었던 건 애당초 '흰 코끼리[白象]'

라는 표현을 확고히 손에 넣었기 때문이라고 생각된다. 앞에서도
인용한 대로, 그 표현은《1973년의 핀볼》의 제5장에서만 유일하게
사용된 것이다. 그런데 이 '흰 코끼리'라는 표현은《고지링[廣辭
林]》이나《다이곤카이[大言海]》, 그리고《고지엔[廣辭苑]》같은 사전
에도 전혀 실려 있지 않은 말이다.

하지만 '화이트 엘러펀트(white elephant, 흰 코끼리)'라는 표현은
어떤 영어 사전에도 실려 있을 정도로 흔해빠진 말이다.

참고로 덧붙이자면, 영일 사전《앵커》에는 "white elephant"의
해설이 다음과 같이 실려 있다.


　　1. 백상(白象, 희귀한 종(種)의 코끼리)
　　2. 비용만 많이 들어가고 도움이 안 되는 골치 아픈 소지품
　　3. 진귀한 잡동사니


'백상(白象, 흰 코끼리)', 즉 '화이트 엘러펀트'란 말하자면 "진
귀한 잡동사니", "도움이 안 되는 골치 아픈 소지품"이라는 얘기
다. 물론 하루키는 이 표현(그리고 그 의미)을 잘 알고 있었을 것이
다. 그도 그럴 것이 "깊은 정글의 오솔길을 흰 코끼리를 타고 가는
듯한 표정으로" 걷고 있던, "음침한 느낌을 주는 얼굴" 생김새를
한 앞 대목의 '그녀'는 그 얼마 뒤의 대목에서 갑자기 "대학을 그
만두고 고향으로 돌아가"게 되어서, 이미 필요 없게 된 잡동사니

—주전자라든지 식기, 머그잔, 그리고 녹차와 비스킷, 설탕까지—
를 모두 '나'에게 깨끗이 줘버린다. "내일 이사 갈 거예요. 그래서
이제는 아무것도 필요 없어요"라고 말하면서.

'흰 코끼리'라는 표현은 그야말로 뒤의 이 작품 전개를 위한
하나의 복선으로서 거기에 썼을 것이다.

하루키의 머릿속에는, '화이트 엘러펀트'라는 '코끼리'가 오
래전부터 분명히 존재해 있었던 것이다.

그런데 그러한 '흰 코끼리'라는 표현과 개념은 애당초 《바람
의 노래를 들어라》 제1장에서 피츠제럴드와 하트필드와 함께 등
장했던 문호, 헤밍웨이로부터 얻은 것이 아닐까? 알 만한 사람은
모두 아는 바이겠지만 헤밍웨이에게는 〈흰 코끼리를 닮은 언덕들
(Hills Like White Elephants)〉이라는, 독서가가 좋아할 만한 단편 작품
이 있다. 《세계 문학 전집 제77권 / 헤밍웨이》(슈에이샤)에 누마자
와 고지 씨는 다음과 같은 해설문을 썼다.

〈흰 코끼리를 닮은 언덕들〉은 《트랜시즌》 1927년 8월호에 발
표되었다. 해수면 위로 드러난 빙산을 그림으로써, 수면 아랫부
분의 존재감을 시사하는 것이 헤밍웨이의 유명한 실천 문학 이
론이며, 이 단편은 그 좋은 예 중 하나일 것이다. 불타는 듯이 무
더운 스페인의 철도역을 무대로 대부분이 남녀간의 짤막한 대
사의 응수로 진행된다. 남자는 여자에게 낙태를 강요하지만, 두

사람 다 고집스럽게 그 이야기는 입에 담지 않는다. 단지 그뿐인 이야기지만 그 밑바닥에는 파국을 맞이하려는 남녀의 가슴 답답한 공허감과 불모감이 깔려 있다. 이따금 삽입되는 서경문 (자연의 경치를 서술한 글)도 효과적이다. 불모감을 돋보이게 하는 듯한 토지는 바짝 말라서 갈색이고, 하얗게 보이는 건너편 산줄기는 여자가 남자를 '흰 코끼리'에 빗대어 말함으로써, 그 흰색이 순수함의 증거도 희망의 색깔도 아님을 알 수 있다. 작가는 여자가 의식적으로 사용한 것처럼 쓰지는 않았지만, 사전을 찾아볼 것까지도 없이 여기서의 '흰 코끼리'란 무용지물이라는 의미일 뿐이다. 작가의 천연덕스러운 반어법은 말미에 살며시 집어넣은 "눈치 있게"라는 한마디에도 잘 나타나 있다. 다른 여행객들은 한결같이 "눈치 있게" 기차를 기다리고 있지만 이 남녀에게는 서로 상대방만큼 눈치 없는 인간이 없는 것이다.

문호 무라카미 하루키 또한 처녀작 《바람의 노래를 들어라》 이래, "해수면 위로 드러난 빙산을 그림으로써, 수면 아랫부분의 존재감을 시사하는 것"이라는 헤밍웨이의 유명한, '빙산의 일각' 실천 문학 이론을 여러모로 '실천'하고 있었을 것이다. 결코 '코끼리'만 '실천'한 것도 아니다. 그것이야말로 '빙산의 일각'에 지나지 않는다.

《상실의 시대》에서 왜 '나'는 "고바야시 서점"의 선반에서 단한 권의 책, 즉 헤르만 헤세의 《수레바퀴 아래서》를 선택했는가?
그것은 또한 "알 만한 사람은 알아줄 것"이라는 조용한 메시지였
을 것이다.

그리고 《1973년의 핀볼》에는 다음과 같은 서술이 실려 있다.

당신이 핀볼 기계 앞에서 계속 고독한 소모전을 벌이고 있을
때, 어떤 사람은 프루스트를 읽고 있을지도 모른다.

—《1973년의 핀볼》, 〈핀볼의 탄생에 대하여〉

하루키 작품을 읽는 즐거움은 이런 데에 있다. 필요한 것은 기
억력도 아니고, "쓸모없는 지식" 또한 아니다. 풍부한 상상력으로
짐작할 수 있으면 된다.

마지막으로 《지니어스 영일 사전》에는 '코끼리(elephant)'에 대
해 다음과 같은 해설이 실려 있다는 것을 덧붙인다.

1. 코끼리(象). (기억력이 좋다 Elephants never forget.) (중략)
I don't forget your birthday, for I am like an~. 당신의 생일은
기억하고 있어, 코끼리 같은 기억력이니까. (Birthday card에 쓰는
문구)

제6장

## '소'의 웃음

### "곤란할 때 동물에게 부탁하"는 하루키

예전에 '기린'이라고 이름 붙인 고양이를 기르기도 했던 하루키는 동물을 매우 좋아한다고 한다. 물론 작품 속에 수많은 동물을 등장시키는 것만 보더라도 그 사실을 충분히 짐작할 수 있다.

가와모토 사부로 씨는 《분가쿠카이》(1985년 8월호), 〈 '이야기'를 위한 모험〉이라는 하루키와의 특별 인터뷰에서 다음과 같이 말했다.

동물을 좋아하죠? 무라카미 씨의 소설에는 많은 종류의 동물이 등장하네요. 양, 코끼리, 소, 혹은 일각수 등 그 숫자도 대단하네요. 무라카미 하루키 씨에게 있어서 동물이라는 것은 오에 겐자부로 씨의 나무에 대응되지 않을까요?

또한 하루키 자신도 《쇼세쓰신초[小說 新潮]》(1985년, 여름 임시 증간호), 〈롱 인터뷰〉에서 다음과 같은 발언을 남겼다.

　동물은 가리지 않고 좋아합니다. 그러니 동물원을 좋아하죠. 동물원은 정말 좋아요. 특별히 어떤 특정한 동물을 좋아하는 건 아니고요. 그때 그때 다르죠. 어떨 때는 사슴의 궁둥이이기도 하고요. (웃음)[1]

　그리고 《인 포켓(In Pocket)》(1985년 10월호), 〈작가만큼 멋진 장사란 없다〉에서 무라카미 류와 시마모리 미치코 씨와의 대담을 통해 이런 '코끼리'에 관한 발언을 하기도 했다.

시마모리　요전에 글을 쓸 때의 이야기를 하던 중, 동물이 글 쓰는 계기가 되는 경우가 있다고 말씀하셨지요?
하루키　그래요. 아무것도 쓸거리가 없어 속수무책일 때가 있거든요. 아무것도 떠오르지 않는 거예요. 전 그럴 때 동물 이야기를 쓰자고 작정하죠. 코끼리로 할까 하고 생각하면, 코끼리로 정해져 버립니다.
시마모리　먼저 관찰을 하나요?

---

1) 여기에서의 웃음은 《슈칸 호세키》(1985년 7월 12일호), 〈나의 20대, '우리만의 이야기'〉에 하루키가 사슴의 궁둥이와 함께 찍은 사진이 게재된 것에 대해 농담한 것이다.

하루키    아뇨, 그렇진 않아요. 그냥 코끼리라는 말이 떠오르면 돼요. "곤란할 때 동물에게 부탁하기"라고 스스로도 생각하지만요.

류    나도 한번 해볼까? (웃음)

하루키    곤란할 때는 동물이죠. 전 코끼리 덕을 많이 보았죠. 그 후로 세 권이나 코끼리를 썼다고요. (웃음)


이번에는 '소'에 대해서 고찰해 보기로 하겠다.


## "보닛 위에" 그려진 "웃고 있"는 소

처녀작 《바람의 노래를 들어라》에서 처음 '소'가 등장하는 장면은 다음과 같다.


내가 자동차 앞창의 먼지를 휴지로 닦는 동안, 그녀는 의심스러운 듯이 차 주위를 한 바퀴 돌고 나서, 보닛 위에 흰 페인트로 커다랗게 그려놓은 소의 얼굴을 한동안 뚫어질 듯이 들여다보았다. 소는 코에 커다란 코뚜레를 뀐 채, 입에는 흰 장미 한 송이를 물고 웃고 있었다. 무척이나 천박한 웃음이었다.

—《바람의 노래를 들어라》, 제9장


여기서 '소'가 "커다란 코뚜레를 뀐 채" 있는 건 그렇다 치더라도, "입에 흰 장미 한 송이를 물고" "무척이나 천박한 웃음"을 짓고 있다는 건 도대체 무슨 이야기였을까? 또한《바람의 노래를 들어라》에서 라디오 프로그램의 DJ에게서 갑자기 전화가 걸려왔을 때 '나'는,

"개나 말은 조금은 웃습니다."
"어떤 때?"
"즐거울 때."

라고 대답하는데(제12장), 이 "보닛 위에 흰 페인트로 커다랗게 그려놓은 소"는 즐거워서 웃고 있었던 것은 아닐 것이다. 그렇다면, 여기서 '소'의 웃음이란 도대체 어떤 웃음이었을까? 무엇을 상징하는 웃음이었을까?

하루키는 '쥐'가 처음으로 등장할 때,

"왜 그런 별명이 붙었지?"
"잊어버렸어. 아주 오래전의 일이어서."

하고 시치미를 떼었는데, 이 '소'에 대해서도 또한,

"네가 그렸어?"

"아니, 전 주인이 그린 거야."

"왜 하필이면 소 그림을 그렸을까?"

"글쎄."


역시 그답게 시치미를 딱 떼고 있다. 무척이나 수상쩍다고 할 수 있다. 하루키는 여기서 무엇을 숨기고, '실천' 했을까?

참고로 덧붙이자면, 하루키는 1949년 소띠생이다.


## '나' 가 파묻어 버린 '소'

그런데 하루키가 "동물을 좋아하는" 것은 분명하며, 가와모토 씨가 말한 대로 그의 작품 속에는 "양, 코끼리, 소, 혹은 일각수 등" 그 종류가 "상당 수" 에 이르는 동물들이 등장하지만, 알고 보면 '소' 는 그다지 많은 횟수에 걸쳐 등장하고 있는 동물은 아니다. '양' 이나 '코끼리' 에 비해 등장 횟수가 훨씬 적다.

그러나 하루키가 '소' 에 대해서도 어떤 특별한 생각과 집착을 보여주고 있음은 분명하다. 이는 《세계의 끝과 하드보일드 원더랜드》의 바탕이 된, 단행본으로 만들어지지 않은 작품 〈거리와 그 불확실한 벽〉(《분가쿠카이》, 1980년 9월호) 속의 '마지막에' 를 읽어 보면 확실히 알 수 있다. 거기에는 다음과 같이 쓰여 있다.


나는 이제까지 너무나 많은 것을 계속 파묻어왔다.

나는 양을 파묻고, 소를 파묻고, 냉장고를 파묻고, 슈퍼마켓을 파묻고, 말(언어)을 파묻었다.

나는 이제 더 이상 아무것도 파묻고 싶지 않다.

그럼에도 나는 이야기를 계속하지 않으면 안 된다. 그것이 규칙이다.


여기서 "냉장고를 파묻고, 슈퍼마켓을 파묻"었다는 것은 가벼운 농담, 혹은 ("조그만 레스토랑"이라고 쓰지 않은 것을 보면) 현대사회의 거대한 산물이라는 상징이었겠지만, 그보다 주목해야 할 것은 하루키가 여기에서 '양'과 병행해서 '소'도 파묻었다고, 분명히 썼다는 사실이다. 주인공인 '나'가 '양'과 나란히 파묻은 것은 '기린'도 '호랑이'도 '얼룩말'도 아닌 '소'였던 것이다. '나'는 왜 여기서 '양'과 함께 '소'를 파묻었을까? 거기에는 어떤 경위나 동기가 있는 것일까?

우선 먼저 여기에서는 "말을 파묻었다"는 의미부터 잠시 살펴보기로 하자.

## "말을 파묻"은 하루키

우리 "70년대, 80년대의 아이들"은 전혀 알 턱이 없지만, "60년대의 아이들"이 살았던, 전공투 세대[2]의 사람들에게는 정말로 "말을 파묻"어버린 시기가 있었던 모양이다. 그러한 어두운(?) 시기를 일부 사람들은 실제로 거쳐 온 것이다.

하루키와 동세대 작가인 다카하시 겐이치로 씨는 〈실어증 환자의 리허빌리테이션[3], 나의 개인적인 '1960년대'〉라는 글에서 다음과 같이 회상하고 있다.

1971년부터 1978년까지, 그러니까 20세에서 27세까지, 나는 죽은 시늉을 하고 있었습니다. 아니, 정말로 죽어 있었다고 하는 편이 나을 것입니다. 기능이 망가진 인간은 죽은 것과 마찬가지이기 때문입니다.

여기서 "기능이 망가진 인간"이란 물론 실어증에 걸린 인간, 말을 잃어버린 인간을 말한다. 그는 이어서 "막상 말을 하고 글을 쓰려고 하면 마치 강압에 의해 움직이고 있는 듯한 느낌"이 들고, "하고 싶은 말은 서로 밀치락달치락하지만 무엇을 어떤 식으로 말해야 좋을지 전혀 알 수 없어지고 맙니다" 하고 회상한다. 물론 다카하시 씨에게 이런 증상이 생겼던 것은 '나의 개인적인 '1960년대''와 크게 연관되어 있다.

같은 글에 이러한 서술도 있다.

---

2) 60년대 후반 일본의 학생운동 세대를 일컫는 말. 전공투는 각 대학에서 발족한 '전국학생공동투쟁회의'의 줄임말이다.(*)
3) 리허빌리테이션(rehabilitation). 신체장애자 등의 사회 복귀를 위한 직업 지도나 심리 의학적 훈련, 즉 사회 복귀 요법.(*)

1979년이 되자, 나는 말을 하고, 다시 글을 쓰기 시작했습니다. 리허빌리테이션을 시작한 것입니다. 그때가 되어서야 나는 내가 말하고 싶었던 것, 몸의 어딘가에 걸려 있었던 것이 '1960년대'라는 것이 아니라는 사실을 깨달았습니다. 내가 원했던 건, 이를테면 눈앞에 있는 찻잔에 대해서 정확히 말하고 싶은, 그런 것이었습니다.

기묘하게도 하루키 또한 실제로 70년대 말이 되어 《바람의 노래를 들어라》를 집필하는 것으로 갑자기 "다시 글을 쓰기 시작"했다. 《슈칸 겐다이[週刊 現代]》(1980년 7월 3일호), 〈요즘 젊은이의 표어, '무라카미 하루키, 읽어봤어?'〉라는 기사에서, 침묵의 70년대에 관해 하루키는 다음과 같은 말을 했다.

열심히 일할 것, 책 세례를 받은 정도로 많이 읽을 것, 글을 일체 쓰지 말 것. 20대였던 10년 동안, 이것만을 명심해 왔습니다.
(중략)
어떤 시기에는 침묵이라는 것이 최고의 웅변이라고 생각합니다.

또한,

자신 속에 가지고 있는 위선을 깨닫지 못하는 한, 우리 세대에 구원이란 없다.

고 서술했다.

작품에서 인용해 보면, "정말로 쓰고 싶었던 문장"이라는 《바람의 노래를 들어라》 제1장에 이렇게 쓰여 있다.

모든 것으로부터 무엇인가 배우려는 자세를 계속 유지하고 있는 한, 나이를 먹으며 늙어간다는 것은 그다지 고통스런 일이 아니다. 하지만 그것은 일반론이다.

스무 살이 조금 지났을 때부터 나는 줄곧 그러한 생활 태도를 유지하려고 노력해 왔다. 그 때문에 타인으로부터 여러 번 뼈아픈 타격을 받고, 기만당하고, 오해받고, 또 동시에 많은 이상한 체험을 하기도 했다.

다양한 사람들이 찾아와서 내게 얘기를 걸었고, 마치 다리를 건너듯 발소리를 내며 내 위를 지나가고 나서는 두 번 다시 돌아오지 않았다. 나는 그동안 입을 꼭 다물고, 아무 말도 하지 않았다.

그런 식으로 나는 20대의 마지막 해를 맞이했다.

〈거리와 그 불확실한 벽〉에는 이렇게 쓰여 있다.

말.

너는 아주 오래전에 죽었을 테다. 나는 네가 마지막 숨을 거두는 것을 끝까지 지켜본 다음 땅에 깊디깊은 구멍을 파고 거기에 너를 묻었다. 그리고 작업화 밑창으로 지면을 밟아 다졌다. 그러나 10년이라는 세월 뒤에 말은 되살아났다. 마치 시체를 먹는 귀신처럼 말은 무덤을 열어젖히고 어둠과 함께 내 앞에 그 모습을 드러냈다.

이렇게 보면, 앞에서 "말을 파묻었다"라고 한 표현은 역시 내용 없고 무의미한 것을 그냥 한번 써본 것이 아니라는 사실을 알 수 있다. 하루키와 같은 세대의 어떤 사람들은 한때 정말로 그랬던 모양이다. 그 정도로까지 '말'을 불신하던 시대가 일찍이 일본에 실재했던 모양이다. 따라서 10년이라는 "긴 세월" 동안 의도적으로 침묵한 하루키가 "자신 속에 가지고 있는 위선을 깨닫지 못하는", "입만 까진", "피둥피둥 살쪄 있는", "어중이떠중이" 같은 녀석들을 나중에 본격적으로 공격하게 되는 데에는 충분한 이유가 있었다. 1960년대라는 시대를 체험하고서도 계속 침묵하지 않고 잘난 듯이 여전히 떠들어대는 녀석들이 만일 있었다고 한다면, 그런 녀석들이야말로 웃기는 "엉터리 같은 가짜들"이라고 다카하시 씨 또한 생각했을 것이다.

코끼리에 대해서는 뭔가를 쓸 수 있다 해도, 코끼리 조련사에 대해서는 아무것도 쓸 수 없을지도 모른다. (중략)

그러나 이제 나는 이야기를 하려고 한다. (중략)

잘만 되면 먼 훗날에, 몇 년이나 몇 십 년 뒤에 구제받은 자신을 발견할 수 있을지도 모른다고 말이다. 그리고 그때가 되면, 코끼리는 평원으로 돌아가고, 나는 보다 아름다운 말로 세계를 이야기하기 시작할 것이다.

10년에 걸친 침묵 끝에 다가온 이 시점이 하루키의 출발점이다. 정말로 정직하게, 정말로 솔직하게 글을 쓸 수 있었다고 하는 출발점이다. 예전에 정말로 "말을 파묻"은 하루키는 이렇게 1969년으로부터 10년이 지난 1979년이 되어서야 비로소 준비를 마치고, "이제 나는 이야기를 하려고 한다"며, 세상에 모습을 드러냈던 것이다. 물론 그것은 "땅에 깊디깊은 구멍을 파"기까지 해서 묻었던 '말'이 부활하기를, "다시 살아나기"를 바라고 한 일이다. '말'의 부활, 그것은 '코끼리'가 평원으로 돌아간 뒤의 "아름다운 말"의 부활, 그러니까 창조를 가리키는 것이다.

그러기 위해 하루키는 이제까지 무엇을 했는가? 그 한 방편으로써 '양'을 부활시켰다. 〈거리와 그 불확실한 벽〉에 "파묻었다"고 또렷이 써놓은 '양'을 부활시킨 것이다. 하루키는 〈거리와 그 불확실한 벽〉을 쓸 당시까지 완전히 파묻어온 '양'을 후작인《양을 쫓는 모험》에서 보기 좋게 부활시켰다.

그렇다면 '소'는 어떤가? '소'는 그 후 어떤 식으로 전개되었으며 어떤 발자취를 남겼는가?

## 일본적인 체념을 상징하는 '소'

〈거리와 그 불확실한 벽〉에서 하루키는 '양'과 함께 '소'또한 파묻었다. 그리고 '양'은 그 후《양을 쫓는 모험》이라는 작품에서 보기 좋게 부활시켰다.

그런데 '소'는 그 후에도 그대로 파묻힌 채다.《양을 쫓는 모험》을 마치고 이젠《댄스 댄스 댄스》에 이르는 모험까지 끝낸 '나'이기는 하지만, '소'는 변함없이 그 어느 작품에서도 활약하고 있지 않다. 여전히 파묻힌 채 다시 파내어질 기미조차 보이지 않는다. 어째서일까? 하루키는 '소'를 통해 무엇을 보기에 그런 것일까? 우리의 '소'에 대한 견해는 이러하다.

하루키는 '소'에게서 일부, 일본적인 체념을 보고 있는 게 아닐까.

여기서 말하는 "일본적인 체념"이란, '제이'에게서 찾아볼 수 있었던 체념 같은 것을 포함하고 있다. '제이'는 일찍이《1973년의 핀볼》에서 '쥐'로부터 다음과 같은 지적을 받았다.

"제이, 그러면 안 돼요. 그런 식으로 모두가 묻지도 말하지도 않으면서 서로를 이해해 봤자 아무런 해결도 나지 않아요. 이런 말은 하고 싶지 않지만⋯⋯."

—《1973년의 핀볼》, 제24장


'재팬'을 등에 짊어진 '제이', 하루키는 '소'에게서도 '제이' 와 비슷한 '재팬'의 그림자를 보았을 것이다. 그렇게 파악하면 "보닛 위에 흰 페인트로 커다랗게 그려놓은 소"가 어째서 "무척이 나 천박한 웃음"을 짓고 있었는지 충분히 납득할 수 있게 될 것이 다. 그렇다. 그것은 바로 우리 일본인들이 흔히 히죽히죽 웃는, 문 제의 그 음흉하고 천박한 웃음을 나타내는 것이다.

그렇다면 여기서 '소'가 입에 물고 있던 것은 빨간 장미꽃이 아니라 '흰 장미꽃'이었다는 사실에도 주목할 필요가 있을 것이 다. 어째서 일부러 '흰 장미꽃'으로 설정한 것일까?

빨간 장미꽃은 물론 '정열'을 상징한다. 한편, '흰 장미꽃'은 순결·순종 등을 상징한다. 이는 신부의 하얀 드레스가 의미하는 "당신의 색으로 물들겠습니다"라는 것과 같다. '흰 장미꽃'은 곧 "모든 것을 당신에게 맡긴다"는 뜻으로 주체성이 없다는 것을 나 타내는 표현이다.

그런 이유로, 보닛 위에 그려놓은 '흰 장미꽃'을 입에 문 (순종 적인) 이 '소'는 "천박한 웃음"을 짓고 있었던 것이다.

"왜 하필이면 소 그림을 그렸을까?"

"글쎄."

## 끝내 부활하지 않는 '소'

그런데 '소'는 '양'과는 달리 예로부터 일본인과 가까운 동물이다. '양'은 하루키에게 실로 익숙한, 《쓰레즈레쿠사》나 《호조키》 같은 고전 작품에 한 번도 등장하지 않지만, '소'는 종종 등장한다. '소'는 일본 고전 문학에서는 매우 친숙한 대중적인 동물이다. 그와 동시에 언제부터인가 '소'에게서 체념을 보는 문화도—아마도 선(禪) 사상과의 관련으로— 일본에는 존재하는 듯하다. 예를 들면, 하이진[俳人][4]인 가토 슈손[加藤楸邨]이 지은 시구 중에는 다음과 같은 글귀가 있다.

절반쯤, 소는 눈을 뜨고 있다, 천둥이 치는 중에

여기에서의 '소'는 천둥이 요란스럽게 치고 있는데도, "절반쯤" "눈을 뜨고" 꿈쩍도 하지 않는다. 체념한 '소', 세상을 달관한 '소'이다. 물론 슈손이 본 소가 우연히 그런 소였다는 이야기가 아니라 어느 소나 다를 바가 없다. 이미 그러한 '풍경'이 각인되

---

4) 5·7·5의 3구 17자로 된 일본 특유의 단시인, 하이쿠를 짓는 사람.(*)

어 있는 슈손에게 소의 눈은 그렇게만 비친 것이다.

언제부터인가—적어도 일본에서는— 언제 보아도 졸린 듯하고, 감고 있는지 뜨고 있는지조차 잘 알 수 없는 소의 눈을 반쯤 뜬 눈이라며 득도한 자의 눈처럼 보는 문화가 있는 것 같다.

그러나 이러한 관점은 '양'에게는 적용되지 않는다. 이는 두 말할 것도 없이 지금까지 일본이 전통적으로 '양'과는 전혀 인연이 없는 곳에서 문화 전반을 쌓아왔기 때문이다.

이 문제에 관해서는 《양을 쫓는 모험》에 나오는 "검은 옷의 사나이"의 다음과 같은 대사를 통해 설명된다.

"……양이 일본에 수입된 것은 메이지 초기가 아니고 안세이[5] 때였지. 그러나 당신 말대로 그 이전에는 일본에 양은 존재하지 않았소. 헤이안[6] 시대에 중국에서 도래했다는 설도 있지만, 그것이 사실이라 치더라도 그 후 양은 어딘가에서 멸종해 버렸지. 그러니까 메이지까지, 대부분의 일본인은 양이라는 동물을 본 적도 없고 양에 대해 알 수도 없었다는 이야기가 되는 셈이지. 십이지(十二支)에도 들어 있는 비교적 대중적인 동물임에도 불구하고, 양이 어떤 동물인가 하는 것은 아무도 몰랐네. 다시 말

---

5) 안세이[安政]. 1854~1860년까지의 고메이[孝明] 천황 때의 연호. 일본에서는 천황이 바뀔 때마다 연호가 바뀐다.(*)
6) 헤이안[平安]. 간무[杆武] 천황의 헤이안쿄[平安京] 정도 이후 가마쿠라[鎌倉] 시대 성립 시까지 약 400년간의 일본 정권(794~1192년).(*)

해서 용이나 맥[7]과 마찬가지로 상상의 동물이었다고 할 수 있겠지. 사실 메이지 이전의 일본인에 의해서 그려진 양의 그림은 하나같이 엉터리야. H. G. 웰즈가 화성인에 관해 가지고 있던 지식과 비슷한 정도라 할 수 있소. 그리고 오늘날에도 여전히 일본인은 양에 대한 지식을 별로 갖고 있지 않지. 요컨대, 역사적으로 양이라는 동물이 생활이라는 단계에서 일본인과 관련이 있었던 적은 한 번도 없었던 거야. 양은 국가적 수준에서 미국으로부터 일본으로 수입되어 육성되었고, 그리고 버려졌어. 그것이 양이야. 제2차 세계대전 후 오스트레일리아 및 뉴질랜드와의 사이에서 양모와 양고기가 자유화됨으로써, 일본에서의 양 사육에 따르는 이익은 거의 제로가 된 셈이지."

—《양을 쫓는 모험》, 제6장


《아사히 신문》(1989년 10월 9일) 〈천성인어(天聲人語)〉란에는 다음과 같이 쓰여 있다.


다음 달 10일부터 3일간 모리오카에서 "양을 둘러싼 미개척자의 모임"이 개최된다. 지금 일본에는 오로지 3만 마리의 양이 존재할 따름이다. 홋카이도, 나가노, 이와레, 후쿠시마 등 그 지

---

7) 중국 전설에서 인간의 악몽을 먹는다는 동물. 전체적인 모습은 곰, 코는 코끼리, 눈은 무소, 꼬리는 소, 발은 범과 비슷하다.(*)

역도 한정되어 있다. 쇼와 32년에는 전국적으로 1백만 마리나 사육되고 있었던 사실에 비추어본다면 실로 급감한 것이다. 이는 양모의 수입 자유화, 합성섬유의 보급으로 타산이 맞지 않게 되었기 때문이다. (중략)

본디 일본은 메이지 이후 양의 교류를 시작했기에 그 역사가 길지 않다. 십이지 중 하나인 양은 용과 마찬가지로 상상 속의 동물이었다.

한편, 소에 대한 일본인의 견해는 어떠한가? 무카다 구니코 씨의 《한밤의 장미》(고단샤)에 수록된 〈소의 목〉이라는 짧은 글을 예로 들 수 있다.

푸줏간 앞에 소의 목이 매달려 흔들리고 있었다. 튀니지의 시골 마을이다.

얼굴을 돌리고 그대로 지나치고 싶었다.

그런 부분은 생각하지 않고 전골이나 스테이크를 먹어왔기 때문이다.

막 도살된 듯 목 아래 돌바닥에는 투명한 기름과 피가 물방울처럼 뚝뚝 떨어져 있었다. 가까이 다가가자 목이 빙그르르 돌아 내 눈앞에 그 절단면이 펼쳐졌다. 선홍색의 심줄이 정밀 기계처럼 뒤엉켜 있어 마치 텔레비전의 뒷면 같았다.

그 목은 살아 있는 것처럼 보였다.

콧구멍에는 올리브 잎사귀가 둥글게 말린 채 꽂혀 있었는데,

"아이, 간지러워!"

하고 당장이라도 불어 날려버릴 것만 같다.

나는 소가 깊은 쌍꺼풀을 지니고 있다는 걸 처음 알았다. 금색의 긴 속눈썹에는 아직 윤기가 돌고 있었다.

속눈썹 아래의 눈은 이상하리만치 느긋해 보이고 각별히 화를 내거나 원망하고 있는 것처럼 보이지는 않았다.

훌륭한 죽은 얼굴이었다.

감탄하며, 인간은 이런 얼굴로 죽을 수는 없을 것이라고 생각했다.

소는 태어날 때부터 체념하고 있다.

인간은 안 된다는 것을 뻔히 알면서도 희망을 갖고 삶에 집착하면서 죽어간다.

소를 먹는 인간 쪽이 먹히는 소보다 더 겁먹은 얼굴로 죽어가는 것이다.


무카다 씨 역시 '소'에게서 체념을 보았다. "소는 태어날 때부터 체념하고 있다", "인간은 이런 얼굴로 죽을 수는 없다", "훌륭한 죽은 얼굴이다" 등등.

한편, 하루키 작품에 '소'에 대한 그와 같은 플러스 이미지의

체념이 나타난 적은 여태껏 한 번도 없다. 하루키 작품에 등장하는 '소' 들은 "천박한 웃음을 짓는 소"나 "신경통에 걸린 소", 혹은 "해부된 소"(《바람의 노래를 들어라》) 등이다.

> "작년에 소를 해부한 적이 있어."
> "그래?"
> "배를 가르고 보니까 위장 안에는 한 줌의 풀밖에는 들어 있지 않는 거야. 나는 그 풀을 비닐봉지에 담아 집으로 가지고 돌아와서 책상 위에 놓았지. 그리고 뭔가 불쾌한 일이 있을 때마다 그 풀을 바라보면서 이런 식으로 생각하기로 했어. 왜 소는 이렇게 맛없어 보이고 비참한 풀을 소중한 것이라도 되는 듯이 몇 번씩이나 되새김질해서 먹는 걸까 하고 말이야."

제35장에 쓰인 "맛없어 보이고 비참한 풀을 소중한 것이라도 되는 듯이 몇 번씩이나 되새김질하면서 먹는" '소'. 그 사는 모습은, "묻지도 말하지도 않은 채 이해하고", "아무데도 갈 수 없는" '제이'와 상통하는 점이 있는 것 같다. 이를테면 조금도 진보가 없다는 점에서, 조금도 앞으로 나아가지 못한다는 점에서 말이다.

하루키의 작품세계는 이러한 체념이나 진보의 부재를 싫어한다. 《양을 쫓는 모험》에서는 '거북이'를 얼마나 혐오했던가?

하루키는 이 "해부된 소"의 이야기를 쓰고 곧이어 다름 아닌 진보에 관한 이야기를 썼다.

"네게 물어보고 싶은 게 있어. 괜찮을까?"

"얼마든지."

"사람은 왜 죽는 걸까?"

"진화하기 때문이지. 개체는 진화의 에너지를 견뎌낼 수 없어서 세대교체를 하거든. 물론, 이건 하나의 가설에 지나지 않지만 말이야."

"그럼 지금도 진화하고 있어?"

"조금씩은."

"왜 진화하는 거야?"

"그것에 대해서도 여러 가지 의견이 있지. 다만 확실한 건 우주 자체가 진화하고 있다는 점이야. 거기에 어떤 방향성이나 의지가 개재되어 있느냐 하는 건 제쳐놓더라도, 우주는 진화하고 있고 결국 우리는 그 일부에 지나지 않아."

—《바람의 노래를 들어라》, 제35장

"확실한 건 우주 자체가 진화하고 있다는 점", 그리고 "결국 우리는 그 일부에 지나지 않"지만, "우주가 진화하고 있는" 이상, 우리 또한 어떤 식의 진보와 진화를 이루지 않으면 안 된다고, 여기서 '나', 혹은 작가인 하루키는 생각한 것이 아닐까? 설사 잘못된 방향으로 세계가 진화하고, 진보해 간다 하더라도 같은 곳을 빙글 빙글 맴돌고 있는 것보다는 훨씬 낫다며.

《바람의 노래를 들어라》 제3장에는, '나'와 '쥐'의 다음과 같은 대화가 삽입되어 있다.

"왜 내가 부자들을 싫어한다고 생각해?"

그날 밤 쥐는 그렇게 물었다. 그렇게까지 얘기가 진전된 건 처음이었다.

모르겠다는 식으로 나는 고개를 흔들었다.

"분명히 말해서 부자들은 아무것도 생각하지 않아. 손전등과 잣대가 없으면 자기 엉덩이도 긁지 못한다고."

'분명히 말해서'란 쥐가 걸핏하면 내뱉는 말버릇이었다.

"그래?"

"응. 녀석들은 중요한 일은 아무것도 생각하지 않아. 생각하는 시늉만 할 뿐이지. ……왜 그런 것 같아?"

"글쎄."

"생각할 필요가 없기 때문이지. 물론 부자가 되기 위해서는 약간의 머리가 필요하지만, 계속 부자로 있기 위해서는 아무것도 필요하지 않아. 말하자면 인공위성에 휘발유가 필요 없는 것과 같은 논리지. 빙글빙글 같은 곳을 돌기만 하면 되는 거야. 하지만 나나 너는 그렇지가 않지. 살아가기 위해서는 계속 생각해야 하거든. 내일의 날씨에서부터 욕조의 마개 사이즈까지 말이야. 안 그래?"

"그건 그래."

내가 대답했다.

"그런 거라고."

쥐는 하고 싶은 말을 다 하자 주머니에서 휴지를 꺼내 재미없다는 듯이 소리를 내며 코를 풀었다.

또한《1973년의 핀볼》시작 부분에는 이런 독백이 있다.

모든 것이 똑같은 일의 반복에 지나지 않는다는 생각이 들었다. 끝없는 기시감, 되풀이될 때마다 악화되어 간다.

하루키의 작품에서 "빙글빙글 같은 곳을 돌기만 하" 거나, "소중한 것이라도 되는 듯이 몇 번씩이나 되새김질" 하거나, "중요한 일은 아무것도 생각하지 않는다고. 생각하는 시늉만 할 뿐이지"라는 빈축을 사는 "아무 데도 가지 못하는", 그리고 "되풀이될 때마다 악화" 되는, 그런 녀석들은 분명히 혐오의 대상이다.

《댄스 댄스 댄스》에는 다음과 같은 '양사나이' 의 대사가 실려있다.

"자네도 할 수 있는 데까진 해야 해. 가만히 앉아서 생각에만 잠겨서는 안 돼. 그렇게 한댔자 어디에도 갈 수가 없거든. 알겠어?"

—《댄스 댄스 댄스》, 1권 제11장

'나'는 일찍이 '소'를 묻고 '양'을 파묻었다. 진심으로 '말'도 파묻었다. 그러나 그 후《댄스 댄스 댄스》에 이르는 모험을 끝낸 '나'가—아오야마의 슈퍼마켓 기노쿠니야에서 양상추를 살 수 있게까지 된 '나'가— 지금까지도 계속해서 파묻고 있는 건, 그런 체념의 쳇바퀴를 도는 일을 되풀이할 뿐인, 천박한 '소'뿐이다. 그런 '소'는 '양'처럼 훗날 부활하지도 않는다. 할 턱이 없다. 주인공인 '나'의 눈은 결코 '소'가 반쯤 뜬 눈 같지는 않은 것이다. '나'는 그런 "묻지도 말하지도 않는" 달관 따위는 하지 않는다. '나'는 '말'을 부활시키고, 그리고 이야기할 것이다. 모든 것은 이야기하고 움직이면서 해결할 것이다.

이제 나는 이야기하려 한다.

우리도 이 자리에서 제대로 "이야기하려 한다." 다음에는 드디어 '양'을 검토할 차례다.

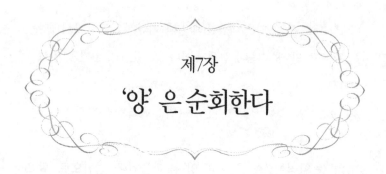

제7장
# '양'은 순회한다

## 부활한 '양'

단행본 미수록 작품인 〈거리와 그 불확실한 벽〉에서 '소'와 '말(언어)'과 함께 주인공 '나'는 '양'도 파묻었다는 것은 앞장에서 언급한 바와 같다. 그리고 하루키 작품에서 '소'는 왜 그 후로도 계속 묻힌 채였나 하는 해답도 제시해 두었다.

그럼 지금부터는 그러한 전제에 입각한 '양'의 이야기를 하기로 하겠다. '나'를 주인공으로 해서 어느 날 '말(언어)'을 부활시킨 하루키는 또 어떤 이유로 '양'을 갑자기 부활시킨 것일까? 하루키에게 있어서 '소'와 '양'의 결정적인 차이는 어디에 있었던 것일까? 이를테면 '소'라는 동물은 지극히 일본적이고 일본인에게 친숙한 동물인 반면, '양'이라는 동물은 완전히 서양적인 동물이라는 사실과 어떤 관련을 맺고 있지는 않을까? 흥미로운 사실은 '소' [=축(丑)]와 '양' [=미(未)]은 십이지(十二支)[1]에서 그 방향, 즉 방위가 정확히 180도 반대되는 관계에 있다는 것이다. 하루키는 '소'와 '양'을 그러한 대조 동물로 은밀히 파악했던 것은 아닐까?

《양을 쫓는 모험》에 앞서, 하루키 작품에 처음으로 등장하는 '양'은 《1973년의 핀볼》 제8장에서 다음과 같이 묘사된다.

> 공원묘지는 산꼭대기 가까운 곳에 여유 있게 펼쳐져 있었다. 조그만 자갈을 깐 길이 묘지 사이를 가로세로로 누비고 있고, 잘 손질된 철쭉이 풀을 뜯는 양 같은 모습으로 군데군데 피어 있었다. 그리고 그 드넓은 부지를 내려다보며 고비처럼 굽어 있는 키 큰 수은등이 여러 개 늘어서서 어색할 정도로 하얀빛을 구석구석까지 비추고 있었다.

하루키 작품에서 '양'은 그 뒤 어떤 빛을 비추었을까? 우선 가

---

1) 동양권에는 태어난 해에 따라 '띠'라는 개념을 가지고 있다. 이 띠는 열두 동물로 이루어져 있는데 이것을 십이지라고 한다. 12라는 숫자는 1년 열두 달을 의미하는 부호로 사용되었다고 볼 수 있는데, 여기에 시간과 방위의 개념이 결합되고 나아가 열두 동물과 결합하여 십이지가 완성되었다. 십이지를 상징하는 동물은, 쥐[자(子)], 소[축(丑)], 호랑이[인(寅)], 토끼[묘(卯)], 용 [진(辰)], 뱀[사(巳)], 말[오(午)], 양[미(未)], 원숭이[신(申)], 닭[유(酉)], 개[술(戌)], 돼지[해(亥)]이다. 십이지의 방위는 자(子)시가 정북, 축(丑)시가 북북동, 인(寅)시가 북동동, 묘(卯)시가 정동, 진 (辰)시가 남동동, 사(巳)시가 남남동, 오(午)시가 정남, 미(未)시가 남남서, 신(申)시가 남서서, 유 (酉)시가 정서, 술(戌)시가 북서서, 해(亥)시가 북북서 쪽이다. 따라서 소는 북북동, 양은 남남서 쪽으로 그 방위가 정확히 180도 반대에 위치해 있다.(*)

설을 하나 세워보는 것에서부터 시작하자.

양이 1마리, 양이 2마리…… 양이 32마리, 양이 33마리…….

## 예수 그리스도와 기묘하게 일치하는 '양'

'소'가 불교문화, 다시 말해 참선을 통해 깨달음을 얻는다는 선 사상에서 득도해서 반쯤 뜬 눈을 하고 있는 신성한 동물인 한편, '양'이라는 동물은 말할 것도 없이 서양 사회에서 신의 아들, 즉 예수 그리스도와 결부되는 대단히 신성한 동물 내지는 상징이다. 예수 그리스도가 십자가에 못 박혀 죽은 뒤 부활한 것처럼, 하루키의 '양' 또한 한 번 묻힌 뒤 멋지게 부활한다. 이 기묘하게 일치하는 '양' 부활 현상은 도대체 무엇을 의미하는 것일까? 하루키에게 있어서 '양'은 역시 신의 아들, 즉 예수 그리스도와 결부되는, 그런 '양'이 아니었을까?

실은 "무라카미 하루키는 성서(聖書) 세계와 깊은 관계가 있다!"고 여기서 난데없이 선언한들 이를 믿어줄 것 같지 않지만, 자세히 살펴보면 이는 결코 무시할 수 없는 사항이다. 실제로 가장 중요한 사항이라는 것을 발견하게 될 것이다.

예를 들어 《아사히 저널》(1982년 2월 5일호)에는 〈아오야마 가쿠인[青山 學院] 대학―위기에 빠진 자치와 그리스도교 정신〉이라는 제목으로 다음과 같은 하루키의 글이 게재되어 있다.

1973년의 신학과 폐지 문제는 자치 압살과 경영 합리화라는 두 가지 관점에서, 이러한 '아오야마 가쿠인 노선'의 정점에 자리매김하는 사건이었다. ……내가 이 신학과 폐지 사건에 대해서 무엇보다 놀라움을 느낀 것은 미션 스쿨이 목사 양성을 위해 마련한 신학과를 (설사 어떤 이유가 있다 하더라도) 일방적으로 폐지한다는 불행하고도 기이한 사건에 대해, 정작 대학 당국자들 사이에서는 애끓는 슬픔이라든가 반성의 기미를 전혀 찾아볼 수 없다는 사실이었다. (중략)

크리스천의 정신에 입각한 자유로운 학문의 상아탑을 지향한 아오야마 가쿠인의 정신이 이미 죽음에 빠져 있다. ……누가 죽인 것도 아니다. 오랜 세월에 걸쳐서 많은 인간들이 조금씩 죽여온 것이다. 제2차 세계대전 중에 크리스천 압살에 맞서 끈질긴 저항을 해온 이 대학의 정신은 도대체 어디로 사라져버렸는가?

아오야마 가쿠인이 모교라면 또 모를까, 잘 알려져 있다시피 하루키의 모교는 와세다 대학교이다. 그런데도 이러한 분노와 강한 슬픔은 도대체 무엇이었을까? 성서 세계, 혹은 크리스천 정신에 대한 강한 애착 없이 이런 기사를 쓸 수 있을까? "제2차 세계대전 중에 크리스천 압살에 대해 끈질긴 저항을 해온 이 대학의 정신"이라고 마지막에 쓴 그 애절함에서 뭔가 심상치 않은 것이 느껴지지 않는가?

하루키와 성서 세계, 이 관점에서 다시 한 번 작품을 재정립해
보기로 하자.

## 하루키와 성서 세계

《바람의 노래를 들어라》에서 먼저 알 수 있는 건 주인공인
'나'의 생일이다. 12월 24일인 그날은 작품 속에 다음과 같이 쓰
여 있다.

> "언제 도쿄로 돌아가?"
>
> "다음 주에. 시험이 있어."
>
> 그녀는 잠자코 있었다.
>
> "크리스마스 때까지는 다시 돌아올 거야. 12월 24일이 생일
> 이거든."
>
> 그녀는 고개를 끄덕였으나 뭔가 다른 생각을 하는 것 같았다.
>
> "염소자리구나."
>
> "맞아, 너는?"
>
> "나도 같아. 1월 10일."
>
> "왠지 손해 보는 별자리인 것 같아. 예수 그리스도처럼."
>
> "그래."
>
> ─《바람의 노래를 들어라》, 제35장

12월 24일은 물론 크리스마스이브이다. 당연히 그리스도교 사회에서는 예수 그리스도와 결부되는 성스러운 날이다. "왠지 손해 보는 별자리"이긴 하지만[2], '나'는 예수 그리스도와 같은 염소자리의, 더구나 12월 24일생으로 설정되어 있다. 이러한 생일 설정에는 뭔가 의도적인 냄새가 느껴지지 않는가?

한편, '쥐'는 '쥐'대로 다음과 같이 이야기한다. 《바람의 노래를 들어라》 제31장에서 '쥐'가 돌연히 '나'에게 말한다.

"그대들은 세상의 소금이니라."

"?"

"소금이 만일 그 맛을 잃으면 무엇으로 짜게 하겠는가?"

쥐는 말했다.

'쥐'에 의한 이 대사, "그대들은 세상의 소금이니라. 소금이 만일 그 맛을 잃으면……"은 성서 〈마태복음〉에 나오는 말이다. '쥐'는 이 성서 구절을 '나'에게 돌연히 던짐으로써 도대체 무엇을 말하려고 한 것일까? 이 대목 이전에 제27장에서 '쥐'는 책을

---

2) 무라카미 하루키의 《하이호》라는 에세이집에 〈손해 보는 염소자리〉라는 글이 수록되어 있다. 염소자리가 어째서 "왠지 손해 보는 별자리"인지 상세히 알고 싶은 분은 한번 찾아보는 것이 좋을 것이다. 예수 그리스도도 염소자리라는 손해만(?) 보는 별자리로 태어나지만 않았어도, 십자가에 못 박혀 죽는 일은 없었을지도 모른다. 부활한 그리스도의 두 번째 탄생일은 당연히 득만 보는(?) 양자리이다.

읽고 있었다.

내가 2시 정각에 제이스 바 앞에 차를 세웠을 때, 쥐는 가드레일에 걸터앉아서 카잔차키스의 《예수 다시 십자가에 못 박히다》를 읽고 있었다.

'쥐'라는 인물은 이 책 제5장에서 "쥐는 지독히도 책을 읽지 않는다. 그가 스포츠 신문과 광고지 이외의 활자를 읽는 걸 본 적이 없다"고 소개되었는데, 그 후 그는 "헨리 제임스의 엄청나게 긴 소설"이나 "몰리에르"를 읽게 되고 마침내는 카잔차키스의 《예수 다시 십자가에 못 박히다》까지도 읽게 된 것이다. 이 전향(?)은 도대체 무엇이었을까? 카잔차키스라는 이름은 그다지 익숙한 이름은 아니나 그렇다고 가공의 인물이거나 가공의 작가도 아니다.

니코스 카잔차키스는 1883년에 크레타섬에서 태어났다. 모리야스 다츠야 씨가 쓴 〈카잔차키스, 인간과 문학〉에 의하면, 그는 "파리에서 만난 한 소녀에게서 니체와 꼭 닮았다는 말을 듣고 나서부터 니체에 흥미를 갖기" 시작하여, 마침내 "1908년에 그 연구를 정리하여 박사 논문으로 《프리드리히 니체와 의(義)의 철학》을 써서 아테네 대학에 제출했던" 이력의 소유자이다. 또한 "니체로부터 흡수한 디오니소스적 낙관 허무주의, 초인 이론, 서양 문명의 해체 같은 테마"를 취해, "그 후로 생애를 통해서 그러한 테마들을 결코 잃지 않았다"는 사람이다.[3] 작품으로는 《예수 다시 십자가에 못 박히다》 외에, 영화 〈최후의 유혹〉으로 만들어진 《그리스도 최후의 유혹》, 하루키의 에세이집 《먼 북소리》에 자주 인용된 《그리스인 조르바》 등이 있다.

하루키 작품과 성서 세계에 관한 탐색은 계속되어야 할 것이다.

## 《양을 쫓는 모험》에 나타나는 그리스도교 세계

《양을 쫓는 모험》에서 '양'을 가지고 명백히 성서, 즉 그리스도교 세계를 바탕으로 썼을 것이라고 여겨지는 대목을 들어보겠다.

차는 약간 높은 언덕의 중심에 서 있었다. 뒤에는 차가 올라온 듯한 자갈길이 이어져 있었고, 그것은 인위적일 정도로 구불구불 구부러지면서 멀리 보이는 문으로 통해 있었다. 길 양쪽에는 사이프러스와 수은등이 연필꽂이처럼 같은 간격으로 늘어서 있었다. 천천히 걸으면 문까지 아마도 15분 정도는 걸릴 것 같았다. 사이프러스의 줄기마다 셀 수 없을 만큼의 매미들이 기를 쓰고 매달려, 세계가 종말이라도 향해 굴러가기 시작한 듯이 울어대고 있었다.

---

3) 여기서 마음에 걸리는 것은 니체를 경애했던 '하트필드'이다. 그의 묘비명에는 유언에 따라 니체의 말이 새겨져 있을 정도이다. 카잔차키스와 니체, 그리고 '하트필드'. 왠지 기묘하게 연결되어 있다.

사이프러스 가로수의 바깥쪽은 가지런히 손질한 잔디밭이었고, 언덕의 경사를 따라서 철쭉과 수국 외에도 이름 모를 식물들이 끝없이 흩어져 있었다. 찌르레기 한 떼가 잔디 위를 흘러내리는 모래처럼 오른쪽에서 왼쪽으로 이동하고 있었다.

—《양을 쫓는 모험》, 제4장

이는 "검은 옷의 사나이"가 "양 이야기"를 하기 위해 '나'를 "3250평"이나 되는 '선생님'의 저택으로 불러들인 장면이다. 마중 나온 자동차는 "비둘기시계처럼 정확"하게 "약속대로 4시"에 도착해, '나'를 이 저택으로 데려왔다.

그런데 여기서 주목해야 할 것은 '사이프러스'다.《이와나미 국어사전》에는 '사이프러스'에 대해 다음과 같은 해설이 실려 있다.

측백나무 과의 상록 고목. 유럽에서는 죽음의 상징으로 흔히 묘지에 심고, 작은 가지는 상(喪)의 상징으로 쓴다. 관상용으로도 심는다. 사이프러스.

《성서 상징 사전》(인문서원 출간)에는 이렇게 쓰여 있다.

하늘을 향해 가늘고 길게 뻗은 사이프러스는 일찍이 고대 메소포타미아 시대부터 종교적 의미를 담은 회전식 원통형 상징물로 이용되었으며, 고대 페르시아에서는 성스러운 나무로 간주했다. 또한 상록수인 사이프러스는 영원한 생명을 상징적으로 암시한다고 여겨지기도 했다. 고대 그리스와 로마에서 사이프러스가 사자(死者)의 나무라고 간주된 것은 (그리고 오늘날에 이르기까지 묘지에 가장 즐겨 심는 나무인 것은) 사이프러스로부터 사후(死後)의 생명 지속에 대한 희망이 느껴지기 때문일 것이라고 추측된다.

(성서 속에서—필자 부기) 사이프러스는 레바논의 장려한 수목으로 여러 차례 언급되고 있으며(예를 들어 〈열왕기하〉 19:23), 거듭 태어난 예루살렘에는 레바논의 영광이 도래하여, 사이프러스와 전나무와 회양목으로 하느님의 지성소를 장식할 것이라고 말하고 있다(〈이사야〉 60:13). 하느님의 정원에는 삼목과 플라타너스, 그리고 사이프러스도 심어져 있다(〈에스겔〉31:8). 예언자 여호수아에 강림하신 주님은 자신을, "항상 초록을 유지하는 사이프러스"에 비유한다(〈호세아〉 14:9). 신전을 장식할 때 솔로몬은 거대한 신전 내부에, "사이프러스를 갖다 붙이고, 그것을 질 좋은 황금으로 덮었다(〈역대하〉 3:5). 높게 뻗은 사이프러스는 지혜의 숭고함을 상징한다(〈시라〉 24:13). 히브리어인 고펠(gopher)도 사이프러스(zypress)로 번역할 수 있을지는 정확하지 않지만, 만일 사이프러스를 의미한다면, 노아의 방주도 사이프러스 나무

로 만들었을 것이다(〈창세기〉 6:14). 그 밖의 대목도 이 나무의
상징적 의미, 즉 생명의 나무라는 의미와 완전히 부합한다.

작품 속에 쓰인 '사이프러스'는 대수롭지 않아 보이지만, 그
이면에는 이러한 빙산이 존재해 있었던 것이다. 《구약성서》에 여
러 번 나오는 사이프러스, 삶과 죽음의 상징인 성스러운 수목 사
이프러스, 하루키는 그러한 사이프러스의 존재를 잘 알고 있었을
것이다. 알고 있었기에, 그 수목에 "셀 수 없을 만큼의 매미"를 필
사적으로 달라붙게 하고, "세계가 종말이라도 향해 굴러가기 시작
한 듯이 울어대고 있었다"라고 쓸 수 있었을 것이다.
    '사이프러스' → '종말'이라는 흐름은 《구약성서》 세계를 잘
알고 있는 사람에게는 극히 자연스러운 발상의 흐름이다. (물론 여
기서 애당초 사이프러스가 나오는 것은 '양'이 전제되었기 때문이다).
"소금이 만일 그 맛을 잃으면 무엇으로 짜게 하겠느냐?" 등, 하루
키는 성서 세계에 대단히 밝은 사람인 것이다.
    다음과 같은 서술은 정말 식은 죽 먹기 같은 작업이었을 것이다.

    다만 몇 가지 세부적인 증세는 밝혀졌네. 40일 주기로 사흘
    동안 심한 두통에 시달리는 거지.
                                        ―《양을 쫓는 모험》, 제6장

이는 '선생님'이라고 불리는 노인이 옛날에 '양'에 씌었을 때 나타난 증상이다. 여기에는 "40일 주기로 사흘 동안"이라고 쓰여 있는데, 이 숫자가 성서 세계에서 얼마나 중요하고 의미 깊은 숫자인지 이미 많은 사람들이 알고 있을 것이다. "사흘 동안"이란 그리스도가 부활하는 데 필요했던 시간이고, "40일"이란 하느님이 지상에 큰비를 내리게 해 이른바 노아의 홍수를 일으킨 기간, 혹은 모세가 산 속에 칩거했던 기간, 그리스도가 단식했던 기간이다. 하루키는 여기에서도 다시금 '양'과 연관 지어 다음과 같은 서술을 해놓았다.[4]

다음의 서술도 역시 '양'에서 유래하는, 분명히 의미 있는 서술이다.

한동안 침묵이 이어졌다. 그동안 나는 셔츠의 단추에 얽혀 있는 실밥을 떼고, 볼펜으로 메모지에 별을 열세 개 그렸다.

—위의 책, 제6장

"별을 열세 개", 이 숫자야말로 더 이상 설명이 필요 없는 숫자

---

4) 성서에는 각별히 의미가 깊은 '40'이라는 숫자에 대한 하루키의 관심은 좀 더 주목해 보아야 할 것이다. 왜냐하면 《바람의 노래를 들어라》의 장 수가 전부 마흔 개로 이루어져 있고, 《세계의 끝과 하드보일드 원더랜드》의 이야기 또한 마흔 개의 이야기로 구성되어 있기 때문이다. 이러한 기묘한 일치는 단순한 우연의 산물이었을까? 아니면 작가가 의도적으로 조작한 결과였을까?

일 것이다. 이 장면은 "여하튼 양을 찾으러 갈 결심을" 한 '나'가 바로 "검은 옷의 사나이"에게 전화를 건 장면이다. '양'에 씌기 시작한 '나'는 일부러 이렇게 꼼꼼하게 "별을 열세 개" 그리게 된다. 열두 개도 열네 개도 아닌 열세 개. 그리스도, 즉 '양' 세계에서는 매우 불길한 열세 개.

"무라카미 하루키가 제시하는 숫자에는 전혀 의미가 없다"는 것이 지난 12년간의 정설(定說)이었지만, 항상 평론가의 뒤통수를 치며 작품을 발표해 온 하루키는 여기에서 정확히 의미가 있는 숫자를 남긴 셈이다. "40일 주기로 사흘 동안"이라는 숫자와 마찬가지로 "열세 개"라는 숫자 또한 결코 대체될 수 없는 불변의 숫자이다.

그렇다면 이런 서술은 어떤가?

나는 여자 친구에게 어떠냐고 물어보았다.
그녀도 나쁘지 않다고 했다.
"어쩐지 천지창조 같아."
그녀의 말에 나는 "여기에 정어리 있으라"라고 말했다.

—위의 책, 제7장

"여기에 정어리가 있으라." 이는 물론 성서의 '천지창조' 부분 가운데 "여기에 빛이 있으라"는 표현에서 유래한 것이다.

이렇게 보면 하루키는 무척 즐겁게 '양' 세계에서 노닐었던 모양이다.

## '양'을 '정치'가 아닌 '종교'로 보는 시각

《양을 쫓는 모험》에서는 '양' 자체에 관해 이런 식으로 서술되어 있다.

"양의 목적은 대체 무엇이었을까요?"

"모르지"라고 양 박사는 내뱉듯이 말했다.

"그걸 알 수 없다네. 양은 나에게는 아무것도 일러주지 않았거든. 하지만 놈에게는 뭔가 거대한 목적이 있었지. 그것만은 나도 알 수 있었어. 인간과 인간의 세계를 변화시킬 만한 거대한 계획 말이야."

"그것을 한 마리의 양이 하려고 했다는 말씀이십니까?"

(중략)

"놀랄 거 없네. 칭기즈칸이 했던 일을 생각해보라고."

"그야 그렇지요. 하지만 왜 이제 와서, 더구나 이 일본을 양이 택했을까요?"

내가 물었다.

"아마 내가 양을 깨우고 만 걸 거야. 양은 몇 백 년 동안 그 동굴 속에서 잠자고 있었겠지. 그걸 내가, 바로 내가 깨운 거지."

(중략)

"양이 추구하고 있는 것은 무엇일까요?"

"아까도 말했듯이, 유감이지만 나는 그걸 말로 표현할 수가 없다네. 양이 추구하고 있는 것은 양적(羊的) 사념의 구현이라고밖에는 말이야."

"그것은 선한 것일까요?"

"양적 사념에 있어서는 물론 선이지."

"선생님에게 있어서는?"

"몰라"라고 노인은 대꾸했다.

"정말 몰라. 양이 떠난 뒤에는 어디까지가 나고 어디까지가 양의 그림자인지, 그것조차도 알 수가 없어."

　　　　　　　　　　　　　　　　　　　—위의 책, 제7장


시험 삼아 이 '양'들을 모두 '그리스도'로 바꿔보면 어떻게 될까? 다음과 같다.


"그리스도의 목적은 대체 무엇이었을까요?"

"모르지"라고 그리스도 박사는 내뱉듯이 말했다.

"그걸 알 수 없다네. 그리스도는 나에게는 아무것도 일러주지 않았거든. 하지만 놈에게는 뭔가 거대한 목적이 있었지. 그것만은 나도 알 수 있었어. 인간과 인간의 세계를 변화시킬 만한 거대한 계획 말이야."

"그것을 한 마리의 그리스도가 하려고 했다는 말씀이십니까?"

(중략)

"놀랄 거 없네. 칭기즈칸이 했던 일을 생각해보라고."

"그야 그렇지요. 하지만 왜 이제 와서, 더구나 이 일본을 그리스도가 택했을까요?"

내가 물었다.

"아마 내가 그리스도를 깨우고 만 걸 거야. 그리스도는 몇 백 년 동안 그 동굴 속에서 잠자고 있었겠지. 그걸 내가, 바로 내가 깨운 거지."

(중략)

"그리스도가 추구하고 있는 것은 무엇일까요?"

"아까도 말했듯이, 유감이지만 나는 그걸 말로 표현할 수가 없다네. 그리스도가 추구하고 있는 것은 그리스도적 사념의 구현이라고 밖에는 말이야."

"그것은 선한 것일까요?"

"그리스도적 사념에 있어서는 물론 선이지."

"선생님에게 있어서는?"

"몰라"라고 노인은 대꾸했다.

"정말 몰라. 그리스도가 떠난 뒤에는 어디까지가 나고 어디까지가 그리스도의 그림자인지, 그것조차도 알 수가 없어."

　이렇게 살펴보면 '양' 이 그대로 그리스도는 아니라 하더라도 그 존재 자체는 상당히 그리스도적인 요소가 강하다고 할 수 있을 것이다. 특히,

　"그리스도적 사념에 있어서는 물론 선이지."

　라는 대목은 성서 세계의 '의(義)' 와의 연관성으로 볼 때 매우 의미 깊다.《양을 쫓는 모험》이 "1970년 11월 25일" 로 시작된다는 점에서—물론 이는 커다란 속임수이다— '60년대' 의 평론가들은 이 소설에서 재빨리 정치성을 발견했다. 그리고 미지마 유키오가 등장하자 이 멋진 '정치색' 으로부터 더 이상은 조금의 간격도 둘 수 없게 되었다고 생각했다. 그러나 이 작품을 자세히 음미해 본 다면 '양' 이 얼마나 성서 세계와 연관된, 종교적인 것이었는가가 명백해질 것이다.
　'양' 을 '정치' 가 아닌 '종교' 로 파악하는 시각을 갖는다면 '쥐' 에게 '양' 이 씐다는 언뜻 보기에 기묘한 배합 또한 납득이 가 게 될 것이다(하루키는《바람의 노래를 들어라》의 카잔차키스를 복선으로 삼아 '나' 가 아니라, '쥐' 에게 '양' 이 씌게 했던 것이다).
　《예수 다시 십자가에 못 박히다》와 "그대들은 세상의 소금이

니라……"를 계승하는 형태로, 하루키는 '쥐'에게 '양'이 씐다는 설정을 교묘하게 연결시켜 나가는 것이다. 《해피 엔드 통신》(1980년 8월호), 〈중년을 맞이하고 있는 작가가 글을 계속 쓰겠다고 하는 선언이 '가프'⁵⁾이다〉에서 하루키는 이렇게 말했다.

오늘날의 소설이 추구해야 할 것은 많든 적든 간에 종교적인 문제라고 나는 생각한다.

하루키는 당시 분명히 종교적인 문제를 추구했던 것이다. 《양을 쫓는 모험》에서 일단 죽은 '쥐'는 부활한 뒤 다음과 같이 고백한다.

"요는 나약하다는 거야. 모든 것은 거기서 비롯되고 있어. 자네는 그 나약함을 이해할 수 없을 걸세"라고 쥐는 말했다.
"사람은 누구나 나약하지."
쥐는 "그건 일반론이지"라고 하며 몇 번인가 손가락을 딱딱 튕겼다.
"일반론을 아무리 늘어놓아도 사람은 아무 데도 갈 수 없어. 나는 지금 아주 개인적인 이야기를 하고 있는 거야."

---

5) 1982년에 개봉한 미국 영화로, 기존의 남성우월주의적인 인습을 타파하며 독립적인 삶을 살아가려는 여성의 모습을 그리고 있다.(✱)

나는 잠자코 있었다.

"나약함이라는 것은 몸속에서 썩어가는 거야. 마치 회저병(壞疽病)에 걸린 것처럼 말이지, 나는 10대 중반부터 줄곧 그것을 느끼고 있었어. 그래서 언제나 초조했지. 자신의 속에서 뭔가가 썩어간다는 것 그리고 그것을 본인이 느낀다는 것이 어떤 일인지 자네는 알겠나?"

나는 담요를 뒤집어쓴 채 입을 다물고 있었다.

"아마 자네는 모를 거야."

쥐가 말을 이었다.

"자네에게는 그런 면이 없으니까, 그러나 어쨌든 그건 나약함이야. 나약함은 유전병과 같지. 어느 정도 안다고 해도 스스로 고칠 수가 없는 거야. 어느 순간에 없어져 버리는 것도 아니고. 점점 나빠져 갈 뿐이지."

"무엇에 대한 나약함이라는 거지?"

"전부 다. 도덕적인 나약함, 의식의 나약함, 그리고 존재 그 자체의 나약함."

나는 웃었다. 이번에는 제대로 웃을 수가 있었다.

"그야 그런 식으로 말하자면 나약하지 않은 인간이 어디 있 겠나."

"일반론은 그만두지. 조금 전에도 말했듯이 물론 인간은 누구나 나약해. 그러나 진정한 나약함은 진정한 강인함과 마찬가지로 드문 법이야. 끊임없이 어둠 속으로 끌려 들어가는 나약함을 자네는 모를 걸세. 그리고 그런 것이 실제로 세상에 존재하는 거야. 모든 것을 일반론으로 규정지을 수는 없어."

나는 잠자코 있었다.

"바로 그 이유 때문에 나는 그 거리를 떠난 거야. 더 이상 타락해 가는 내 모습을 남들 앞에 드러내 보이고 싶지 않았어. 자네도 포함해서 말이야. 혼자서 낯선 곳을 돌아다니면 적어도 남에게는 폐를 끼치지 않을 수 있거든. 결국은" 이라고 말하고 나서, 쥐는 한동안 어두운 침묵 속에 빠져 있었다.

"결국은 내가 양의 그림자로부터 빠져나올 수 없었던 것도 그 나약함 때문이야. 나 자신이 어쩔 수가 없었어. 아마 그때 금방 자네가 와줬어도 어쩔 도리가 없었을 거야. 결심하고 산을 내려왔다고 하더라도 마찬가지였겠지. 나는 틀림없이 그곳으로 다시 되돌아갔을 테니까. 나약함이란 것은 그런 거야."

"양이 자네에게 무엇을 요구했지?"

"하나부터 열까지 모든 걸 요구했어. 나의 몸, 나의 기억, 나의 나약함, 나의 모순……. 양은 그런 것들을 아주 좋아하거든. 양은 촉수를 잔뜩 가지고 있어서 말이지, 내 귓구멍이나 콧구멍에 그걸 쑤셔 넣고 빨대로 빨아들이듯이 쥐어짜는 거야. 상상하는 것만으로도 소름이 끼치지 않아?"

"그 대가(代價)는?"

"내게는 과분할 정도로 대단한 것이었지. 하기는 양이 구체적인 형태로 내게 제시해 준 건 아니지만 말이야. 나는 어디까지나 극히 일부분을 보았을 뿐이야. 그래도⋯⋯."

쥐는 입을 다물었다.

"그래도 나는 결정적인 타격을 입었어, 어떻게 할 수 없을 정도로 말이야. 그걸 말로 설명할 수는 없어. 그건 마치 모든 것을 집어삼킨 도가니 같지. 정신이 아찔할 정도로 아름답고 소름이 끼칠 정도로 사악한 거야. 거기에 몸을 묻으면 모든 것이 사라져. 의식도 가치관도 감정도 고통도 모든 게 사라지는 거야. 우주의 한 지점에 모든 생명의 근원이 출현했을 때의 다이너미즘에 가깝지."

"그래도 너는 그걸 거부했겠지?"

"그래, 내 몸과 함께 모든 것은 매장되었어. 앞으로 한 가지만 더 하면 영원히 매장돼."

"앞으로 하나?"

"앞으로 한 가지야."

—《양을 쫓는 모험》, 제8장


"요는 나약하다는 거야. 모든 것은 거기서 비롯되고 있어"라고 말하는 '쥐'. "양의 그림자로부터 빠져나올 수 없었던 것도 그 나약함 때문이야".

그러나 결국은 완전히 지배당하기를 거부하고 부엌의 대들보에 목을 매달아 스스로의 목숨을 끊음으로써, '양'도 함께 죽이려고 한 '쥐'.

《동물 상징 사전》에는 쥐에 관한 다음과 같은 해설문이 실려 있다.

오늘날에 이르러서도 완전한 의미를 완전하게 파악할 수 없는 것으로 각지의 교회에서 볼 수 있는 '소규(鼠球)'라는 것이 있다. 그 쥐들은 마치 교회를 갉아먹어 붕괴시키고, 나아가 그리스도교 사회를 잠식하려는 듯하다.

'양'을 죽이게 한 무라카미 하루키는 이러한 쥐의 존재까지도 상세하게 알고 있었던 것일까? 처음부터 모든 것을 숙지하고 '쥐'에게 카잔차키스를 읽게 하고, 은밀하게 "그리스도교 세계를 잠식"시켰던 것일까? 만일 그렇다고 한다면 '쥐'라는 호칭은 '소규(鼠球)'를 의식한, 충분히 의미 있는 네이밍이었다는 얘기가 된다.

그리스도교 세계를 잠식하려고 하니까 '쥐'라는 얘기가 되는 것이다.

어쨌든 '쥐'와 '양'의 관계는 "오늘날에 이르러서도 그 의미를 완전하게 파악할 수 없는" '소규'의 그 '쥐'와 그리스도교 세계의 관계와 흡사하다는 사실에는 변함이 없다('쥐'가 9월생이었다는 것은 '소규' 의 '규[球]' [6] 에서 유래했는지도 모른다! 즉, '쥐' 는 '규' 인 것이다).

하루키는 얼마나 깊고 상세하게 그리스도교 세계를 알고 있었을까? 하루키에게 신의 아들, 즉 예수 그리스도는 도대체 어떤 존재일까? 신의 존재에 대해서 그는 이렇게 서술했다.

나에게는 신(神)이라는 개념은 없다. (중략)
나는 신이라는 존재는 믿지 않지만, 인간의 시스템으로서의 그러한 힘 같은 건 믿고 있는 것이 아닐까?
—《분가쿠카이》, 1989년 8월호, 〈 '이야기' 를 위한 모험〉

종교에 대해서는 이렇게 쓰고 있다.

나를 보자, 나이 먹은 승려가 다가와서 어디에서 왔느냐고 물었다. 일본이라고 대답하자, 당신은 그리스정교 신도냐고 묻는다. 아닙니다, 그렇지 않습니다 하고 대답하자, 종교는 무엇이냐고 묻는다. 하는 수 없이 불교도라고 대답한다. 무종교라고 대답했다가는 아토스 반도로부터 쫓겨날지도 모른다.
—《우천염천》, 〈그리스〉

---

6) 규[球]: 일본어 발음 'きゅう' 와 똑같음.(*)

이렇게 보면, 하루키에게 있어 신이나 종교는 그다지 중요한 위치를 차지하는 것 같지는 않다. 실제로 하루키는 고베의 공립 중학교, 공립 고등학교, 그리고 와세다 대학에 진학했으며, 이로 미루어봐서도 그에게는 종교 냄새가 전혀 나지 않는다. 물론 지금도 크리스천은 아니다.

그렇다면 어째서 하루키는 '양' 세계에 은근히 집착하는 것일까? 이 점에 대해서 좀 더 깊이 고찰해 보기로 하자.

## '가톨릭계' 학교를 나온 하루키의 아내

《바람의 노래를 들어라》 제39장에서 하루키는 다음과 같이 쓰고 있다.

나는 결혼하여 도쿄에서 살고 있다.

나와 아내는 샘 페킨파 감독의 영화가 수입될 때마다 극장에 가고, 돌아올 때는 히비야 공원에 들러 맥주를 두 병씩 마시고 비둘기에게 팝콘을 던져준다. 샘 페킨파의 영화 중에서 나는 〈가르시아〉가 마음에 드는데, 그녀는 〈콘보이〉가 제일 좋다고 한다. 페킨파의 영화 외에는, 나는 〈재와 다이아몬드〉를, 아내는 〈수녀 요안나〉를 좋아한다. 오랫동안 함께 살면 취미까지 비슷해지나 보다.

여기서 주목해야 할 것은 물론 아내가 좋아한다는 〈수녀 요안 나〉이다. 이 영화는 제목 그대로 가톨릭 크리스천 영화이다. 여기에 나오는 '아내'와 실제 아내, 즉 하루키의 부인은 전혀 관계가 없는 인물일까?

〈거리와 그 불확실한 벽〉과 마찬가지로, 아직까지 잡지에만 발표해 놓은 상태인 〈사슴과 하느님과 성녀 세실리아〉라는 작품에는 다음과 같이 서술되어 있다.

내 아내도 그러한 완벽주의자 중의 한 사람이다. 내가 그녀를 처음 만난 건, 1968년 4월 문학부 교실 301호에서였다. 먼저 말을 건 사람은 그녀였다. "저어, 제국주의가 도대체 뭐예요?"라고 그녀는 물어왔다. 고대사다.

내가 우울해져 만사가 싫어질 때마다(3개월에 한 번이나 5개월에 두 번쯤 그런 시기가 찾아온다), 그녀는 늘 성녀 세실리아 이야기를 나에게 해준다. 그녀는 가톨릭계 여자 고등학교를 나왔는데, 그때 '그리스도교 윤리' 수업 시간에 그것을 배웠다고 한다. 그녀의 대부분의 교양은 이 '그리스도교 윤리'에 의해서 성립되어 있다.

—《와세다 문학》, 1981년 6월호

물론 이 작품은 《사슴과 하느님과 성녀 세실리아》이므로, 여기에 나오는 '나'와 '나의 아내'는 100퍼센트 하루키와 그의 부인은 아닐 것이다. 그는 "나는 자신의 체험 같은 것을 직접적으로 쓰는 걸 극단적으로 싫어합니다"라는 발언을 한 적도 있을뿐더러 (《분가쿠카이》, 1985년 8월호, 〈'이야기'를 위한 모험〉), 소설의 주인공이 '나'라는 이유로 그것을 완전한 사실(事實)에 입각한 소설이라고 받아들이는 건 매우 경솔한 짓이다.

그러나 《고로(GORO)》(1984년 2월 23일호)에 실린 안자이 미즈마루 씨와의 대담 〈남성에게 있어서의 '조혼'이란 과연 손해인가 득인가〉를 읽게 되면, 앞에서 소개한 작품이 과연 어디까지가 사실에 근거하지 않은 창작인지 상당히 의심스러워진다.

안자이 씨와의 대담 내용은 다음과 같다.

무라카미    안자이 씨는 어떤 계기로 부인과 만났죠?

안자이    이야기하자면 길어지는데요. (웃음)

무라카미    그래도 듣고 싶은데요.

안자이    전 일본 대학의 예술학부에서 그래픽 디자인을 공부하고 있었죠. 그 당시 우리 집은 건축 설계 회사를 운영하고 있었으니, 건축과 정도에 가는 게 상식이었겠지만 전 그래픽 공부를 하고 있었죠. 그래도 양심에 가책이 되는 바가 있어 밤에는 전문학교에서 인테리어 디자인 공부를 했어요. 그곳에서 우연히 옆에 앉게 되어 이야기를 나눈 것이 계기가 되었어요. (중략)

**무라카미** 그러고 보니 저도 첫 수업에서 옆에 앉았어요. 와세다에서 전공은 달랐지만 같은 과목을 들었었죠. 그때 클래스 토론을 하고 있었고요. (중략)

**안자이** 그때만 해도 여학생의 옆 자리가 비어 있다 해도 바로 앉지는 못했지요. 남자와 여자가 나란히 앉는 건 우연이든가, 아니면 정말 어쩔 수 없는 경우였지요.

**무라카미** 내 경우 그 토론이 '미국 제국주의의 아시아 침략'이라는 테마였거든요. 아무것도 모르는 아가씨였지요. 이것저것 자꾸 묻는 거예요. 제국주의가 도대체 뭐예요? 하고 말이죠. 가톨릭 여자 고등학교를 나온 아가씨였는데, 그런 것은 아무것도 모르고 있었어요. 대충 아는 대로 가르쳐주기도 하고, 뭐 그러다가 친해졌지요.

이렇게 살펴보면, 하루키의 부인은 실제로 〈사슴과 하느님과 성녀 세실리아〉 이야기대로, "가톨릭계 여자 고등학교" 출신임을 알 수 있을 것이다. 또한 "제국주의가 도대체 뭐예요?" 하고 물은 것도 아무래도 실화인 것 같다.

그렇다면 "그녀의 대부분의 교양은 이 '그리스도교 윤리'에 의해서 성립되"었다는 이야기도 또한 (조금 과장된 이야기이기는 하겠지만) 거의 사실이라고 할 수 있을 것이다.

《바람의 노래를 들어라》의 "페킨파의 영화 외에는, 나는 〈재와 다이아몬드〉를, 아내는 〈수녀 요안나〉를 좋아한다"는 대목도 상당히 사실성을 띤 것으로 여겨진다. 그렇다, 그녀는 〈수녀 요안나〉를 좋아한다.[7]

그리하여 여기서 결론을 하나 얻을 수 있다. 《바람의 노래를 들어라》 이래, 하루키가 지금까지 '양' 세계를 은밀히 도입했던 것은 그러한 '그녀'가 존재했기 때문이 아니었을까? 하루키가 언제쯤부터 성서 세계에 흥미를 느끼기 시작했는지는 알 수 없다. 고베 시절부터였는지도 모르고, 대학에 입학하고 지금의 부인과 알게 된 다음부터였는지도 모른다. 그러나 어쨌든 하루키는 "가톨릭 여자 고등학교를 나온 아가씨"와 스물두 살 적에 조혼을 한 것이다. "오랫동안 함께 살면" 부부는 여러 가지로 닮게 될 것이다. 하루키가 부인의 영향 아래, 성서 세계에 (한층 더?) 깊은 관심을 보이게 되었다고 해도 전혀 이상한 일은 아닌 것이다.

1978년 '쥐'에게 카잔차키스의 《예수 다시 십자가에 못 박히다》를 읽게 하고, "세상의 소금"까지 인용할 수 있게 한 건, 하루키의 개인적 기량이었을 뿐일까? 모르긴 해도 《양을 쫓는 모험》에 나오는 '사이프러스'나 "별을 열세 개", 그리고 "여기에 정어리가 있으라"와 같은 구절은 요코 부인을 몹시도 즐겁게 해주었을 것이다.

---

7) 어찌된 영문인지 지금은 절판이 된 가와모토 사부로 씨와 공저한 《영화를 쫓는 모험》을 읽어보면, 그(무가카미 하루키)도 또한 고교 시절에 보았다고 하는, 이 영화를 대단히 마음에 들어 한다는 사실을 알 수 있다.

하루키　우리 집사람은 유메노 규사쿠[8]나 에드거 앨런 포 같은 작가의 괴기소설만 읽어요.

류　　　특별히 의식하고 있던 건 아니지만, 어째서 내 소설을 읽지 않느냐고 물어보니까, 재미가 없다고 하더라고요 (웃음)

하루키　맞아요. 우리 집사람도 그렇습니다.(웃음) "재미없다"고요. 전 쓰고 나면, 먼저 집사람에게 보이거든요. 그럼 재미없다고 내팽개쳐버리죠.

류　　　저런!

하루키　그래서 그녀의 관문을 통과한 것만 편집자에게 넘겨주는 거죠.

　　　　　　　　　　　　　　　　　　—대담집《워크 돈트 런》


플레이보이 부인은 명탐정이 아니라 명편집자시군요. 누구를 위해서 쓰냐고 묻는다면……?

하루키　　지금은 일단 아내를 기쁘게 해주려고 쓰고 있는 게 아닌가 싶어요. 요즘 재미있는 책이 없으니까 한 권 쓰라고 하거든요. 그래? 그럼 할 수 없군, 한번 써볼까, 하는 식이에요.

　　　　　　　　　　　　　　　—《플레이보이》, 1986년 6월호 인터뷰

---

8) 유메노 규사쿠([夢野久作], 1889~1936년). 이색적인 미스터리 환상소설을 쓴 작가.(*)

## "오후 2시"를 의미하는 '양'

크리스천이 아닌 하루키에게 있어서 '양'은 굳이 성서 세계에
만 관련된 것은 아니다. 하루키는 '양'이라는 '말(언어)'과 혼자서
(?) 유쾌하게 노닐기도 했다. 십이지를 아는 일본인, 하루키에게
있어서 '양(羊)'이란 '미(未)'이고, 또한 "오후 2시 정각<sup>9)</sup>"을 가리
키는 것이기도 하다. 앞에서 인용한 《바람의 노래를 들어라》 제27
장에는 이렇게 쓰여 있다.

　　내가 2시 정각에 제이스 바 앞에 차를 세웠을 때, 쥐는 가드레
　　일에 걸터앉아서 카잔차키스의 《예수 다시 십자가에 못 박히
　　다》를 읽고 있었다.

'그리스도' → '양', 그리고 "오후 2시 정각".
《양을 쫓는 모험》에는 또 이렇게 쓰고 있다.

　　시계가 두 번 종을 치고 난 직후에 노크 소리가 났다. 처음엔
　　두 번, 그리고 두 번쯤 호흡할 시간을 두고 세 번.
　　그것이 노크 소리라는 것을 인식할 수 있을 때까지는 시간이

---

9) 십이지가 의미하는 시간은 다음과 같다. 자(子) 23시~01시, 축(丑) 01시~03시, 인(寅) 03
시~05시, 묘(卯) 05시~07시, 진(辰) 07시~09시, 사(巳) 09시~11시, 오(午) 11시~13시, 미
(未) 13시~15시, 신(申) 15시~17시, 유(酉) 17시~19시, 술(戌) 19시~21시, 해(亥) 21시~23시.
여기에서 양(羊)을 의미하는 미(未)가 13시~15시임을 알 수 있다.(＊)

좀 걸렸다. 누군가가 이 집 문을 노크한다는 건 나에게는 상상 밖의 일이었다. 쥐라면 노크 없이 문을 열 것이다—어쨌든 여기는 쥐의 집이다. 관리인이라면 한 번 노크하고 나서 대답을 기다리지 않고 바로 문을 열 것이다. 그녀라면—아니, 그녀일 리가 없다. 그녀는 부엌문을 통해 살짝 들어와 혼자서 커피를 마시고 있을 것이다. 현관문을 노크하는 그런 타입은 아니다.

　문을 열자, 거기에는 양사나이가 서 있었다.

—《양을 쫓는 모험》, 제8장

　오후 2시의 종을 복선으로 처음 등장하는 '양사나이'. 무라카미 하루키는 이 정도로까지 기교에 공을 들이는 것이다. 좀처럼 알아차리지 못하는 것은 어쩔 수 없는 일일까? ("무라카미 하루키가 도입하는 기호, 숫자에는 의미가 없다"라고 하는, 지금까지의 정설이 이 발견에 방해가 되지는 않았을까?)

### '남남서'라는 방위는?

　그런데 '양'이 틀림없이 "오후 2시 정각"을 가리키는 것이라면, 그 기호는 혹시 '남남서'라는 (십이지 유래의) 방위 또한 가리키는 것은 아닐까?

　러브크래프트는 일찍이 열다섯 살의 나이로 "해왕성 너머에 제9행성이 존재할 가능성을 논하고, 천문학자는 이의 발견에 전력투구해야 한다는 투서"를 《사이언틱 아메리칸》에 보냈다고 전해진다(제2장 참조). 과학의 진보에 따라 당시 제9행성이었던 명왕성을 발견한 것과 흡사하게, 하루키의 작품세계에서도 역시 확실한 궤도 관측에 의해서 "오후 2시 정각" 다음에는 '남남서'라는 새로운 별을 발견하는 것이 가능하지는 않을까?

하루키는 '말(언어)' 자체에 갖춰진 힘(잠재력)을 능란하게 활용할 줄 아는 명인이다. '쥐'가 홋카이도라는 '북(北)쪽', 그러니까 '자(子, 쥐)'시 방위로 향한 것도 우연한 일이 아니었을 것이다('쥐'는 결코 뉴질랜드라는 '우(牛, 소)'시 방위에 있는, '양'의 나라로는 향하지 않았다).

'양'은 그 생김새 때문에 '선(善)'이나 '의(義)', 그리고 '미(美)'와도 밀접하게 연관된 것으로 파악했던 것이다.

예를 들면 이렇게 말이다.

"그걸 말로 설명할 수는 없어. 그건 마치 모든 것을 집어삼킨 도가니 같지. 정신이 아찔할 정도로 아름답고 소름이 끼칠 정도로 사악한 거야."

―위의 책, 제8장


'양'에 대해서 좀 더 살펴보기로 하자.

## '양'의 성공 원인은 "나 자신이 몰랐기 때문"

하루키는 '양'에 대해서 일찍이 다음과 같이 진술했다.

앞에서도 말했듯이 《양을 쫓는 모험》의 경우는 키워드로서, 즉 게임의 규칙 같은 것으로서 '양'이라는 말이 존재하는 것입니다. 그리고 써나가면서 '양'은 이런 식으로 할까 저런 식으로 할까 생각하며 조금씩 끄집어내는 거죠. 저도 '양'은 도대체 어떤 의미일까 하고 생각하거든요. 하지만 모르겠습니다. 알지 못한 채 써나갑니다. 그리고 만약 이 소설이 성공했다면, 성공한 원인은 '양'이 무엇인가를 나 자신이 몰랐기 때문이라고 생각합니다.

이 작품을 읽은 사람들에게서 자주 "양이란 무엇의 상징입니까?"라는 질문을 받습니다만, 나로서도 알 수 없습니다. 다만 '양'이라는 존재감이 늘 머릿속에 있는 거죠. 그래서 그저 쓰는 것입니다. 그런 식의 이야기를 엮어나가는 재미를 《양을 쫓는 모험》에서 가장 많이 느꼈습니다.

—《분가쿠카이》, 1985년 8월호, 〈'이야기'를 위한 모험〉

그리고 《무라카미 하루키 전집》 제2권의 〈자작을 이야기하다〉에는 이렇게 쓰여 있다.

어째서 양인가, 하는 질문을 자주 받는다. 그에 대한 답은 분명히 존재하지만, 그다지 의미가 있는 것은 아니기 때문에 여기에 써보았자 별 소용이 없을 거라고 생각한다. 다만 어떤 계기로(그 계기 자체에는 문학적인 의미는 별로 없다) 양이라는 개념이 내 머릿속에 입력되었다. 그리고 그것에 대해서 이런저런 생각을 하던 중, "그래, 양을 테마로 한 소설을 쓰자"고 마음먹게 된 것이다. 그 시점에서 타이틀은 이미 정해졌다. 《양을 쫓는 모험》이다. 그리고 바로 홋카이도로 취재를 하러 떠났다. (중략)

《양을 쫓는 모험》은 번역되어 해외에 소개된 나의 첫 작품이 되었다(1989년). 그런 의미에서도 이 소설은 나에게 커다란 의미가 있다. 이 소설을 읽은 미국인들 대부분은 "순수한 정치소설이다"고 했다. 그리고 그들 나름대로 내린, 이 소설에 등장하는 양의 의미에 대한 해석을 내게 들려주었다. 그들 대다수는 양을 신화적이고 토착적인 것의 표상으로 파악하고, 그러한 역사적 의지가 글로벌화된 세계와 연관되어 갈 때 나타나는 '발열(發熱)' 같은 것에 대해서 크나큰 흥미를 보여주었다. 나는 각별히 그런 점에 흥미를 갖고 이 소설을 쓴 건 아니지만, 분석 방법으로서는 무척 흥미롭다고 생각했다.

《양을 쫓는 모험》에서 '지저스(Jesus)'와 오버랩되는 '제이'를 지적할 수 있는 것은 이 소설이 "순수한 정치소설"은 아니기 때문일 것이다.

제이, 만약 그가 여기에 함께 있다면 여러 가지 일이 잘될 것
이다. 모든 일은 그를 중심으로 돌아가야만 한다. 용서하는 일
과 불쌍히 여기는 일과 받아들이는 일을 중심으로.

—《양을 쫓는 모험》, 제8장

지저스의 'J', 성지 예루살렘(Jerusalem)의 'J', 그리스도교 세
계에서 'J'는 특별한 기호이다.

## 하루키가 새롭게 창조한 '일각수'

일각수(一角獸)는 인류가 낳은 상상 속의 동물이다. 따라서 작가 마음대로 어떤 식으로든 새롭게 창조할 수 있다. 하루키는《세계의 끝과 하드보일드 원더랜드》, 〈세계의 끝〉의 서두에서 '일각수'를 다음과 같이 서술했다.

가을이 찾아오자, 그들의 몸은 금빛의 기다란 깃털로 뒤덮였다. 그건 순수한 금빛이었다. 그 밖에 어떤 종류의 색깔도 거기에 섞일 수 없었다. 그들의 금빛 색은 금빛으로서 세상에 생겨나 금빛으로서 세상에 존재했다. 모든 하늘과 모든 대지의 사이에 있으며 그들은 아무것도 섞이지 않은 금빛으로 물들어 있었다. (중략)

그들은 명상적이라고 해도 좋을 만큼 조용하고 차분한 동물이었다. 숨결조차도 아침 안개처럼 조용조용했다. 그들은 파란 풀을 소리도 없이 뜯고, 싫증이 나면 다리를 굽혀 땅에 앉아서 선잠에 빠졌다.

　　　　　　　　—《세계의 끝과 하드보일드 원더랜드》, 1권, 제2장

　물론 여기서 '그들'은 '일각수'를 말한다. '그들'은 하나의 날카로운 뿔을 가진 짐승임에도 불구하고 "숨결조차도 아침 안개처럼 조용조용"한, "명상적이라고 해도 좋을 만큼 조용하고 차분한 동물"이다. 그런 '일각수'를 쓴 것에 대해서 하루키는 다음과 같이 설명했다.

　그건 말이죠, 소위 말하는 일각수가 아니에요. 단지 뿔을 하나 가지고 있을 뿐인 동물이지요. 동물이 필요했지만 그냥 평범한 보통 동물이라면 그럴듯하게 이야기에 넣기가 좀 그렇잖아요. 사슴이라고 생각해보세요. 나라 공원도 아니고 말이에요.

　　　　　　　—《쇼세쓰신초》, 1985년 여름, 임시 증간호, 〈롱 인터뷰〉

　그러니까 이 "차분한 동물"은 "그냥 평범한 보통 동물이라면 그럴듯하게 이야기에 넣기가 좀 그래서" 도입한, "단지 뿔을 하나 가지고 있을 뿐인 동물"이라는 이야기다.

그 하나의 뿔에 관해서는《세계의 끝과 하드보일드 원더랜드》
속에서 다음과 같이 서술하고 있다.


그들의 이마 한가운데에 솟은 한 개의 기다란 뿔만이 부드러
운 흰색이었다. 그 위태로울 만큼 가느다란 뿔은, 뿔이라기보다
는 차라리 어쩌다가 피부를 뚫고 밖으로 튀어나온 채 고정되어
버린 뼈의 파편인 것 같았다.
짐승들은 뿔의 흰빛과 눈의 푸른빛만을 남기고 완벽한 금빛
으로 변해 있었다.
—《세계의 끝과 하드보일드 원더랜드》, 1권, 제2장


그러니까 하루키가 그린 "단지 뿔을 하나 가지고 있을 뿐인 동
물", 즉 '일각수'는 애당초 상상 속의 동물이니만큼, 가을이 찾아
오면 털 색깔이 "금빛으로 변해" 있거나, 눈 색깔이 "푸른빛"이거
나 한 것이다.
《고지엔[廣辭苑]》(제4판)의 '일각수' 설명은 다음과 같다.


1. 1각(一角)

2. 기린의 별칭.

3. (unicorn) 유럽의 전설상의 동물. 인도산으로 말과 비슷하며
   이마에 뿔을 하나 가지고 있다. 그 뿔로 만든 잔은 독을 없

앤다고 한다. 유니콘.

## '일각수'와 그리스도와의 연관성

그런데 일본인과는 '양'보다도 더 인연이 없는 이 가공의 동물 '일각수'에 대해서 《세계의 끝과 하드보일드 원더랜드》에는, 작품 속의 '도서관 아가씨'에 의한 다음과 같은 설명이 실려 있다.

"우선 일각수에 대해 알아두어야만 할 것은, 일각수에는 두 종류가 있다는 것이에요. 먼저 한 종류는 그리스에서 나타난 서유럽 판의 일각수고, 또 한 종류는 중국의 일각수죠. 그 두 종류는 생김새도 서로 다르고, 사람들이 알고 있는 모습도 전혀 달라요. 예를 들면 그리스 인들은 일각수를 이런 식으로 묘사하고 있어요. '이 동물은 몸통은 말과 비슷하지만 머리는 수사슴, 다리는 코끼리, 꼬리는 멧돼지에 가깝다. 둔탁한 울음소리를 내고, 검은 뿔 하나가 이마의 한가운데에 90센티미터 정도 튀어나와 있다. 이 동물을 사로잡는 건 불가능하다고 알려져 있다.' 서양에 비해서 중국의 일각수는 이렇게 돼 있어요. '이 동물은 사슴의 몸을 하고 있고, 소의 꼬리와 말의 발굽을 하고 있다. 이마에 튀어나온 짧은 뿔은 살로 되어 있다. 가죽은, 등에는 다섯 색깔이 섞여 있고, 배는 갈색이나 황색이다'라고요. 그렇죠, 상당히 다르죠?"

"정말 그런데?"라고 내가 말했다.

"생긴 모습뿐만이 아니라 그 성격이나 내포된 의미도 동양과 서양과는 전혀 딴판이에요. 서양 사람들이 본 일각수는 무척 사납고 공격적이지요. 그도 그럴 것이 뿔이 90센티미터라고 하니까, 1미터에 가까운 뿔이 있는 셈이에요. 그리고 레오나르도 다 빈치에 따르면, 일각수를 잡는 방법엔 한 가지밖에 없는데, 그것은 그들의 정욕을 이용하는 것이래요. 젊은 처녀를 일각수 앞에 데려다 놓으면 일각수는 정욕에 눈이 먼 나머지 공격하기를 그만 잊어버려 소녀의 무릎에 머리를 얹는대요. 결국은 잡히는 것이에요. 그 뿔이 뭘 의미하는지 아시겠죠?"

"알 것 같군."

"그에 비하면 중국의 일각수는 재수가 좋은 성스러운 동물이지요. 이건 용·봉황·거북과 나란히 상서로운 4대 짐승의 하나고, 365종의 지상에 사는 동물 중에서 가장 상위 부류에 속해요. 성격이 아주 온화하고, 걸을 때는 아무리 보잘것없는 생명이라 해도 밟지 않도록 주의하고, 살아 있는 풀은 먹지 않고 마른풀만 뜯어먹어요. 수명은 약 1000년으로, 이 일각수의 출현은 성스러운 왕의 탄생을 뜻하지요. 예를 들어 공자의 어머니가 그를 잉태했을 때 일각수를 보았다고 하거든요. (중략)

13세기가 되어서도 일각수는 중국의 역사에 등장하지요. 칭기즈칸의 군대가 인도 침입을 계획하고 보낸 척후 원정대가 사막의 한가운데에서 일각수와 우연히 만나요. 그 일각수는 말과 같은 머리에 이마에는 뿔이 하나 있고 몸에 난 털은 사슴과 비슷했는데, 사람이 쓰는 말을 했다고 해요. (중략)

　동양과 서양은 같은 일각수에 대해서도 그처럼 시각이 달라요. 동양에서는 평화와 안정을 의미하는 것이, 서양에서는 공격성이라든지 정욕 같은 걸 상징하니 말이에요. 그렇지만 어느 쪽이든 일각수가 가상의 동물이고, 가상의 동물이라는 점 때문에 그렇게 많은 특별한 의미가 부여되고 있다는 사실에는 동·서양이 변함이 없는 듯해요."

―위의 책, 1권, 제9장

　이렇게 살펴보면 앞서 인용한 〈세계의 끝〉 서두에서의 '일각수' 묘사법은, "그 성격이나 의미"로 볼 때, 실로 중국적, 그러니까 동양적인 것이었다고 할 수 있겠다. 동양판 '일각수'는 서양판 '일각수'와는 달리 "성격이 아주 온화하고", "평화와 안정을 의미"한다고 했으므로.

　그런데 다네무라 스에히로 씨의 《일각수 이야기》(야마토 쇼보)를 읽어보면 '일각수'란 이런 동물이라는 것을 알 수 있다.

　환상과 현실 사이에서 허공에 떠버린 일각수는 중세 그리스도교 신비주의인 상징주의에서는, 하느님한테 쫓기거나 천사가브리엘에게 쫓겨나서 마리아의 자궁 속으로 숨어 들어가는, 수태고지나 처녀수태의 표상을 짊어진다. 심지어는 그리스도 그 자체를 의미했으나, 중세가 지나면서 갑자기 지상의 현실에 뿌리를 내리려고 한다. 일각수는 그것이 존재하지 않는, 혹은 존재할 수 없는 한, 불가능한 처녀수태의 증거, 따라서 지상의 현실의 오탁(汚濁, 더럽고 흐림)을 벗어난 순결의 증거였다.

'일각수'는 역사적으로 "그리스도 그 자체를 의미"하기도 했던 것이다. 하루키는 이러한 '일각수'의 상징성에 대해서는 아무것도 모르고 있었을까?

물론 그럴 리 없다. "도서관 아가씨"에 의한 앞의 '일각수' 설명은 전부 보르헤스의 《환상동물 사전》에서 인용한 것이다. 그녀는 '나'의 부탁을 받고 자신이 근무하는 도서관에서 이 책과 또 다른 한 권, 버트런드 쿠퍼의 《동물들의 고고학》을 빌려와서[1], '나'에게 '일각수'의 "두 종류"를 설명해 준 것이다. 그녀는 설명하지 않았지만 《환상동물 사전》의 '일각수' 항에는 다음과 같은 해설문도 실려 있다.

성령, 예수 그리스도, 사자(使者), 악, 그러한 모든 것이 일각수

---

1) 버트런드 쿠퍼의 《동물들의 고고학》은 가공의 책이다. 러브크래프트의 수법 그대로, 무라카미 하루키가 작품 속에 은밀히 도입한 가공의 서적인 것이다.

를 인용해 표현되어져 왔다. 《심리학과 연금술》(1944년)에서 융은 그러한 상징의 역사와 분석을 서술했다.

요컨대 하루키는 '일각수'를 설명함에 있어, 공자나 칭기즈칸과의 연관성에 대해서는 제대로 제시를 해놓은 반면, 예수 그리스도와의 연관성에 대해서는 전혀 무시했던 것이다. 그건 어떤 까닭에서였을까? 어떤 중요한 사실을 쉽사리 발견하지 못하게 하기 위한 건 아니었을까?

## '양' 같은 '일각수', '일각수' 같은 '양'

'일각수'는 《세계의 끝과 하드보일드 원더랜드》에서 가장 빈번히 등장하는 동물이다. 그리고 이 작품의 밑바탕이 된 〈거리와 불확실한 벽〉에서도 같은 양상으로 등장한다. 그러니까 하루키는 《1973년의 핀볼》집필 이후부터 《양을 쫓는 모험》집필 사이에 '일각수'의 세계를 꼼꼼하고도 집요하게 묘사했다는 사실을 의미한다.

하루키의 작품들은 여러 가지로 "연관되는 것"이니만큼, '일각수' → '양' → '일각수'라는 흐름도 역시 그러한 연관성을 가지고 선택된 것이 아닐까? 사실 보르헤스의 《환상동물 사전》을 인용한 앞의 대목에 주목해 보면 무라카미 하루키 작품에 등장하는 '양'과 '일각수'의 다양한 연관성을 발견할 수 있다.

융의 《심리학과 연금술》을 살펴보기로 하자. "성령, 예수 그리스도, 사자(使者, mercurius)"에 대해서 이렇게 서술되어 있다.

처녀가 메르쿠리우스(사자)의 여성적·수동적 측면을 나타내는 것에 반해서, 일각수 내지 라이온(사자)은 "메르쿠리우스의 영혼(spiritus mercurialis)"의 거칠고, 길들이기 힘든, 남성적인, 관철하고 침투하는 힘을 나타낸다. "그리스도의 알레고리(은유)" 및 성령으로서의 일각수의 상징은 중세기에 널리 알려져 있었기에 연금술사들도 이러한 상관관계를 잘 알고 있었던 것이다. 그렇기에 이 상징을 사용할 때마다 메르쿠리우스와 그리스도의 친근성, 아니 그 정도가 아니라 동일성(同一性)이 그들의 뇌리를 스쳐 지나갔다는 것은 의문의 여지가 없다.

또한 '악'에 대해서는 이렇게 쓰여 있다.

앞서 이야기했듯이 일각수는 하나의 의미만 뜻하는 것이 아니다. 그것은 악을 의미하는 경우도 있다. 예를 들자면, 그리스의 자연철학자 중에는 일각수에 관해서, "그것은 발이 빠른 동물이며, 하나의 뿔을 갖고, 인간에게 악을 꾀한다"라고 했다는 기록이 있다. 또한 성 바실리우스는 다음과 같이 말하고 있다. "인간이여, 부디 주의하는 게 좋다. 일각수, 즉 악마를 조심하라.

왜냐면 그것은 인간에게 악을 꾀하고 악행을 일삼기 때문이다."

　이상의 예를 보더라도 연금술의 상징이 교회의 은유와 얼마나 밀접하게 결부되어 있는가를 충분히 알 수 있을 것이다. 교회의 언어가 연금술에 인용되는 경우 유의해야 할 점은, 거기에는 일각수의 상징이 악의 측면까지 내포하고 있다는 것이다. 일각수는 본래 괴기한 공상 동물이니만큼 내적 대립을, 또한 "대립의 결합(conjuncio oppositorum)"을 내포하고 있는 것이다. 이러한 성질을 갖고 있기에 일각수는 연금술의 "양성구유의 괴물(moustrum Hermaphroditum)"을 표현하는 데 안성맞춤인 것이다.

　하루키가 "불확실한 벽"에 둘러싸인 '세계의 끝'을 묘사하는데 '사슴'이 아닌 '일각수'를 선택한 것은, 이 동물이 "악을 의미하는 경우도 있다"는 "대립의 결합"성, 혹은 "양성구유(兩性具有)의 괴물"성을 지녔기 때문이다. 물론 그 전제에는, 이 동물은 실은 "그리스도의 알레고리"이기도 하다는 사실이 크게 관계하고 있다. (그렇지 않다면, 도대체 무엇 때문에 하루키가 '일각수'에 구애받을 이유가 있겠는가?) '일각수'는 결코 "단지 뿔이 하나 있을 뿐인 동물"인 것만은 아니다. 보르헤스의《환상동물 사전》에 소개되었고, 융의《심리학과 연금술》에도 상세하게 기술되어 있는 '일각수'는, 예수 그리스도를 매개로 분명히 '양'과 결부되는 것이다.

　《양을 쫓는 모험》에서 하루키가 '양'을 다음과 같이 서술한 것을 상기하기 바란다.

"양이 자네에게 무엇을 요구했지?"

"하나부터 열까지 모든 걸 요구했어. 나의 몸, 나의 기억, 나의 나약함, 나의 모순……. 양은 그런 것들을 아주 좋아하거든. 양은 촉수를 잔뜩 가지고 있어서 말이지, 내 귓구멍이나 콧구멍에 그걸 쑤셔 넣고 빨대로 빨아들이듯이 쥐어짜는 거야. 상상하는 것만으로도 소름이 끼치지 않아?"

"그 대가는?"

"내게는 과분할 정도로 대단한 것이었지. 하기는 양이 구체적인 형태로 내게 제시해 준 건 아니지만 말이야. 나는 어디까지나 극히 일부분을 보았을 뿐이야. 그래도……."

쥐는 입을 다물었다.

"그래도 나는 결정적인 타격을 입었어, 어떻게 할 수 없을 정도로 말이야. 그걸 말로 설명할 수는 없어. 그건 마치 모든 것을 집어삼킨 도가니 같지. 정신이 아찔할 정도로 아름답고 소름이 끼칠 정도로 사악한 거야. 거기에 몸을 묻으면 모든 것이 사라져. 의식도 가치관도 감정도 고통도 모든 게 사라지는 거야. 우주의 한 지점에 모든 생명의 근원이 출현했을 때의 다이너미즘에 가깝지."

—《양을 쫓는 모험》, 제8장

"정신이 아찔할 정도로 아름답고 소름이 끼칠 정도로 사악한" '양'의 이 양면성은 얼마나 일각수적인가! 또한 "숨결조차도 아침 안개처럼 조용조용"하고 "명상적이라고 해도 좋을 만큼 조용하고 차분한 동물"이라는 '일각수'는 또 얼마나 양과 같은가! 하루키가 묘사하는 '일각수'는 마치 양처럼 온순하고, "파란 풀을 소리도 없이 뜯어 먹"는다. 그리고 또한 그 '일각수'들은 양치기에게 인솔되어 가는 양처럼 '문지기'에게 인솔되어 "누구도 선두에 서는 일이 없고, 누구도 대열을 이끌고 가지 않"으면서 조용히 "침묵의 강줄기를 따라 걸어갈 뿐이다." 그 수는 1천 마리가 넘는다.

하루키는 《1973년의 핀볼》 이후, 사실은 '일각수'라는 이름의 '양'을, 혹은 '양'이라는 이름의 '일각수'를 빈번히 묘사했을 것이다. 그렇게 파악해야 《양을 쫓는 모험》의 불가사의한 다음의 묘사도 쉽게 납득할 수 있게 된다.


그들의 눈은 부자연스러울 정도로 파래서 마치 얼굴의 양쪽에서 샘물이 솟아나고 있는 것처럼 보였으며,

—위의 책, 제8장


여기에서 '그들'이란 '양'을 가리킨다. '나'가 홋카이도에서 보았던 서포크 종의 양을 말한다. 그 밖에도 양에 대한 다음과 같은 묘사들이 있다.

서포크는 어딘지 기묘한 분위기를 풍기는 양이다. 모든 것이 검은데 체모만이 희다. 귀는 커서 나방의 날개처럼 옆으로 툭 튀어나와 있다. 어둠 속에서 반짝이는 파란 눈과 탄력 있는 긴 콧등에는 어딘지 이국적인 분위기가 감돌았다.

양들은 파란 눈으로 각각의 침묵의 공간을 응시하고 있을 것이다.

―위의 책, 제8장

상식적으로 판단해 보자면, 여기서 하루키가 실재하는 양의 눈 색깔을 파랗다고 표현한 것은 매우 이상한 일이다. 아무리 서포크 종의 양이 "긴 콧등"에 "어딘지 이국적인 분위기를" 풍긴다고 할지라도, "부자연스러울 정도로 파래서" 샘물처럼 보이는 눈을 가졌을 턱이 없다(여러분은 "파란 눈"의 양을 본 적이 있는가?). 하루키가 양의 눈 색깔을 정확하게 "파랗다"고 규정한 것은, '일각수'와의 수면 밑에서의 연관성을 생각했기 때문일 것이다. 《세계의 끝과 하드보일드 원더랜드》에서 '일각수'의 눈 빛깔이 파랗다고 서술했다는 이야기는 이미 이 장의 시작 부분에서 했지만, 〈거리와 불확실한 벽〉에서도 "깊은 호수 같은 파란눈"이라고 표현되어 있다(제12장).

하루키에게 있어서 이러한 상징적 동물들에 대한 파란 눈의 풍경은 하이쿠 시인인 가토 슈손이 "절반쯤, 소는 눈을 뜨고 있다"라고 하는 것만큼이나 전혀 흔들림이 없다. '쥐'의 예전의 애독서, 카잔차키스의 《예수 다시 십자가에 못 박히다》에는 이런 "파란 눈"이 나온다.

그는 양처럼 온순하며, 마음을 읽을 수 있고, 게다가 수도원 안에서 죽 지내왔다. 파란 눈과 벌꿀처럼 노란 짧은 수염을 가졌으며 그리스도의 성상을 닮은 진짜 그리스도 같았다.

양의 "파란 눈", 부자연스러울 정도의 파란 눈은 이런 데서 유래된 것인지도 모른다. 어쨌든 하루키에게 파란 눈이란, 대단히 의미 깊은 숲 속, 혹은 우물의 밑바닥에 존재하는 침묵의 색깔이나 경치이다.

하루키가 '일각수'나 '양'에게 가지는 상념은 예사스러운 것이 아니다. 하루키 작품에서 '일각수'는 "사람들의 마음을 흡수하고 회수해 그것을 바깥 세계로 가져가 버린다. 그리고 겨울이 찾아오면, 그러한 자아를 몸 안에 축적해 놓은 채 죽어가는 것"이다. 이 얼마나 희생적인 역할인가!

《세계의 끝과 하드보일드 원더랜드》의 '그림자'의 말을 빌리면 이렇다. (괄호 안 필자 부기)

"그들(일각수)을 죽이는 건 겨울의 추위도 식량 부족도 아니
야. 그들을 죽이는 건 이 거리가 강제로 떠맡긴 자아의 무게라
고. 그리고 봄이 오면 새로운 짐승이 태어나지. 죽은 짐승의 수
만큼 새로운 새끼들이 태어나는 거야. 그리고 그 새끼들도 성장
하면 회수된 사람들의 자아를 짊어지고 똑같이 죽어가는 거지.
그것이 완전성에 대한 대가야. 그런 완전성에 도대체 어떠한 의
미가 있는 거지? 약하고 무력한 짐승들에게 온갖 것을 떠넘기고
서 유지되는 그런 완전성이?"

　　　　　　　 ─《세계의 끝과 하드보일드 원더랜드》, 2권, 제32장

　예수 그리스도 역시 일찍이 사람들의 "자아의 무게"를 짊어지
고 죽어가지 않았는가? '십자가'란 바로 그런 것이었을 것이다.
　물론 그 죽음은 예수 자신이 원한 것이었다고는 하지만, 그것
은 '거리'에게 강요당한 것이었다.

　　그런 완전성에 도대체 어떠한 의미가 있는 거지? 약하고 무력
　　한 짐승들에게 온갖 것을 떠넘기고서 유지되는 그런 완전성이?

　'세계의 끝'이라는 거리는 결국 '일각수'의 희생 아래 성립되
어 있는, 그런 완벽한 '거리'이다.
　예수 그리스도의 나약함과 무력함이라는 것은 《그리스도 최후

의 유혹》등에서도 찾아볼 수 있는, 니코스 카잔차키스가 묘사한 '양' 세계이기도 하다. 하루키는 니체에 심취한 이 그리스인 작가에게도 지대한 근원적 영향을 받은 것은 아닐까? 적어도 러브크래프트나 카잔차키스의 존재를 빼놓고는 하루키의 '우물' 을 얘기할 수 없다. '일각수' 라는 이름의 '양' 세계를 여기서 다시 한 번 깊이 들여다볼 필요가 있다. 과연 '세계의 끝' 이라는 거리는 '일각수' 가 사는, 단순히 그뿐인 거리였는가? 과연 그 거리에 존재하는 '숲' 이란 도대체 어떤 장소였는가?

화룡점정(畫龍點睛)[2]. 가공의 동물, '용' 의 눈 또한 옛날 사람들에 의해 '파랗게' 창조되었다.

## 다윗이 말하는 '일각수'

덧붙여, 다네무라 야스히로 씨의 《일각수 이야기》에는 "그리스도의 알레고리"라는 것 외에도, '일각수' 는 이러한 '전설' 을 가진 동물이라고 소개되어 있다. 하루키가 '사슴' 이 아닌 '일각수' 를 채택한 것은 이런 근거가 있었는지도 모른다.

다윗은 일각수에 대해서 좋은 의미와 나쁜 의미의 양면을 이야기한다. 그것은 말의 몸뚱이, 코끼리의 다리, 돼지의 꼬리를

---

2) 명화가가 용을 그린 뒤 마지막으로 점 하나를 찍어 눈을 그려 넣었더니, 진짜 용이 되어 하늘로 날아 올라갔다는 고사에서 나온 사자성어.

가진 큰 짐승이다. 회양목의 색깔을 띠고, 무시무시한 신음 소리를 낸다. 일각수는 코끼리와 싸울 때 뿔을 코끼리의 부드러운 부분에 찔러서 코끼리를 죽인다.

# 제 III 부
# 미도리의 창구

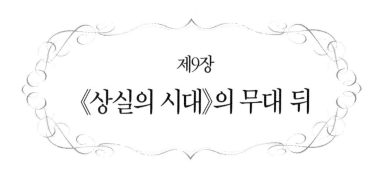

## 제9장
# 《상실의 시대》의 무대 뒤

**비틀스의 노래에서 유래한 '노르웨이의 숲'이라는 제목**

베스트셀러인 《상실의 시대》(원제 《노르웨이의 숲》. 여기에서는 원서의 제목과 표지에 대해 논의하고 있으므로 이하 《노르웨이의 숲》으로 표기한다)에 관해서 "키워드로 읽는다"는 견지에서 살펴볼 때 흥미로운 두 가지 사항이 있다. 하나는 '노르웨이의 숲'이라는 제목 그 자체이고, 다른 하나는 '빨강'과 '초록'이다. 그러니까 하루키는 수많은 비틀스의 곡 중에서 어떤 이유로 '노르웨이의 숲'을 제목으로 선택했을까 하는 것과, 저자가 직접 선정한 단행본 상하권의 장정에 사용된 빨강과 초록에는 어떤 의미가 담겨 있는가 하는 것이다.

원 작품 타이틀, '노르웨이의 숲'에 관해서는 《무라카미 하루키 전집》 제6권의 〈자작을 이야기하다〉에 다음과 같이 허심탄회하게 설명되어 있다.

　《노르웨이의 숲》의 제목은 마지막 순간까지 정해지지 않았다. 4월 볼로냐에서 열린 도서박람회에 온 고단샤의 직원에게 최종 원고를 건네주었는데, 그 직전까지 이 소설에는 다른 제목이 붙어 있었다. 물론 '노르웨이의 숲'이라는 제목은 선택지로 쭉 존재하고는 있었지만, 지나치게 딱 들어맞는 제목이었기에 나는 이것만은 피하고 싶다는 생각을 했다. 또한 비틀스의 노래 제목을 그대로 차용한다는 것에도 저항감이 있었다. 세대적인 때가 너무 많이 묻어 있지 않나, 하는 느낌이 들었던 것이다. 하지만 그 '노르웨이의 숲'이라는 말이 너무나도 강렬하게 내 머리에 박혀 있어, 다른 어떤 제목도 와 닿지 않았다. 마지막에 아내에게 읽히곤 '노르웨이의 숲'이라는 제목을 말하지 않은 채, "어떤 제목이 좋을까?" 하고 물어보았더니, "'노르웨이의 숲'이 좋지 않겠어요?"라고 했다. 그 말을 듣고 결국 이 제목으로 정했다. 덧붙여 말하자면, 아내는 그때까지 비틀스의 〈노르웨이의 숲〉을 들어본 적도 없었다.

　그러나 '노르웨이의 숲'이라는 제목은 정말로 심벌릭(상징적)하다고 생각한다. 원작 시를 읽으면서도 생각했지만, "Norwegian Wood"라는 말에는 언어 자체가 자연스럽게 쑤욱 부풀어 오른 것 같은 느낌이 있다. 조용하고 멜랑콜리하고, 그러면서도 어딘지 모르게 고상한 느낌마저 든다.

물론 여러 가지 해석 방법이 있겠지만, 일본어로 대체한다면, 역시 '노르웨이의 숲(ノルウェイの森)'이 가장 원어의 맛에 가깝지 않을까 싶었다.

그러니까 '노르웨이의 숲'이라는 제목은 최종적으로 요코 부인의 지지로 결정된 것이나 다름없었다는 것이다.

하지만 "그때까지 비틀스의 〈노르웨이의 숲〉을 들어본 적도 없었다"는 부인도 단번에 '노르웨이의 숲'이라는 타이틀이 머릿속에 떠올랐다는 것에서도 알 수 있듯이, 이 작품은 의도적으로 '노르웨이의 숲'을 인상적으로 그려낸 것이다. 실제로 이야기 시작 부분인 제1장에서 서른일곱 살이 된 '나'가 "보잉 747의 좌석"에서 듣게 된 건 "어느 오케스트라가 감미롭게 연주하는" 이 곡이었다. 또한 제6장에는 다음과 같이 쓰여 있다.

"〈노르웨이의 숲〉을 부탁해" 하고 나오코가 말했다.
레이코 씨가 부엌에서 고양이 모양의 저금통을 들고 오자, 나오코가 지갑에서 100엔짜리 동전을 꺼내어 거기에 넣었다.
"뭐죠, 그건?" 하고 내가 물었다.
"내가 〈노르웨이의 숲〉을 신청할 땐 여기에 100엔씩 넣게 되어 있어. 이 곡을 제일 좋아하니까, 특별히 그렇게 정했어. 정성을 담아 신청하는 거야."

"그러면 그 돈이 내 담뱃값이 되는 거지" 하고 레이코 씨는 덧붙이고 나서 손가락을 주물러 풀고는 〈노르웨이의 숲〉을 연주했다.

그녀가 치는 곡엔 정성이 깃들어 있었지만, 그러면서도 지나치게 감정이 흐르는 적은 없었다. 나도 주머니에서 100엔짜리 동전을 꺼내어 그 저금통에 넣었다.

작품 속에서 이렇게 〈노르웨이의 숲〉만이 특별 취급을 받고 있으니, 설사 그때까지 이 곡을 알지 못하던 사람이라도 단번에 '노르웨이의 숲'이라는 책 제목을 떠올릴 수 있었던 것이다.

그건 그렇고 하루키는 왜 '나오코'에게 하필이면 "이 곡을 제일 좋아" 한다고 말하게 했을까? 비틀스에게는 〈노 페어 맨〉이나 〈예스터데이〉〈페니 레인〉〈엘리너 릭비〉 등 수많은 명곡이 있는데 말이다.

## '숲[森]'이라는 한자 때문이라는 설

가와무라 미나토 씨는 《〈노르웨이의 숲〉에서 눈을 뜨고》라는 제목으로 다음과 같은 분석을 했다.

100퍼센트 순수 연애소설의 걸작 《물거품의 나날들》의 작가인 보리스 비앙[1]은 사막으로 뻗어나가는 철도 부설공사를 하는 남녀들의 이야기를 다룬, 그 환상적이고 불가사의한 소설의 제목을 붙일 때, 북경(北京)과도 가을과도 전혀 관계가 없다는 이유로《북경의 가을》이라는 제목을 붙였다. 하루키의《노르웨이의 숲》도 그와 마찬가지로 '노르웨이' 와도 '숲' 과도 별 관계가 없을 거라고 생각된다. 이는 그 옛날의 그리운 비틀스의 히트곡으로 소설 속에서 배경음악처럼 흐르고 있는 선율에 지나지 않는다.

그러나 '노르웨이' 는 그렇다 치더라도, '숲' 은 그 나름대로 의미를 지니고 있는지도 모른다. '숲' 이라는 회의문자[2]는 물론 '나무 목(木)' 이라는 상형문자 세 개를 조합한 것에 지나지 않는다. 나무가 세 그루여서 숲[森]. 나는 여기에서 이런 시를 떠올린다.

나무 하나가 흔들린다.
나무 하나가 흔들리면
나무 둘도 흔들린다.
나무 둘이 흔들리면

---

1) 보리스 비앙(Boris vian, 1920~1959년). 프랑스 출신의 소설가이자 상송 가수. 제2차 세계대전 당시 활발하게 활동했던 부조리극의 대표적인 작가로 손꼽힌다.(＊)
2) 한자에서 둘 이상의 글자를 합해 한 개의 자행을 만들어 새로 만든 글자.(＊)

나무 셋도 흔들린다.
이렇게 이렇게

나무 하나의 꿈은
나무 둘의 꿈
나무 둘의 꿈은
나무 셋의 꿈

한국의 여류 시인 강은교(姜恩喬)의 〈숲〉이라는 시다. 흔들리는 세 그루의 나무. 그것은 '삼(森)'이라는 한자를 가만히 바라보고 있으니 한 그루씩 나무(木)가 바람에 흔들려 움직이고 있는 것처럼 느껴져 쓰인 시가 아닐까? 옆 나무의 흔들림에 호응해 흔들리는 또 한 그루의 나무. 그러자 옆에 있는 나머지 한 그루의 나무도 흔들리기 시작한다……

소설 《노르웨이의 숲》에 전개되는 이야기 구조의 핵심은 숲[森]의 세 그루 나무를 조합한 것과 같은 삼각관계이다. 먼저 '나(와타나베)'와 기즈키 그리고 나오코라는, 고교 시절 알고 지냈던 남자 두 명과 여자 한 명이 '삼각'을 형성하고, 다음으로 미도리와 '나'와 나오코, 그리고 나아가 레이코 부인과 '나'와 나오코라는 삼각관계로 변주(變奏)된다. 그야말로 세 그루의 나무, '숲[森]'과 같은 삼각 도형이 작품 여기저기에 짜 넣어져 있다고 해도 과언이 아니다. 그렇기 때문에 《노르웨이의 숲》은 한마디로 '나'를 둘러싼 다양한 삼각의 '사랑'의 갈등을 묘사했다고 할 수 있다.

—《군조》, 1987년 11월호

솔직히 가와무라 씨의 이러한 지적에 우리는 놀라움을 금치 못했다. 이는 우리가 '숲'에 대해 마련해 두었던 답과 완전히 일치했기 때문이다. 뒤늦게나마 우리가 '삼(森)'이라는 한자와 작품의 은밀한 연관성을 깨닫게 된 건 《분케이슌슈》 1989년 4월호 〈《노르웨이의 숲》의 비밀〉에 수록되어 있는 하루키의 인터뷰 기사를 읽고 나서부터이다. 작가는 《노르웨이의 숲》에 등장하는 인물의 삼각관계에 대해서 다음과 같이 말했다.

**질문자** 삼각관계에 관한 이야기라는 측면이 있지요. '나'와 나오코와 미도리가 가장 큰 삼각관계라고 한다면, '나'와 기즈키와 나오코…….
**무라카미** 아뇨, 그건 아닙니다. 왜냐하면, '나'와 나오코, '나'와 미도리는 평행하는 흐름이기 때문입니다. 삼각이 아닙니다. 정말로 삼각이라고 부를 수 있는 것은 '나'와 나오코와 기즈키, 그렇게 세 사람이죠. 그리고 '나'와 나오코와 레이코 부인, 그렇

게 세 사람이고요. 그리고 '나'와 하츠미 양과 나가자와 군, 이
렇게 세 사람도 삼각관계에 있고요. 세 사람이 한 덩어리가 되
어서 이야기가 진행되거든요. 하지만 '나'와 미도리, '나'와 나
오코는 어디까지나 평행관계죠.

평행관계이든 삼각관계이든 "100퍼센트의 연애소설"이라고
한 《노르웨이의 숲》은 가와무라 씨의 분석대로 "이야기 구조의
핵심은 숲[森]의 세 그루 나무를 조합한 것과 같은 삼각관계"이다
　하루키가 〈예스터데이〉도 아니고 〈페니 레인〉도 아닌, 비틀스
의 곡 중에서 유일하게 〈노르웨이의 숲〉을 선택한 건 거기에 '숲
[森]'이라고 하는, 세 그루의 '나무[木]'를 조합한 한자가 쓰였기 때
문이었다는 설에 우리는 한 표도 아닌 두 표를 던지는 바이다. 이
는 물론 애당초 전작 《세계의 끝과 하드보일드 원더랜드》에서,
'나'가 결심 끝에 '그림자'와 헤어지고 남기로 한 곳이 '숲'이라
는 인식도 포함되어 이루어진 지지이다.
　이제까지 여러 관점에서 확인한 바와 같이, 하루키는 지극히
이해하기 힘든 구조와 속임수 장치로 그만의 작품세계를 이어나
가는, 매우 꼼꼼한, 근거가 없지 않은 작가이다. 《노르웨이의 숲》
에 나오는 '기즈키'라는 이름도 '기즈(상처)' + '키(나무)' 식으로
파악한다면 '상처 입은 나무'처럼 무척 재미있게 읽을 수 있을 것
이다.

그리고 《노르웨이의 숲》의 다음 작품인 《댄스 댄스 댄스》의 제목 역시 세 개의 같은 단어로 이루어진 '숲' 구조를 이루고 있다는 지적도 가능하다. 이 이야기에서 '나'는 '메이'·'준'·'유미요시'라는 세 여성[姦]과 세 가지 댄스(댄스, 댄스, 댄스)를 춘다. 마지막까지.

하루키는 이렇게 《세계의 끝과 하드보일드 원더랜드》 이래, '숲'과 무척이나 친밀한 관계를 유지하고 있다.

### '빨강'과 '초록'의 장정은 "강렬한 감정"의 표현

그럼 이제부터는 《노르웨이의 숲》에서 주목해야 할 또 다른 사항, 즉 '빨강'과 '초록'에 관해서 생각해보자. 이 소설이 수백만 부나 팔린 이유 중 하나는, 처음으로 작가가 직접 고안해 낸 장정의 힘이라는 이야기가 거론된다. 이에 대해 하루키 자신은 일찍이 장정의 '빨강'과 '초록'에 관해서 다음과 같이 말한 바 있다.

질문자　《노르웨이의 숲》의 장정 건 말인데요, 그 후로 장정 자체가 화제가 된 걸로 알고 있는데요?

무라카미　그랬나요? 전 그간 외국에 나가 있었거든요. 어쨌든 《노르웨이의 숲》을 집필할 당시부터 어찌된 영문인지 장정은 이렇게 해야겠다는 생각밖에 없었거든요. 글자만 넣자. 그림은 넣지 말고. 문자는 세로로 쓰되, 두 가지 색깔만 쓰자. 빨강과 초록으로. 상하권으로 색깔을 다르게 하자. 이런 식으로 말이죠.

   그런데 출판사는 처음에 그런 제 제안을 달가워하지 않았죠. 색깔이 지나치게 강렬하고, 그리고 너무나도 단순하다고 할까, 애교가 없다는 거였죠. 하지만 무슨 일이 있어도 그렇게 만들어 달라고 고집을 부렸죠. 아마 출판사 내에서 제 평판이 좋지는 않았을 거예요. 제 주변에도 쓸데없는 일(장정)에 나서지 않는 게 좋을 거라고 얘기하는 사람이 제법 많았고요. 하지만 전 이것이다! 하는 확신이 있었어요.

   이 소설은 무척이나 강렬한 감정을 가진 이야기이니 선명하고 강렬한 색을 쓰고 싶었죠. 그래서 빨강과 초록을 택한 거죠.
**질문자**   상권을 빨강으로 한 데에 특별한 이유라도 있습니까?
**무라카미**   없어요. 어느 쪽이든 상관없었어요. 이상한 이야기지만, 표지를 어떻게 만들 것인가에 대해 저랑 아내가 생각했던 게 똑같았어요. 그러니까 이야기를 나누기 전부터 둘 다 똑같은 생각을 하고 있었던 거죠. 글자만 넣고, 강렬하고 선명한 두 가지 색만 사용하자는 것이었지요. 우연의 일치였습니다.
   —《분케이순슈》, 1989년 4월호, 〈《노르웨이의 숲》의 비밀〉


   "이야기를 나누기 전부터 둘 다 똑같은 생각을 하고 있었"다는 두 사람의 이 일심동체(一心同體)에 대해서는 "굉장하다!"고밖에 할 수 없겠지만, 그럼 대체 어떤 이유로 "집필할 당시부터", "장정은 이렇게 해야겠다는 생각밖에 없었"던 것일까?

　이 소설은 무척이나 강렬한 감정을 가진 이야기이니 선명하
고 강렬한 색을 쓰고 싶었죠. 그래서 빨강과 초록을 택한 거죠.

　왠지 이 설명만으로는 좀 모자란 느낌이 든다. (단지 그뿐이라면
'빨강과 파랑'이라든지, '초록과 다홍'이라든지, 그밖에도 강렬한 색의 배
합이란 얼마든지 생각할 수 있다). "무슨 일이 있어도 그렇게 만들어
달라고" "고집을 부리"면서까지 '빨강'과 '초록'으로 만든 이유
는 도대체 어디에 있었던 것일까?
　《노르웨이의 숲》제작 당시 고단샤에서 편집을 담당했던 기노
시타 요코 씨는 하루키가 '빨강'과 '초록' 두 가지 색깔밖에 쓰지
않겠다고 주장하는 바람에 고생했던 이야기를 다음과 같이 소개
한 바 있다.

　저자가 직접 장정 작업을 하긴 처음이었어요. 그만큼 애착이
가는 작품이었다는 거겠죠. 섣불리 그림을 그려 넣으면 선입감
이 생길 수도 있으니 그만두자고 해서 그렇게 하기로 했죠. 하
지만 빨강과 초록도 워낙 종류가 많아 여러가지 색의 샘플들을
놓고 들여다보다 보니 나중에는 눈이 아파서 도무지 뭐가 뭔지
알 수 없게 되고 말았죠. 그래서 마지막에는 무라카미 씨에게

직접 결정해 달라고 했어요.

—《번역의 세계》, 1989년 3월호, 〈작품마다 점점 익숙해져 갔다〉

눈이 아파지는 것까지 감수해 가며 마지막 순간까지 무척이나 공을 들인 듯하다.

## '빨강'과 '파랑'에 관한 고찰

스즈무라 가즈나리 씨는 이제까지 두 권의 무라카미 하루키론을 내놓은 프랑스 문학 전문가다. 그는 《도서신문》(1987년 10월 3일호)에 〈해금된 비틀스 체험〉이라는 제목으로 다음과 같은 '빨강'과 '초록'에 대한 고찰을 게재했다.

상하 두 권의 책은 (중략) 동기조차 전무한 죽음의 유희적인 색채로 장정되었다. —당구대의 녹색 펠트와, 그 위에서 조용히 맞부딪치는 빨간 공과 흰 공, 즉 빨강과 초록과 그리고 흰 종이를 상징하는 백색으로 이루어진 세 가지 색. 이는 처음으로 저자가 작업한 자장본(自裝本)이다.

물론 적색과 녹색에는 다른 커노테이션(함축)도 있다. 기즈키가 배기 파이프에 고무호스를 연결해 자살한 '빨간 N360차', 또 소설의 모티프를 알려주는 비틀스의 〈서전트 페퍼스 론리 하트 클럽 밴드〉 앨범 자켓의 빨강과 초록. 같은 비틀스의 곡인 〈노

르웨이의 숲〉의 초록도 그러하다. (중략)

　그리고 삶의 질서의 추잡함을 맘껏 체현하면서 힘차게 돌아
다니는 여자친구, 고바야시 미도리라는 아가씨의 이름인 '미도
리(초록)'까지도.


스즈무라 씨 역시 일찍이 장정의 색채에 주목해 '빨강'과 '초
록' 탐색에 상당한 정력을 쏟은 듯하다(비틀스의 〈서전트 페퍼스 론
리 하트 클럽 밴드〉 재킷의 '빨강'과 '초록'까지 지적한 걸 보면 상당한
열의였던 것 같다).

　《무라카미 하루키 북》(《분가쿠카이》, 1991년 4월, 임시 증간호)에
는, "베이브리지 클럽"이라는 정체를 알 수 없는 사람들이 내놓은
새로운 설이 발표되기도 했다.


　이 책이 발매되었을 때, 저자 자신이 직접 장정한 빨강과 초
록의 참신한 디자인이 화제가 되었다. 피를 연상시키는 상권의
빨간색은 생명력의 세계를 나타내고, 깊은 숲을 연상시키는 하
권의 초록색은 죽음의 세계를 상징한다. 또한 각권의 제목은 각
기 반대 색으로 인쇄되어 있어, "죽음은 삶의 대극에 있는 것이
아니라, 그 일부로서 존재하고 있다"라는 저자의 생각이 여기에
도 반영되어 있는 것 같다. 더구나 죽음의 세계를 상징하는 숲
의 초록이 생명력을 상징하는 여성의 이름(미도리)에 붙여진 것

만 보더라도, 그리 단순한 해석만으로는 해결할 수 없는 작품인 것 또한 사실이다.

'빨강' 과 '초록' 의 배색을 유일한 고딕체 표기로 작품 속에 강조해 놓았다.

"죽음은 삶의 대극에 있는 것이 아니라, 그 일부로서 존재하고 있다"라고 말한 주인공 '나' 의 강한 주장과 맞물려 해석한 걸 보더라도 이 사람들의 통찰력은 상당한 것이다. "피를 연상시키는 상권의 빨간색은 생명력의 세계를 나타내고, 깊은 숲을 연상시키는 하권의 초록색은 죽음의 세계를 상징한다" 는 인식도 예리하지만, "죽음의 세계를 상징하는 숲의 초록이 생명력을 상징하는 여성의 이름(미도리)에 붙여진 것만 보더라도, 그리 단순한 해석만으로는 해결할 수 없는 작품인 것 또한 사실이다"라는 언급 역시 매우 예리하다.

그렇다, '빨강' 과 '초록' 은 "그리 단순한 해석만으로는 해결할 수 없는" 것이다. 우리가 도달한 결론은 이렇다.

### 삶과 죽음의 세계를 잇는 색의 배합

'양' 이 선과 악이라는 양면성을 지니고 있고, '일각수' 또한 그런 존재이듯이, '빨강' 과 '초록' 도 각기 '삶' 과 '죽음' 양쪽을 상징하고 있다.

그러니까 《노르웨이의 숲》의 장정에 쓰인 '빨강'과 '초록'은, 《양을 쫓는 모험》에 나온 '사이프러스'의 상징성과 동일한 의미이다.

하루키의 작품세계에서는 "피를 연상시키는 빨간색은 생명력의 세계를 나타내는" 동시에, '죽음'의 상징이기도 하며, "깊은 숲을 연상시키는 초록색은 죽음의 세계를 상징하"는 것과 동시에, 또한 '삶'의 상징이기도 한 것이다! —이러한 인식이야말로 아마도 이 이야기를 대극이 아닌, 조용히 흐르는 삶과 죽음의 세계에 대한 올바른 이해로 이끌어줄 것이다.

《양을 쫓는 모험》을 다시 읽어보기를 권한다. 제8장 마지막 부분에 다음과 같은 장면이 있다.

"슬슬 가봐야겠어. 너무 오래 있을 수는 없어. 아마 또 어딘가에서 만날 수 있겠지."

쥐가 말했다.

나는 "그럴 테지"라고 말했다.

"가능하면 좀더 밝은 데에서 여름에 만나면 좋을 텐데"라고 쥐는 말했다.

"마지막으로 한 가지 부탁이 있어. 내일 아침 9시에 괘종시계를 맞추고, 그리고 괘종시계 뒤에 나와 있는 코드를 서로 연결해 주었으면 좋겠네. 초록색 코드는 초록색 코드와 빨간색 코드는 빨간색 코드와 연결하면 돼. 그리고 9시 반에 여기를 나가서 산을 내려가 주게. 12시에 우리끼리 간단한 모임이 있거든. 알 겠지?"

"그렇게 할게."

"자네를 만나서 반가웠어."

순간 침묵이 우리를 감쌌다.

"잘 있게."

쥐가 말했다.

"또 만나자고."

내가 말했다.

이 대목의 "초록색 코드는 초록색 코드와 빨간색 코드는 빨간색 코드와 연결하면 돼"라는 것이 '쥐'가 '나'에게 한 마지막 부탁 "한 가지"였다. 하루키의 작품세계에 있어서 '빨강'과 '초록'은 이 때부터 문자 그대로 삶과 죽음의 세계를 잇는 색의 배합이었다.

"죽음은 삶의 대극이 아니라, 그 일부로 존재한다"는 것을 하나의 테마로 정해 놓고 쓴, 《노르웨이의 숲》의 장정이 다른 색도 아닌 '빨강'과 '초록'이었던 건, 이렇게 살펴보면 지극히 당연한 게 아니었을까? 하루키는 새 작품에 '노르웨이의 숲'이라는 제목을 붙임으로써 전작 《세계의 끝과 하드보일드 원더랜드》의 마지막 장면과 연결[3]했으며, 또한 장정에는 확신을 갖고 '빨강'과 '초록'을 사용함으로써 일거에 《양을 쫓는 모험》의 마지막 장면과도 연결했던 것이다. 결코 무의미하게 고집을 부린 게 아니다.

그러한 작가의 의미심장한 세계를 알았는지 몰랐는지 알 수 없지만, 기노시타 요코 씨는 《아사히신문》(1988년 12월 25일), 〈왜 350만 부인가?〉에 다음과 같은 생각을 발표하기도 했다.

질문자　읽고서 이것이 팔릴 거라고 생각했나요?

기노시타　사람을 끌어들여 감정을 뒤흔드는 뭔가가 있었죠. 읽고 나서 한 달 정도는 그 세계에 제 자신이 들어가 버렸어요. 오래간만에 책을 읽고 흥분했다는 느낌이 들었지요. 하지만 초판은 10만 부였어요.

질문자　그런데 결과는……?

기노시타　제법 폭발적이었죠. 팔리는 게 좀 주춤해졌을 때가 마침 크리스마스 전이었거든요. 그래서 띠지를 금색으로 바꿨죠. 빨강과 초록의 표지에 금색이니 선물용으로 안성맞춤이어서 다시 팔리기 시작하더니 그 이후로 멈추지 않았죠.

"금색 띠지" 아이디어가 방아쇠가 되어 결국 아주 많이 팔린

---

3) 《세계의 끝과 하드보일드 원더랜드》의 마지막 장면에서 '나'는 바깥 세계로의 탈출을 포기하고 '세계의 끝'이라는 거리 안에 머물기로 하고서 끝이 난다. 숲은 그 거리에서 마음을 완전히 못 버린 사람들이 추방되는 곳인데 그 숲에 관한 이야기가 《노르웨이의 숲》에서 이어지고 있다는 의미이다.(*)

《노르웨이의 숲》. 과연 하루키에게 번쩍번쩍 빛나는 그 금색 띠지와의 만남은 행복한 것이었을까? 초판 때와 마찬가지로 변함없이 '빨강'과 '초록' 띠지였다면《노르웨이의 숲》은 그 후에 어떤 운명을 맞이했을까? 이 소설의 주인공 '나'는 빨강과 초록과 금색의 크리스마스이브 태생이 아니다. '와타나베 토루'는 무슨 까닭에서인지 1949년 11월생이다.

## 제목과 표지에 관한 하루키의 발언

덧붙여, 하루키의 《파 에비온(PAR AVION)》(1988년, 4월호)과의 인터뷰 기사를 소개한다.

질문자    '노르웨이의 숲'이라는 타이틀에 관해서인데요, 이는 비틀스의 곡명이죠? 이걸 깊은 숲 속에서 헤매고 있는 상징으로 받아들여도 될까요?

무라카미    글쎄요, 그런 셈이죠. 어떤 사람은 이 곡명을 '노르웨이산 목재가구'라고 번역했지만, 그렇게 번역해 버리면 정말 멋이고 뭐고 없어져 버리죠. (웃음). 문자 그 자체로만 보면 아마 틀리지는 않겠지만요. 전 처음부터 이 소설의 제목은 '노르웨이의 숲'으로 할 생각이었거든요. 하지만 소설을 써나가는 사이 점점 마음이 흔들려서 바꿀 생각이었어요. 왠지 외국을 무대로 한 소설로 여겨지는 것도 싫고, 비틀스의 곡명을 안일하게 인용했다고 여겨지는 것도 싫고 해서 여러모로 생각을 했죠. 중간에는 《빗속의 뜰》이라는 제목으로 밀어붙이려고 했어요. 이를 이탈리아어로 말하면 "이르자르디노 소토 라 피오자"거든요. 이 소설에는 비 오는 장면이 많으니까요. 그런데 이 제목은 좀 어두운 느낌이 들더라고요. 이탈리아어로 말하면 그럴듯하지만 그렇다고 제목을 이탈리아어로 붙일 수도 없는 노릇이고, 그래서 결국 다시 원점으로 돌아가 《노르웨이의 숲》이 된 거죠. 아무리 생각해봐도 이 제목밖에 없었어요. 하지만 처음부터 단번에 정해진 건 아니에요. 정말로 고민하고 또 고민했어요. 저는 제목 때문에 고민하는 일은 거의 없는데 이건 고민이 되었죠. 《바람의 노래를 들어라》만큼이나 고민했죠.

안자이 미즈마루 씨와의 대담 《일러스트레이션》(1984년, 2월호)에서는 이런 발언을 했다.

무라카미 전 레코드를 잘 사거든요. 살 때 레코드 재킷도 보죠. 그래서 소설이나 책 같은 것도 표지가 좋으면 더 좋은 반응을 얻을 수 있지 않을까 하는 생각을 하지요. 그래서 표지에도 신경을 씁니다.

미즈마루 그래요. 분명히 상당한 영향이 있을 겁니다.

무라카미 내용(문장)이 좋다는 자신감이 있으면 아무래도 상관이 없다지만 말예요. 그래도 역시 표지의 도움을 받아야겠다는 생각은 있어요. 그리고 표지가 멋진, 그런 책을 즐기는 면이 있어도 괜찮다는 생각이고요. 레코드도 수록된 곡은 거기에서 거긴데 재킷이 좋아서 애장하고 있는 것도 제법 많거든요. 그럴 수 있잖아요?

**미즈마루** 그래요. 소장하면서 계속 보고 싶은 레코드 재킷 같은 게 있죠.

**무라카미** 그렇기 때문에 전 책을 만들 때 온갖 까다로운 주문을 하죠. 글자 크기에서부터 활자, 종이 색깔, 숫자의 모양, 형식, 그림 그리는 사람에 이르기까지, 하지만 결국 세밀한 부분들은 모두 출판사 직원 소관이죠. 그런 점에 불만이 없지는 않아요. 적당히 해버리는 부분이 제법 있거든요. 제대로 된 전문가가 하지 않고, 수공업적으로 하죠. 그런 데서 갭이 생기게 되요.

《중국행 슬로 보트》는 생각대로 나왔지만 그렇지 않은 게 많아요. 배치나 글자 크기나, 띠지를 붙이는 방법 등 내 생각과는 많이 다르게 나오는 경우가 있어요. 그럴 땐 정말 속상하죠.

그러니까 하루키는 《노르웨이의 숲》 이전부터 책의 장정 등 디자인적인 면에도 많은 신경을 써왔던 것 같다. 그 밖에도 이 대담에는,

일상생활 속에서 그림을 보거나 책을 읽거나 음악을 듣는 걸, 20대 전반에 걸쳐 죽 좋아했어요.

라고 한 발언도 있다. 작품에는 그다지 많이 나오지 않지만, 무라카미 하루키는 책이나 음악과 똑같이, 사실 그림 역시도 "죽" 좋아했던 것이다.

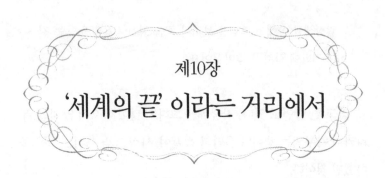

제10장

# '세계의 끝'이라는 거리에서

## 하루키 작품 속에서 "현대인의 병"을 발견한 미우라 씨

이쿠이 에이코 씨는 "무라카미 하루키는 행복한 소설가이다"
라고 쓴 바 있다.

> 무라카미 하루키는 행복한 소설가이다.
> 1979년의 처녀작 《바람의 노래를 들어라》는 신인작가에게 걸
> 맞을 정도의, 그러나 분명한 호평을 받았다. 그리고 이듬해에
> 발표된 《1973년의 핀볼》에도 그러한 적당한 호평이 얹혀졌다.
> 그리고 세 번째 작품인 《양을 쫓는 모험》으로 그는 더 이상 '걸
> 맞을'이라는 형용사가 붙지 않는, 크고 확실한 성공을 손에 넣
> 었다.
> ─《유레카》, 1983년 12월호, 〈무라카미 하루키의 황금의 양〉

한편, 이쿠이 씨는 또 같은 지면에서 "무라카미 하루키는 불행한 소설가이다"라고 썼다.

　　무라카미 하루키는 불행한 소설가이다.

　　행복이라는 녀석에게는 반드시 그 이면에 불행이 찰싹 달라붙어 있는 법이다. 그렇게 생각한다면, 무라카미 하루키도 불행한 소설가여야 한다.

이쿠이 씨는 이어 "자신이 원하지도 않는 영광에 빛나고 있다"는 점에서 하루키의 불행한 상황을 설명했지만, 물론 하루키를 덮친 불행은 그뿐만이 아니었다. 1982년 그에게는 이런 불행이 찾아왔다.

　　'자폐(自閉)'의 경향은 음악의 영역에서도 진행되고 있는 것 같다. 도야마 가즈유키에 의하면, 오늘날의 '워크맨 소년'은 타인이 없는 세계에서 홀스트[1]의 〈행성(The Planets)〉이나 토미타 이시오[2]의 신시사이저와 같은 "현실과 격리된 소리"를 듣기 좋아한다고 한다(〈워크맨의 사회학〉, 《신쵸》, 1982년 4월호). 아니, 듣

---

1) 홀스트 구스타프(Gustav Holst, 1874~1934년). 영국의 작곡가. 민속적이고 동양적 요소를 음악에 많이 도입하였다.(＊)
2) 일본의 대표적인 전자 음악가.(＊)

는 쪽의 문제만이 아니다. 연주자에게도 '자폐'의 경향은 나타나기 시작했으며, 글렌 굴드(Glenn Gould)[3] 같은 사람은 레코드를 위한 연주밖에 하지 않는다고 한다. "굴드는 밀실에서 행해지는 레코딩이 마치 '자궁 속의 체험'과 같고, 이를 통해 맛보는 엑스터시야말로 음악의 본질이라고 한다"(도야마 가즈유키). 그러고 보면 무라카미 하루키의 《바람의 노래를 들어라》의 주인공도 글렌 굴드의 레코드를 좋아했는데, 그것은 똑같이 '자폐중'에 걸린 이들끼리의 연대감이었는지도 모른다.

이는 가와모토 사부로 씨가 〈'자폐 시대'의 작가들〉이라는 제목으로 일찍이 《군조》(1982년 5월호) 지에 발표한 것이다. 하루키의 작품을 "흐뭇해하며" 지지한 사람으로 알려졌는데, 어찌된 셈인지 여기서는 "《바람의 노래를 들어라》의 주인공도 글렌 굴드의 레코드를 좋아했"다고 쓰곤 그걸 '자폐중'이라고까지 '진단'해 버린 것이다(물론 이는 억지 논리이다. 작품 속 대체 어디에 그런 언급이 있단 말인가? '나'는 글렌 굴드 따위는 조금도 신경 쓰지 않는다!).

미우라 우타시 씨가 〈무라카미 하루키와 우리 시대의 윤리〉라는 제목으로 쓴 글을 살펴보기로 하자. 그 글에는 다음과 같은 말

---

3) 글렌 굴드(Glenn Gould, 1932~1982년). 캐나다의 피아니스트. 연주가로서 성공을 거두었으나, 불완전한 점이 많은 연주활동에 회의를 품기 시작, 1964년부터 공개 연주회를 떠나 레코딩 활동에 전념하는 한편, 테이프 편집에 의한 재현 작업에 힘썼다.(*)

이 서두에 쓰여 있다.

나는 타인의 마음을 정확히 파악할 수 없는 것이 아닐까? 이런 의문은 현대인이라면 아마 누구나 한 번쯤 가지게 되는 것일 것이다. 이를테면 엄청난 양의 소설이 이 의문을 둘러싸고 집필되고 있다. 그 대부분은 이러한 의문을 심적이상(心的異常)과 오버랩시켜 다루고 있다. 이렇게 해서 어둡게 닫힌 주제가 성립한다.

—《바다》, 1981년 11월호

《주체의 변용》(주오고론샤)에 수록된 이 글이 1981년에 발표된 것이라는 점에 주목할 가치가 있다. 가와모토 씨가 미우라 씨의 이 글로부터 적지 않은 영향을 받은 것이 아닐까 하는 추측이 가능하기 때문이다. 하루키의 작품을 본격적으로 '자폐'라는 관점에서 파악한 사람은 미우라 씨가 최초이다. 미우라 씨는 같은 글에서 《바람의 노래를 들어라》에 대해 다음과 같이 서술하고 있다.

《바람의 노래를 들어라》의 주인공은 쥐라는 별명을 가진 친구와의 만남에 대해 얘기한 다음, 어린 시절의 어떤 기억에 대해 언급하고 있다.

"어렸을 때 나는 무척 말수가 적은 소년이었다. 부모님은 걱정이 되어서 나를 잘 아는 정신과 의사한테 데리고 갔다."

이는 어렸을 적 내가 자폐증을 앓았다고 이야기하고 있는 거나 마찬가지다. 문체가 상쾌하다고 할 수 있는 정도로 가볍기 때문에 눈곱만치의 어둠도 엿보이지 않는다. 그러나 이야기되고 있는 것 자체는 불행한 체험이다. 어린 주인공은 자기 마음을 타인에게 전할 수 없었던 것이다. 이러한 불행한 체험에 대한 기억이 느닷없이 환기되지만, 그럼에도 불구하고 독자에게 그다지 기이한 느낌을 주지 않는 것은, 그 전에 이야기된 것 또한 마찬가지로 불행한 체험이라고 할 만한 것이었기 때문이다.

(중략)

의사와 어린 환자가 나누는 대화에 호감이 간다. 그러나 이 호감 가는 대화의 배후에는, 자기 마음을 타인에게 전달하지 못하고 또 타인의 마음을 알아차리지 못하는 절망적인 상황이 가로놓여 있다. 사회 속에서 살아가는 이상, 인간은 말해야 한다. 그런데 이야기하는 것이 이야기가 되지 않고, 표현하는 것이 표현이 되지 않는다면 어떨까? "문명이란 전달"이라고 정신과 의사는 말한다. 그러나 정말로 그럴까?

"의사의 말은 옳다. 문명이란 전달이다. 표현하고 전달해야 할 것이 없어졌을 때 문명은 끝난다. 찰칵⋯⋯OFF."

자폐나 "찰칵⋯⋯ OFF" 등을 전면에 부각시키면서, 《바람의

노래를 들어라》를 하나하나 분석해 나간 미우라 씨의 이러한 해부
는 당시 매우 신선한 것이었다. 미우라 씨는 하루키의 작품에서
처음으로, 현대인을 사로잡은 병을 확실히 발견한 것이다. 그것은
이런 종류의 병이다.

> 자질에 의한 것이든 사상에 의한 것이든, 무라카미 하루키는
> 현대인이 세계에 대해 느끼는 소원감(疎遠感)을 그 소설의 주제
> 로 삼고 있다. 그것은 현실을 이른바 현실로 느낄 수 없는 병이
> 며, 타인의 마음에 도달할 수 없는 병이다. 그리고 그것은 자기
> 가 자기라는 것을 실감할 수 없는 병, 자기를 둘러싼 병이다.

## 하루키 = 자폐문학이라는 평가들

이러한 미우라 씨의 등장으로, 무라카미 작품론에는 '자폐'라
는 하나의 흐름이 생기게 되었는데, 이 흐름은 적어도 그 후의 작
품인 《세계의 끝과 하드보일드 원더랜드》에까지 이어지고 있다.
〈'자폐 시대'의 작가들〉을 쓴 가와모토 사부로 씨는 말할 것도 없
고, 가와모토 씨의 말을 그대로 받아들인 가토 노리히로 씨 등이
그 대표적 사람들이다. 가토 씨는 〈자폐와 쇄국—1982년의 바람의
노래〉라는 제목으로, 《양을 쫓는 모험》에 대해서 다음과 같이 쓰
고 있다.

내가 이 "양에 썬" 소설을 읽겠다고 생각한 건 한 달 후에《분가쿠카이》에 게재된 가와모토 사부로의 〈무라카미 하루키를 둘러싼 해설〉 때문이었다. 그는 이것이 어떤 소설인가 정확히 교시(敎示)했다. 가와모토에 따르면, 이 소설은 청춘(靑春) 내지는 무구(無垢)와의 결별을 다루는 이야기지만, 여기서 중요한 것은 이 청춘과의 결별에 대한 소설이 동시에 1960년대 말에서 1970년대 초에 걸친 '전공투', '연합적군'으로 대표되는 정치적·사상적 급진주의 시대를 살아낸 세대를 문학적으로 표현한 것이 될 수 있다는 지적이다. (중략)

첫 번째와 두 번째 작품에 비해《양을 쫓는 모험》은 소설로서의 일그러짐을 보인다. 물론 이러한 일그러짐은 SF 국가에서는 버젓한 시민권을 갖게 된 것이기는 하겠지만 세 번째 작품에 이르러 무라카미의 소설이 SF 국가로의 이주를 완성했다고 보기는 어렵다. 그보다는 첫 번째와 두 번째 작품의 세계에서 벗어나 버렸다는 편이 맞을 것이다.

이로써 작품이 완전한 표현을 얻었느냐 하는 문제는 차치하더라도, 세 번째 작품의 이런 일그러짐을 그에게 강요한 모티프가 어디에서 비롯되었는가 하는 것은 분명히 알 수 있다. 무라카미는 여기서 처음으로 자신의 '청춘'과, 1960년대 말에서 1970년대 초에 걸친 '전공투', '연합적군'으로 대표되는 정치적·사상적 급진주의의 시대 체험을 연결시켜 보려고 시도했

던 것이다. (중략)

《양을 쫓는 모험》은 하나의 자폐 문학으로서, 이미 '쇄국(鎖國)' 문학이 '자폐' 문학을 부정할 만한 이유를 상실했다는 것을 알려준다. 무라카미의 소설은 분명히 시대를 담으려다 그 상자가 찌그러지고 마는 그런 긴장을 전하고 있으며, 그러한 작가로서의 의욕에 나는 경의를 표하고 싶을 정도다. 하지만 그의 소설이 제시하고 있는 것은 일본의 자폐 문학이 '쇄국' 문학의 고리를 깨뜨리기 위해서는 도대체 어느 정도의 자폐의 깊이와 폭이 필요한가 하는 것이다. 무라카미의 나약함에는 무라카미의 표시가 붙어 있지 않다. 거기에는 다만 '메이드 인 재팬(Made in Japan)'이라는 마크가 붙어 있을 뿐이다. 그것은 오늘날의 일본 문학의 상황을 아는 데 유력한 단서를 제공해 주고 있기는 하지만 두말할 나위도 없이 한 편의 소설이 갖는 힘은 제한적이다.

—《분케이》, 1983년 2월호

《양을 쫓는 모험》을 '하나의 자폐 문학'으로만 파악하는 가토 씨는 후작인 《세계의 끝과 하드보일드 원더랜드》 또한 그런 맥락에서 파악한다.

1년이나 전에 읽으려고 샀던 무라카미 하루키의 소설 《세계의 끝과 하드보일드 원더랜드》를 얼마 전 뒤늦게나마 읽고, 이 소설 또한 몇 가지 맥락에서 우리가 살고 있는 현실에 대해 언급하고 있다고 생각했다.

내 주의를 끈 것은 〈하드보일드 원더랜드〉와 〈세계의 끝〉이라는 두 개의 이야기로 이루어진 이 소설 중에 〈세계의 끝〉 부분이다.

여기에는 이상한 거리가 등장하고, 그곳에서 주인공인 '나'는 자신의 그림자와 헤어져 살고 있다.(중략)

내가 이 '나'와 '그림자', 말하자면 '마음'을 잃고 살아가는 삶과, '삶'을 잃고 살아가는 '마음'의 이별과 동행에 관한 이야기에 주목하게 된 건, 단편적인 파선(破線)에 의해서이기는 하지만 지금 우리를 붙들어 매고 있는 곤란의 윤곽이 여기에서 분명히 더듬어져 있다고 느꼈기 때문이다. (중략)

나는 무라카미가 이 〈세계의 끝〉이라는 불가사의한 거리를 인간은 '마음'을 잃지 않고는 살 수 없고, 또 '마음'은 인간의 '삶'이라고나 할 것으로부터 분리되지 않고는 존재를 허용받지 못하는 세계로 설정했다는 점에서, 오늘날 우리가 당면해 있는 곤란이 간명하고도 구조적으로 파악되었다는 느낌을 받았다.

왜 우리는 지금 우리가 살고 있는 오늘날 일본의 삶의 환경을 뭔가, 이 기다란 벽으로 둘러싸인 거리처럼 폐쇄된 세계로 여기는가. 어째서 우리는 소설 속 '나'처럼 어떤 이유에서인지 '내면'을 분리해 내지 않고는 "살 수" 없는 것인가? 또한 이렇게 객체화된 우리의 '내면'을 우리 일상의 삶의 감촉으로부터 격리되지 않고는, 또 격리되어 있다는 사실을 스스로에게 되새기지 않으면, '내면'으로조차 존재하는 것을 허용받지 못하는, 그런 구조를 지닌 세계인 것처럼 느끼는 것일까?

어째서인지는 나도 잘 모르겠다. 하지만 나는 분명히 그렇게 느끼고 있으며, 그것에서야말로 지금 우리가 느끼는 곤란이 윤곽선을 드러내고 있다는 '반응'을 느낀다. 그리고 이 '반응'을 통해서 주인공들과 그들이 사는 세계를 이렇게 설정해 버린 작가 역시 우리가 지금 사는 현실이 우리에게 자아내는 곤란을 정면으로 받아들이고 있다고 느끼는 것이다.

—《세카이[世界]》, 1987년 2월호, 《《세계의 끝》》에서


'자폐 시대'의 문학평론가들은 어쩜 이다지도 '내면'을 좋아하고, '타인'을 좋아하고, 또 '곤란'을 좋아하는 것일까? (상실한) 그들은 필요 이상으로 고뇌하고 있다. 과연 "지금 우리가 살고 있는 오늘날 일본의 삶의 환경"은 "뭔가, 이 기다란 벽으로 둘러싸인 거리처럼 폐쇄된 세계"인 것일까?

"무라카미 하루키는 행복한 소설가이다"라고도 "불행한 소설가이다"라고도 쓴 이쿠이 씨는, 같은 글 속에서 이렇게 서술했다.

새로운 무라카미론이 나올 때마다 마치 우회로를 몇 개나 지나온 듯한 절차를 거친 것처럼 느껴져 견딜 수 없다. 마치 무라카미 하루키라는 존재를 좀 더 복잡하고 좀 더 골치 아픈 난문(aporia)으로 자꾸만 몰아가고 있는 형국이다.

이것이 좋은 것인지 그렇지 않은 것인지, 지금의 나로서는 이렇다 할 판단이 서지 않는다. 다만 감상을 말하자면, 새로운 무라카미론을 읽으려 할 때마다 얼마간 괴로운 심정이 앞서기는 한다. 무라카미 하루키는 정말로 그 정도로 난문인 것일까?

정말 무라카미 하루키는 그 정도로 난문일까?

## '세계의 끝'이라 불리는 '양' 세계

'세계의 끝'이라는 불가사의한 거리에 대해서 생각할 때 중시해야 할 것은 역시 '연관성'이다. '빨강'과 '초록'이나 '숲'과 마찬가지로, 작품 사이의 연관성인 것이다. 높은 벽으로 둘러싸인 이 거리를 그 자체에만 신경 쓰다 보면, 이 (끝의) 세계는 높고 견고한 벽에 의해 폐쇄된 어두운 "자폐증적 세계"에 그치고 말지도 모른다.

그러나 그런 인식은 《세계의 끝과 하드보일드 원더랜드》에 나오는 다음과 같은 '벽'을 어떤 식으로 해석해야 할지 시원한 답을 내려주지 못한다.

만일 이 세상에 진실로 완전한 것이 있다면, 그것은 아마도 벽일 것이다. 그리고 그것은 애당초부터 그곳에 존재하고 있었을 것이다. 하늘에 구름이 흐르고, 비가 내려 대지에 강을 만드는 것처럼.

벽은 단지 한 장의 지도로 담아내기에는 너무나도 거대했다. 그 숨결은 너무나도 강렬하고, 그 곡선은 우아하고 아름다웠다.

그 벽의 모습을 하얀 도화지에 옮겨 그릴 때마다, 나는 한없는 무력감에 사로잡혔다. 벽은 바라보는 각도에 따라서 도저히 믿을 수 없을 정도로 표정을 바꾸어서 정확하게 파악하기 곤란했다.

— 《세계의 끝과 하드보일드 원더랜드》, 1권, 제14장

여기에는 벽이라는 존재의 완전성과 거대함, 그리고 벽이 그려내는 곡선의 우아함 등이 쓰여 있지만, 완전성이나 거대함은 그렇다 치고, 이 세계가 가령 병적인 "자폐증적 세계"라면, "우아하고 아름다"운 벽의 곡선이란 도대체 무엇일까? 과연 그러한 "자폐증적 세계"의 '벽'이란 게 우아할 수 있을까?

한편, 주위가 벽으로 둘러싸인 이 '세계의 끝'이라는 거리를 끝없이 이어지는 아름다운 '양' 세계로 간주하면 어떨까? 하루키는 '세계의 끝'을 묘사하기 전에 《양을 쫓는 모험》에서 '양'의 세계를 제시했으며, 《세계의 끝과 하드보일드 원더랜드》와 〈거리와

그 불확실한 벽〉에서 '일각수'라는 이름이지만 실은 '양'의 세계를 뜻하는 상징을 묘사했다(제8장 참조). 그러한 작품상의 흐름과 연관성을 생각한다면, '일각수'가 사는 이 '세계의 끝'이라는 거리도 또한 그 구조에 어딘가 '양'적인 구석이 있을 것이고, 따라서 '양'과 관련된 세계를 묘사한 것이었다 해도 조금도 이상하지 않을 것이다.

하루키가 지금까지 다양한 '양'을 묘사해 왔다는 사실은 앞서 지적한 대로다. 그런데 '예수 그리스도'나 "오후 2시 정각"과는 또 다른 종류의 '양' 세계가, 실은 《세계의 끝과 하드보일드 원더랜드》와 〈거리와 그 불확실한 벽〉에서 묘사한 세계, 그러니까 '세계의 끝'이라고 불리는 종말 세계는 아니었을까?

구체적으로 말하자면, 그것은 양수(羊水)의 세계라는 '양' 세계를 의미한다.

물론 이 설에도 여러 가지 근거가 있다.

## "자아를 상실한 양수(羊水)"의 세계

'세계의 끝'을 비현실적인, 출생 이전의 양수(羊水)의 세계라고 파악한다면 이 세계를 완전하게 감싸는 벽은 즉 '양막(羊膜)'이 될 것이다. 앞서 인용한 대목에 나온 《세계의 끝과 하드보일드 원더랜드》의 벽은 "완전한 것", 그리고 어쩌면 "애당초부터 그곳에 존재하고 있었을 것"으로 추측되는데, 그러한 서술들을 벽, 다시 말해 '양막' 이미지로 파악한다면, 이는 지극히 당연한 서술이 된다. 그 내부자에게 양막이란 언제나 "완전한 것"이며, 또 그것은 "애당초부터 그곳에 존재하고 있었을 것"처럼 여겨지는 성질의 것이기 때문이다. (그렇게 본다면, 벽은 거대한 것이며, "숨결은 너무나도 강렬하고, 그 곡선은 우아하고 아름다웠다"라고 하는 이유 또한 쉽사리 납득할 수 있게 된다. 물론 그 뒤에 이어지는 "벽은 바라보는 각도에 따라서 도저히 믿을 수 없을 정도로 표정을 바꾸어서"라는 서술 또한 쉽사리 이해할 수 있게 된다. 이러한 '벽'에 관한 서술의 도대체 어디가 '난문'이란 말인가?)

그럼 여기서 시험 삼아 〈거리와 그 불확실한 벽〉에 나오는 '벽'에 관한 서술을 확인해 보기로 하자. 다음과 같이 많은 서술들이 나온다.

벽은 모든 시간을 뛰어넘어 존재해 왔다. 지금도 존재한다. 그리고 모든 시간을 뛰어넘어 계속 존재할 것이다.

"만일 이 세상에 완전한 것이 존재한다고 한다면, 그것은 이 벽이다" 문지기가 나에게 말했다. "아무도 이 벽을 넘을 수가 없네. 아무도 이 벽을 허물 수도 없다네."

"누가 벽을 만들었지요?" 나는 마지막으로 하나 질문해 보았다.

"아무도 만들지 않았네." 그는 대답하였다.

"벽은 처음부터 있었네."

—〈거리와 그 불확실한 벽〉, 제5장

벽은 아름답다. 그러나 그 아름다움은 어떤 지점, 즉 상상의
세계와 현실의 세계 사이에 놓여 인간이 간신히 붙잡을 수 있는
위태로운 한 지점을 훨씬 뛰어넘은 것이었다. 그러한 벽에 둘
러싸여 산다고 하는 매일매일이 어떤 의미를 갖는지 알 수 있는
가? 나는 매 순간마다 벽의 존재를 끊임없이 피부로 느꼈다. 그
것은 결코 압박을 수반하지 않았으며, 사실 기분 좋은 것이라고
말할 수 있을 정도였다. 엷고 투명한 무엇인가가 나를 부드럽
고 포근히 감싸고 있는 것 같기도 하다. 그것은 나를 규정하고,
동시에 나를 해방시켰다. 이런 말로 누군가를 납득시킬 수 있다
고는 생각하지 않는다. 그러나 이렇게밖에 벽을 표현할 방법이
없다.

—위의 책, 제6장

스케치북을 한 손에 들고 벽을 따라 걸어가는 동안, 나는 벽
이 지닌 힘에 자꾸만 끌려 들어갔다. 이 벽은 살아 있구나, 하고
느끼지 않을 수 없었다. 벽은 마치 탄력이 있는 생물처럼, 어떤

때는 일렁이고, 어떤 때는 우뚝 솟아오르고, 어떤 때는 휴식하고, 그리고 시작도 끝도 없는 고리 속으로 거리를 집어삼키고 있었다.

그리고 나는 내 등에 섬뜩한 벽을 느낀다. 그것은 아주 오래 전 어딘가에서 경험한 어떤 감각과 비슷했다. 그것이 무엇이었는지 아무리 생각해도 떠오르지 않았다.

벽이 나를 꽉 붙잡고, 태고의 상념을 계속 이야기한다.

　　　　　　　　　　　　　　　　　　　　　─위의 책, 제13장

어느 걸 보더라도 모두 이해하기 쉬운 '벽'이 아닌가!

더불어 말하자면 〈거리와 그 불확실한 벽〉 제11장에는 이런 서술이 실려 있다.

대학 시절, 수영 시간에 처음으로 온수풀에 들어갔다. 태어나서 처음으로 온수풀에 들어가는 것이 어떤 것인지 알 수 있는가? 따뜻하지도 차갑지도 않은 불가사의한 물, 과거도 미래도 없이, 자아를 상실한 양수(羊水)가 나를 희미하게 둘러싸고 있었다. 왠지 표면과 이면이 역전된 우주 속에 송두리째 집어삼켜진 것 같은 느낌이 들었다.[4]

"나를 희미하게 둘러싸"고 있는, "자아를 상실한 양수" 세계. 그것은 왠지 "표면과 이면이 역전된 우주 속에 송두리째 집어삼켜진 것 같은" 세계이다. '세계의 끝'이라는 (양수) 종말 세계는 거꾸로 뒤집으면 쉽사리 '세계의 시작'이라는 (양수) 출발 세계로 역전해 버리는 것은 두말할 나위도 없다. 하루키가 만들어내는 다양한 세계에서는 이처럼 모든 것이 결코 "대극이 아니라" 매우 충실히 여러모로 연결되는 것이다. '양'이라는 존재가 한편으로는 선하면서도 다른 한편으로는 악하게 동시에 존재하고 있는 것처럼 말이다.

그건 그렇다 치더라도 하루키는 얼마나 능숙하게 '양' 세계와 어울려 유희하고 있는가! 〈하드보일드 원더랜드〉의 주인공인 '나'가 을씨년스러운 '야미쿠로'의 지하 암흑세계로부터 지상의 광명으로 빠져나올 때, 그 출구의 방향은 '남남서' 쪽이다(《세계의 끝과 하드보일드 원더랜드》, 2권, 제27장 참조). 물론 이 방향은 십이지의 '양' 방향이고, 그것은 또한 '세계의 끝'에서는 '나'가 예전의 단짝, 즉 '그림자'와 함께 거리로부터 탈출을 시도하려고 했을 때 도달한 유일한 출구인 "남쪽 웅덩이"가 있는 방향이기도 하다(단

---

4) "자아를 상실한" (과거도 미래도 없는) 양수는 《댄스 댄스 댄스》에서도 대단히 중요한 장면에서 유일하게 의도를 드러내며 기술된다. 하루키는 분명히 '양수'라는 '양'의 세계에도 커다란 관심을 갖고 있다. 어쩌면 그런 '양' 세계가 태곳적부터(?) 하루키 자신에게 독자적으로 전해진 자전적(自傳的) 세계여서인지도 모른다.

행본에 실린 '세계의 끝'의 거리 지도를 자세히 살펴보기 바란다). 무라 카미 하루키는 이런 데에서도 교묘하게 '양'이라는 기호를 사용 해서 두 병행 세계를 자연스럽게 연결시킨 것이다. 참으로 멋지지 않은가!

## "마음을 상실함으로써 성립"되는 "거리의 완전함"

이렇게 해서 '세계의 끝'이라는 거리를 '양'과 연관된 양수의 세계로 파악한다면, 왜 '나'는 이 거리에 들어올 때, 자신의 그림 자를 몸에서 떼어내지 않으면 안 되었는가, 하는 것도 명백해질 것이다. '그림자'가 말하는 '세계의 끝'의 거리의 구조는 대충 다 음과 같다.

"이 거리의 완전함은 마음을 상실함으로써 성립되는 거야. 마음을 상실함으로써, 각각의 존재를 영원히 늘여진 시간 속으 로 끼워 넣고 있는 거지. 그러니까 아무도 늙지 않고 죽지 않는 거지. 먼저 그림자라는 자아의 모체를 벗겨내어, 그것이 죽어버 리기를 기다리는 거야. 그림자가 죽어버리고 나면 그 다음에는 별 문제가 없다고. 그날그날 생기는 사소한 마음의 거품 같은 것을 퍼내기만 하면 되는 거니까."

—《세계의 끝과 하드보일드 원더랜드》, 2권, 제32장

'그림자'란 "자아의 모체"이며, "이 거리의 완전함은 마음을 상실함으로써 성립"된다고 한다. 이러한 시스템을 거리가 채택한 이상, "자아의 모체"인 '그림자', 즉 '마음'은 "거리의 완전함"을 위해서 완전히 배제된다. 결코 "자아의 모체"가, '그림자'가, '마음'이 안주해서 살 수는 없기 때문이다. 따라서 '나'는 어쩔 수 없이 "그림자라는 자아"를 상실한 "영원히 확장된 시간 속에"서 살아나가게 된다. 그것은 즉, 이미 〈거리와 그 불확실한 벽〉 제1장에 서술되어 있는, "과거도 미래도 없이, 자아를 상실한 양수"라는 표현 그대로의 세계를 살아나가는 것이다.

《세계의 끝과 하드보일드 원더랜드》의 귀중한 밑바탕이 된 작품인 〈거리와 그 불확실한 벽〉을 제대로 읽어보지도 않고 도대체 누가 '세계의 끝'을 이제 와서 "폐쇄된 어두운 '자폐증적 세계'"라고 떠들어댈 수 있단 말인가? 말도 안 되는 일이다.

### 현실세계와 '세계의 끝'의 대결

그럼 여기서 한 번 더 분명히 짚어보자. 이런 이유로, '세계의 끝'에서 '그림자'라는 존재는 몹시도 싫은 존재라는 것은 두말할 나위도 없다. 〈거리와 그 불확실한 벽〉에서는 '그림자'를 이를테면 이런 식으로 멀리한다.

"어때, 떨어져 나가니까 묘하지, 그림자라는 것이?"

"그래."

"그런 건 아무런 도움도 되지 않는다고. 그런데도 입만 살아 있다니깐. 이건 싫다 저건 좋다든가 말이야. 그림자가 뭔가 도움이 된 적이 지금까지 단 한 번이라도 있었니?"

"없어."

"그렇지?" 하고 문지기는 가증스럽다는 듯이 말했다. "자네도 틀림없이 후회하지 않을 거야."

"그랬으면 좋겠어."

— 〈거리와 그 불확실한 벽〉, 제9장


"그런데 돌려받고 싶어지면 어떻게 하지?"

문지기는 내 질문의 의미를 이해하지 못하는 것 같았다.

"그림자 말인가?"

"그래."

문지기는 팔짱을 끼면서 생각에 잠겼다.

"그런 경우는 한 번도 없었어. 그림자를 돌려달라고 말한 녀석은 말이야……. 그림자는 말하자면 나약하고 어두운 마음인데, 누가 그런 것을 원하겠어?"

모르겠다고 나는 말했다.

"그 나약하고 어두운 마음엔 온갖 파리가 떼 지어 모여든다고. 증오, 고뇌, 나약함, 허영심, 자기연민, 노여움……."

"슬픔." 내가 덧붙였다.

"슬픔." 그도 되풀이했다. "누가 그런 걸 원하겠어?"

— 위의 책, 제9장


"당신의 그림자도 곧 죽을 거야." 너는 말한다.

"그림자가 죽으면 어두운 상념도 죽고, 곧이어 평온이 찾아올 거야."

"그리고 벽이 지켜주겠지."

"그래."

"그래서 당신이 이 거리에 찾아온 거 아냐?"

사람들이 그림자를 잃었을 때, 공장도 또한 버려졌다. 전쟁도 사라졌다.

—위의 책, 제10장


'그림자'라는 자아의 모체는 이 거리에서는 "어두운 마음"에 지나지 않는다. "나약하고 어두운 마음"이다. 그리고 거기에는 "증오, 고뇌, 나약함, 허영심, 자기연민, 노여움……" 등이 가득 "떼 지어 모여 든다". 자아가 있는 세계에는 '공장'이 생겨나고, '전쟁'이 행해진다.

그런 자아에 도대체 어떤 존재 가치가 있겠는가?

"그림자가 뭔가 도움이 된 적이 지금까지 단 한 번이라도 있
었니?"

"없어."

그러나 이는 '마음'을 잃은 거리의 주민이 펼치는 논리라는 것
을 잊어서는 안 된다. 이미 '마음'이 없는 '문지기' 입장에서 보
면, 과연 '그림자'는 아무런 도움도 되지 않는다. "입만 살아", 대
단히 "가증스러운" 것인지도 모른다. 또한 "그림자가 죽으면 어두
운 상념도 죽고, 곧이어 평온이 찾아올 거야"라고 말한 대로, 분명
히 '그림자'가 짙게 존재하는 세계는 결코 평온한 세계가 아닐지
도 모른다.

그러나 '그림자'가 없는 순수 세계는, 설사 전쟁이 없고 완전
한 평화만이 감도는 세계라 하더라도, 그것은 시작조차 않는 끝의
세계, '세계의 끝'인 것이다. 생동감이라고는 전혀 없는, 몹시 을
씨년스러운 '세계의 끝'이다. 그런 세계에서 조용하게 (그리고 영
원히!) 사는 것이 도대체 무슨 가치가 있겠는가?

'그림자'가 있는 살아 있는 현실세계―하지만 그 세계는 결코
평온한 세계가 아니다―를 선택할 것인가, 아니면 '그림자'가 없
는, 언뜻 보기에 평화로운 완벽한 세계를 선택할 것인가. 《세계의
끝과 하드보일드 원더랜드》의 〈세계의 끝〉은 그러한 '그림자와
의 싸움'을 테마로 쓰인 작품이기도 하다.[5]

이러한 선택의 어려움을 반영한 탓인지 〈거리와 그 불확실한 벽〉과 《세계의 끝과 하드보일드 원더랜드》에서는 그 결말이 180도 다르게 나게 된다. 즉, 〈거리와 그 불확실한 벽〉에서 '나'는 이야기 마지막에 거리를 등지고 '그림자'와 함께 "차가운 웅덩이"에서 바깥 세계로 탈출을 시도하게 된다. 반면에 〈세계의 끝과 하드보일드 원더랜드〉에서 '나'는 '그림자'와 함께 웅덩이까지는 가지만, 결국 마음을 바꾸어 그냥 거리에 남기로 한다.

실제로 결말을 어떻게 내느냐에 대해 작가는 상당히 고민을 한 것 같다. '그림자'라는 어두운 마음을 깨끗이 버린, 시작도 없고 끝도 없는 그런 평화로운 '세계의 끝'에서 '나'를 살게 하느냐, 아니면 '그림자'를 다시 붙여, 결코 평화만이 존재하는 세계가 아닌, "증오, 고뇌, 나약함, 허영심, 자기연민, 노여움……" 등이 소용돌이치는 그런 현실 세계에서 살게 하느냐 하고.

《무라카미 하루키 전집》 제4권의 〈자작을 이야기하다〉에는

---

5) '그림자(라는 자아)와의 싸움'이라는 이 테마는, 실은 《어둠의 왼쪽》 등을 쓴 판타지 소설의 거장 어슐러 K. 르 귄의 《어시스의 마법사 1》의 세계이기도 하다. 과연 하루키는 이 작품으로부터 어느 정도의 영향을 받아 〈세계의 끝〉을 쓴 것일까? 각 책에 그려져 있는 지도부터가 정말 매우 흡사해 보인다. 물론 하루키는 어슐러 K. 르 귄을 일찍부터 알고 있었다. 《스바루》(1982년, 3월호)에 〈문고본과 여성 작가에 대해서〉라는 기사에서 그는 이렇게 말했다. "나는 산리오 문고 중에서 콜린 윌슨 두 권(《라스푸틴》의 완역이 특히 고맙다), 앤소니 버제스 세 권, 고어 비달 한 권, 어슐러 K. 르 귄 네 권, J. G. 밸러드 한 권, 바셀미 두 권, 실버버그 한 권 등 총 열네 권을 골랐다. 그 밖에 하야카와 문고 여덟 권, 신초 문고 두 권, 분케이순슈 문고 세 권이었다. (중략) 여성 작가 중에서는 카슨 매컬러스를 제일 좋아한다. (중략) 르 귄도 (특히 단편을) 좋아한다."

다음과 같이 쓰여 있다.

지금이니까 얘기할 수 있는데, '나'와 그림자가 맞이하는 최후의 결말은 쓸 때마다 매번 달라졌다. 보통 마지막 부분을 쓸 즈음에는 결말이 머릿속에 굳어지는데 이 소설은 그렇지 못했다. 마지막 순간까지 어떤 결론을 내면 좋을지 결심이 서지 않았다. '나'와 그림자가 웅덩이 앞까지 도망친다는 대목까지는 알고 있으나, 그 다음에 어떻게 될지 전혀 보이지 않았다. 그래서 나는 주인공인 '나'와 같은 선상에서 마지막까지 고민하고 괴로워했다. '나'가 혼자서 '숲'에 남는다는 선택은 고심하고 고심한 끝에 간신히 나온 것이다. 물론 지금은 그 밖의 다른 결말은 있을 수 없었다고 확신하고 있지만.

이 문제는 정말로 어려운 '난문(難問)'이다.

## 러브크래프트적인 꿈의 세계

여기서 다시금 H. P. L, 즉 하워드 필립스 러브크래프트에 대해서 언급하기로 하겠다. 왜냐하면, '양수의 세계'라는 것이 실은 러브크래프트적인 세계이기도 하기 때문이다. 이미 제2장에서 인용한 야노 고사부로 씨의 글 〈아마추어 작가 러브크래프트〉에는 다음과 같은 서술이 실려 있다.

안젤라 카터는 러브크래프트 작품의 풍경을 논하면서, 그의 미로나 가공의 도시가 융 심리학에서 말하는, "원형상(原形像)으로서의 내적인 장소, 즉 자궁"과 똑같은 것이라고 단언한 바 있다.

러브크래프트의 작품은 종종 꿈과 닮아 있다. 그렇다기보다는 그가 실제로 꾼 꿈을 그대로 작품화했다고 생각되는 것이 적지 않다. 러브크래프트는 어릴 때부터 무척이나 선명한 꿈을 꾸는 버릇이 있었고 그 꿈을 나중에까지 또렷이 기억하고 있었다고 한다. 그가 만들어낸 온갖 무시무시한 괴물들도 꿈의 산물이라고 해석한다면 그런대로 납득이 가지 않을까? 현실 세계의 논리를 초탈한 꿈의 세계는 러브크래프트에게 있어서 또 다른 하나의 자궁이었는지도 모른다. 그렇다 치더라도 그것은 악몽의 자궁이다.

—《유레카》, 1984년 10월호


'세계의 끝'이라는 이름의 양수, 즉 자궁 세계. 러브크래프트나 시부자와 다츠히코가 창출한 오싹오싹한 암흑세계는 하루키 작품에서 결코 무시할 수 없는 요주의 인물인 요코 부인이 매우 좋아하는 세계이기도 하다. 하루키는 《고쿠분가쿠[國文學]》(1985년 3월호), 〈일의 현장에서〉라는 나카가미 겐지 씨와의 대담에서 다음과 같이 이야기했다.

나카가미 　홋카이도가 나오지요?

무라카미 　홋카이도를 좋아합니다.

나카가미 　홋카이도에 뭔가 있나요?

무라카미 　그냥 좋아하는 것뿐입니다. 역사가 짧으니만큼 묘한 리얼리티가 있죠. 저는 꿈의 깊은 곳을 끝까지 추적해 가는 그런 것을 무척 좋아하거든요. 그러한 오싹오싹한 느낌이라고나 할까, 반현대적이라고나 할까⋯⋯.

나카가미 　그건 부인의 영향 같은데요.

무라카미 　그녀도 시부자와 다츠히코라든가, 러브크래프트라든가, 뭐 그런 책들을 잔뜩 갖고 있긴 하죠. 그런데 잘 알고 계시네요?

나카가미 　저도 남들에 대해서 꽤 많이 알고 있지요. 특히 그런 건 말이죠. (웃음)


여기에서 하루키는 "저는 꿈의 깊은 곳을 끝까지 추적해 가는, 그런 것을 무척 좋아" 한다고 말하고 있는데, 그러고 보면 그것은 앞에서 인용한, 야노 씨가 파악한 러브크래프트 상과 닮은 점이고 따라서, 하루키가 만들어낸 온갖 '세계의 끝' 세계도 꿈의 산물이라고 해석한다면 그런대로 납득이 가지 않을까? 현실 세계의 논리를 초탈한 꿈의 (끝) 세계는 하루키에게 있어서 또 다른 하나의 자궁이었는지도 모른다. 그렇다 치더라도 그것은 '양' 의 자궁, 즉

"양수의 세계"인 것이다.

이런 얘기가 되지는 않을까?

그런데 대담 속에 홋카이도 이야기가 나오는 것으로 알 수 있듯이 화제는 《양을 쫓는 모험》에 관한 것이다. 그러나 이 대담이 1984년 12월에 열렸던 점을 감안한다면 "꿈의 깊은 곳을 끝까지 추적해 가는 그런 것"이라든가, "오싹오싹하다"든가, "반현대적" 같은 발언은, 어느 것이나 다분히 《양을 쫓는 모험》이 아니라, 다음 작품인 《세계의 끝과 하드보일드 원더랜드》를 의식한 발언이었을지도 모른다.

《무라카미 하루키 전집》 제4권의 〈자작을 이야기하다〉에 보면 《세계의 끝과 하드보일드 원더랜드》는,

여름에 쓰기 시작해서 완성한 것은 이듬해 1월이고, 추고가
완성된 것은 3월 초였다.

라고 쓰여 있다(그러니까 초판 발행일로 볼 때 하루키는 1984년 여름에 《세계의 끝과 하드보일드 원더랜드》를 쓰기 시작해서 이듬해인 1985년 1월에 이를 일단 완성시켰다는 이야기가 된다). 나카가미 씨와의 대담이 있었던 1984년 12월 시점의 하루키의 머릿속에는 틀림없이 '세계의 끝'이라는 "반현대적" 세계가 크게 소용돌이치고 있었을 것이다.

그러고 보니《유레카》에서 1984년 10월호에 러브크래프트 특집을 다뤘다는 것도 결코 간과할 수 없는 사항이다. 이 시기는 더군다나《정본 러브크래프트 전집》제1권이 발매되던 때이다(무라카미 하루키가 이 전집 발매를 광고하는 전단지에 추천의 글을 썼다는 것은 이미 제2장에서 언급한 바 있다).

《어시스의 마법사》의 르 귄도 그렇지만, 하루키가《세계의 끝과 하드보일드 원더랜드》를 집필할 때도 의식했던 사람은 역시 H. P. L, 즉 하워드 필립스 러브크래프트가 아니었을까? 보르헤스의《환상동물 사전》과 함께 버트런드 쿠퍼의《동물들의 고고학》같은 가공 인물과 가공 서적을 작품 속에 은밀히 끼워 넣은 점 또한 상당히 러브크래프트를 의식하고 있었다는 증거가 될 것이다.

한편 〈하드보일드 원더랜드〉에 종종 등장하는 "뚱뚱한 핑크빛의 그녀"의 핑크빛 이미지는 다음에서 그 선택의 근거를 찾을 수 있을 듯하다. 핑크빛에 대해서 〈오후의 마지막 잔디밭〉(단편집《중국행 슬로 보트》에 수록)에는 다음과 같은 서술이 실려 있다.

어쨌든 그런 식으로 매일 중학생을 바라보다, 어느 날 문득 생각했다. 그들은 지금 열네 살이나 열다섯 살이라고. 이것은 나한테는 상당한 발견이자 놀라움이었다. 14년이나 15년 전에 그들은 아직 태어나지도 않았고, 태어나 있었다고 해도 거의 의식이 없는 핑크빛 살덩어리였던 것이다.

"거의 의식이 없는 핑크빛 살덩어리"란 그야말로 생명을 갓 받은, 자아를 갖지 않은, 그런 그림자 없는 세계이다. 하루키에게 양수의 세계의 이미지란, 빨강도 초록도 아니고, 분명히 '핑크빛'인 것이다. 하루키는 그러한 핑크빛 세계의 이미지인, 오래된 꿈이나 원초의 혼돈, 태고의 기억 같은 것에 대해서 〈거리와 그 불확실한 벽〉이나 《세계의 끝과 하드보일드 원더랜드》에서 다음과 같이 언급하고 있다.

오래된 꿈은 우리의 상상을 뛰어넘은 혼란과 자기모순 속에서 잠자고 있었다.
—〈거리와 그 불확실한 벽〉, 제16장

뿔피리 소리가 온 거리에 울려 퍼질 때, 짐승들은 태고의 기억을 향해 그 머리를 든다. 천 마리가 넘는 많은 짐승들이 일제히 똑같은 자세로 뿔피리 소리가 나는 방향으로 머리를 든다.
—《세계의 끝과 하드보일드 원더랜드》, 1권, 제2장

나는 그곳을 떠나기 전에 다시 한 번 벽을 바라보았다. 눈이 휘날리는 어둡고 탁한 하늘 밑에서, 벽은 그 완벽한 모습을 더한층 뽐내고 있었다. 내가 벽을 올려다보니까 벽도 나를 내려다보고 있는 것처럼 느껴졌다. 그들은 잠에서 갓 깨어난 최초의 생물처럼 내 앞을 가로막고 서 있었다.

—《세계의 끝과 하드보일드 원더랜드》, 1권, 제14장

이러한 원시, 원초의 근원적 풍경은 러브크래프트적인 꿈의
세계를 강하게 암시하는 동시에, 어쩌면 하루키에게도 똑같이 전
해지는 자전적인 꿈의 세계이기도 할 것이다. 하루키는 태고의 기
억에는 매료되지만, 그것을 망각한 근(현)대의 기억과 지식 같은
것에는 전혀 매료되지 않는다. 오래된 꿈, 원초의 혼돈을 잃은 합
리주의에 근거한 지식으로는 세계 같은 것을 도저히 이해할 수 없
다는 사실을 알고 있기 때문일 것이다.

우리는 지금까지 '해몽가'가 되어 하루키의 오래된 꿈 세계를
탐색해 왔다.

제대로 댄스를 출 수 있었던 것일까?

### '세계의 끝' 거리의 모델

덧붙여 도쿄 구니와케지 시에 소재한 히다치 제작소 중앙연구
소를 알고 있는가? 구니와케지 역의 북쪽 출구로부터 도보로 5, 6분
떨어진 장소에 약 20만7천 평방미터에 걸쳐서 자리 잡고 있는 곳
이다. 이 연구소 건물에는 구불구불한 벽과 남쪽 웅덩이에서부터
출구, 그리고 시계탑 같은 전망대 등이 있어서(물론 숲도 있다. 여기
에는 너구리까지 서식하고 있다!) '세계의 끝'의 풍경과 매우 비슷하

다. 정말로 흡사하니 기회가 있으면 꼭 한 번 확인해 보기 바란다.

하루키는 예전에 구니와케지 시에 '피터 캣(Peter Cat)'이라는 이름의 재즈카페를 내고 살았던 적도 있다. 그런 점 또한 어쩌면 이곳이 '세계의 끝' 거리의 모델일지도 모른다는 신빙성을 높이는 데 한몫하고 있다. 또한 이곳에는 '문지기' 같은 수위 아저씨가 항상 입구에 대기하고 있어 쉽사리 안으로 들어갈 수 없다.

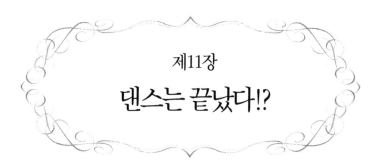

제11장

# 댄스는 끝났다!?

## '키키'와 '갓코'의 의미

《노르웨이의 숲》이 나온 지 불과 1년 후에 완성된 《댄스 댄스 댄스》에서 흥미로운 것은 '키키'와 '갓코' [1] 이다.

'키키'는 《양을 쫓는 모험》에서 '나'의 양 찾기에 동행한 "귀 모델을 하는 아가씨"로 《댄스 댄스 댄스》에서 처음으로 이름이 부여되었다. 그리고 '갓코'라는 것은,

"갓코" 하고 메이가 말했다.

—《댄스 댄스 댄스》, 1권, 제19장

---

1) 갓코(カッコウ). '외양', '～한 모양', '알맞음', '적당함' 등의 뜻을 가지고 있다. 동음이의어로 뻐꾸기의 '뻐꾹' 소리를 나타내는 의성어와 '활강(滑降)' 등이 있다. 문학사상사에서 발간한 단행본에서는 '어쩜'이라는 말로 의역되었다.(*)

의 '갓코'이다. 요시모토 다카아키 씨는 《신쵸》(1989년 2월호)에서 《〈댄스 댄스 댄스〉의 매력〉이라는 제목의 글 마지막 부분에 '갓코'에 대해 이렇게 분석했다.

젊은 독자라면 작품의 주인공인 '나'가 너무나도 진지한 어조로 이야기하는 술회에 틀림없이 감동할지도 모른다.

하지만 나는 "'갓코'라고 메이가 말했다"고 두 차례에 걸쳐 나오는 전조(轉調)가 더 중요하다고 생각한다. 이는 세계에 대한 '나'의 진지한 저주가 이 작품의 이념, 즉 작가 무라카미 하루키의 본령이 아니라, 주인공의 진지한 저주 뒤에 "'갓코'라고 메이가 말했다"는 전조를 덧붙인 것이 본령이라고 생각되기 때문이다. 그것은 세계의 몰락이나 종말을 암시하는 감정이 우스꽝스럽게 되고, 나아가 세계를 구제하겠다는 엉뚱한 착각에 빠진 현재를 얼마간 해학적으로 표현해 놓는 결과를 가져왔다. 즉, 즐겁게 웃어넘기지 않으면 앞뒤가 맞지 않는다는 사실을 작가가 기막히게 감수했다는 상징이라고 생각된다. '갓코'라는 것은 다정하고 아름다운 콜걸인 메이가 '나'와의 감동적인 성행위를 끝내고 난 뒤, 어느 정도는 충족된 포만감을, 어느 정도는 쾌락에 찬 자신들의 계면쩍음을 숨기려는 듯이 내뱉은 기호 덩어리다. 데쓰카 나오무시의 만화 《효탄쓰기》에 나오는 '갓코'와 짝이 되는 이 말은, 비로소 '나'의 술회를 《댄스 댄스 댄스》라는 작품의 윤리로 만든다.

'갓코' 란 도대체 어떤 '전조' 이고, 또 어떤 '기호 덩어리' 일까? 여기서는 우선 '키키' 라는 호칭부터 탐색해 보기로 하자.

## 키키 = 와이키키 or 돌고래 울음소리

'키키' 는 '와이키키' 의 키키가 아닐까 하는 매우 유쾌한 의견이 있다. 《댄스 댄스 댄스》에서 '나' 는 '유키' 라는 이름의 아가씨와 함께 하와이 해변에서 피나 콜라다를 마시면서 며칠을 보낸다. 하와이는 이 작품에서 중요한 열쇠를 쥐고 있다. '나' 는 '유키' 와 함께 기분전환도 할 겸해서—오오이소도 아니고, 카투만두도 아니고, 짐바브웨도 아닌— 하와이 해변으로 여행을 떠나게 되는데, 그곳에서 어느 날 문득 예전부터 계속 찾아 헤맸던 '키키' 를 닮은 인물을 발견하는 것이다. '나' 는 그때 이렇게 외친다. "키키!"

한편, '키키' 라는 표현은 돌고래의 울음소리에서 유래한 것이 아닐까 하는 의견이 있다. 《댄스 댄스 댄스》는 다음과 같이 시작된다.

자주 이루카 호텔 꿈을 꾼다.

꿈속에서 나는 그곳에 '포함되어' 있다. 말하자면, 일종의 계속적인 상황으로서 나는 그 호텔 안에 '포함되어' 있다. 꿈은 분명 그러한 지속성을 제시하고 있다. 꿈속에서는 이루카 호텔의 모습이 일그러져 있다. 그것은 아주 길쭉하게 보인다. 어찌나 길쭉한지 그것은 호텔이라기보다 지붕이 있는 긴 다리처럼 보인다. 그 다리는 태곳적부터 우주의 맨 끝자락까지 가늘고 길게 뻗어 있다. 그리고 나는 그 일부가 되어 그 안에 포함되어 있다. 거기에선 누군가가 눈물을 흘리고 있다. 나 때문에 눈물을 흘리고 있는 것이다.

호텔 그 자체가 나를 포함하고 있다. 나는 그 고동 소리나 온기를 또렷이 느낄 수가 있다. 나는, 꿈속에선, 그 호텔의 일부이다.

그런 꿈이다.[2]

— 《댄스 댄스 댄스》, 1권, 제1장

'이루카[3] 호텔'의 정식 명칭은 '돌핀 호텔'이다. 이 호텔은 애당초 《양을 쫓는 모험》에서 '나'와 '키키'가 삿포로에서 근거지로 체류했던 호텔이다. 이루카 호텔에서 묵자는 말을 꺼낸 건 '키키'다. 직업별 전화번호부에 실려 있는 삿포로 소재의 호텔 명을

---

2) 이를 토대로 생각해보면, '이루카 호텔'도 역시 〈세계의 끝〉에서의 꿈 같은 양수의 세계와 비슷하지 않을까? "꿈속에서 나는 그곳에 '포함되어' 있"으며, "그 고동 소리나 온기를 또렷이 느낄 수가 있다"는 것이 무슨 뜻일까? 무라카미 하루키에게 양막(羊膜)의 이미지는 돌고래의 살갗처럼 매끄럽고 (가늘고 긴) 아름다운 것일지도 모른다.
3) 일본어로 돌고래를 의미한다.(*)

'냐' 가 차례로 소리 내어 읽었고, 그 소리의 울림을 듣고 '키키' 가 이루키 호텔로 정하자고 한 것이다.

'키키' 는 돌고래와 연결되어 있다. '키키' 는 돌고래처럼 귀가 무척 밝다(청각이 발달되어 있다). '키키' 가 돌고래 울음소리를 딴 이름일 거라는 의견은 대단히 유쾌하고 뛰어난 발상이다.

## '키키' = 화가 후지타의 모델 '앨리스 프랑'

그런데 '키키' 라는 이름의 유래는 역시 '키키' 가 아닌가 하는 것이 우리의 결론이다. '키키' 는 그 음으로 볼 때, "紀記(키키)[4]" 나 "危機(키키)[5]" 혹은 "木木(키키)[6]" 같은 것을 어딘지 모르게 의식한 것이라고도 생각할 수 있지만, 역시 가타가나[7] 표기의 '키키' 는 그냥 '키키(キキ)' 일 것이다.

가타가나로 명기한 '키키' 는 우선 첫 번째로,《마녀배달부 키키[魔女の 宅急便]》[8]의 주인공인 '키키' 를 생각할 수 있다. 왜냐하면 하루키 작품에 나오는 '키키' 도 (마녀 못지않게) 남보다 뛰어난, 이상하면서도 밝은 귀를 가진 여성이기 때문이다. 그런 면에서 '키키' 는《마녀배달부 키키》의 주인공인 '키키' 와 관련이 있을지

---

4) 일본 역사서 《일본서기》와 《고서기》를 함께 일컫는 말.(*)
5) 위기, 즉 위험한 고비나 시기를 일컫는 말.(*)
6) 많은 나무라는 의미.(*)
7) 일본어에서 외래어나 강조의 말 등을 표시하는 문자.(*)
8) 일본의 대표적 애니메이션 감독 미야자키 하야오의 1989년작 만화영화.(*)

도 모른다.

그러나 《댄스 댄스 댄스》가 만화영화 〈마녀배달부 키키〉가 일본에서 상영되어 화제를 불러일으키기 전에 이미 유럽에서 집필되고 있었다는 점을 감안하면 그 가능성은 상당히 낮다. 또 하루키가 영화 〈마녀배달부 키키〉가 상영되기 전에 가쿠노 에이코 씨의 동화 〈마녀배달부 키키〉를 읽고, 거기에서 '키키' 라는 이름을 그대로 차용해 《댄스 댄스 댄스》를 썼다고 생각하기도 힘들다. 즉, 《댄스 댄스 댄스》의 '키키' 와, 〈마녀배달부 키키〉의 '키키' 는 우연히 일치한 것일 뿐이라고 보는 편이 자연스럽다.

그렇다면 '키키' 란 도대체 어떤 '키키' 였을까? 몽파르나스(Montparnasse)의 '키키' 라고는 생각할 수 없을까? '몽파르나스의 키키', 즉 앨리스 프랑은 다음과 같은 인물이다.

부르고뉴 태생의 사생아인, '키키', 즉 앨리스 프랑. 열두 살 때 파리로 온 그녀는 마침내 키스 헤링의 모델이 되고, 하룻밤 사이에 파리의 섹스 심벌로 떠오르게 된다.

후지타와 피카소 등 에꼴 드 파리의 화가들은 앞 다투어 '키키' 를 그리고, 애인인 만 레이와 브랏사이는 그 독특한 미를 사진에 담고, 툴라와 뒤샹 등 초현실파 화가들은 그녀의 자유분방함을 사랑했다.

'몽파르나스의 여왕' 이라고 일컬어지며 영광의 길을 걸으면서도, 계속 카바레에서 노래하고 춤추는 천진난만한 소녀로 남 았던 '키키'.

—르 모르라르 저, 《키키》

1920년대의 "파리의 섹스 심벌"이며, 에꼴 드 파리의 화가들이 앞 다투어 그린 모델 '키키'.

한편, 하루키 작품에 나오는 '키키'는 고급 콜걸이며 "귀모델을 하는 아가씨"이기도 했다. 하루키는 이 '키키', 즉 앨리스 프랑의 존재에 《양을 쫓는 모험》 이후에 등장하는 '키키'를 오버랩시켰던 건 아닐까?

### '아메'·'유키'·'딕 노스'와 비슷한 후지타의 주변 인물들

앞에서 언급한 것처럼 《댄스 댄스 댄스》에는 '키키' 외에도 '유키'라는 이름의 아가씨가 등장한다. 이 이름은 사진가인 어머니 '아메'가 자신의 호칭과 연관 지어 붙인 딸의 이름이다. '아메(雨)'에다 '유키(雪)', 정말이지 농담 같은 배합이다. 작품 속에서 '유키'는 이렇게 말한다.

"어머니 이름이 뭐지?"라고 나는 물었다.

유키는 이름을 말했다. 나는 그 이름을 들어본 적이 없었다.

"들어본 적 없는데"라고 나는 말했다. "아메(雨)라고, 직업상의

이름을 따로 갖고 있어요"라고 유키는 말했다. "아메라는 이름
으로 활동하고 있어요, 줄곧. 그래서 내 이름을 유키[雪]라고 했
어요. 바보스럽다고 생각 안 해요?"

— 《댄스 댄스 댄스》, 1권, 제16장


'아메(비)' 라는 어머니와 '유키(눈)' 라는 딸, 하루키는 멋지게
도 이름을 지었다.

그러나 여기서 중요한 것은, '아메' 에다 '유키' 라는 네이밍의
우스꽝스러움이 아니라 그 연관성에 의해 쉽게 감춰져 버리는,
'키키' 와 '유키' 사이의 연관성이다. 하루키는 《댄스 댄스 댄스》
에서 '키키' 와 '유키' 를 먼저 묘사했던 것이다.

키키와 유키. 에꼴 드 파리의 상황에 정통한 사람이라면 이 두
여자의 관계에 대해서 문득 머리에 떠오르는 것이 있을 것이다.
그 두 사람은 일본인 화가 후지타 쓰구하루[藤田嗣治][9]와 밀접하게
연관되어 있다. 즉, 키키는 후지타가 파리에서 명성을 얻는 계기
를 만들어준 모델이며(물론 키키 쪽도 후지타의 모델이 된 것으로 유명
해졌다), 유키는 후지타의 파리 시절의 두 번째 부인이다. 일본인
화가 후지타는 프랑스 여성 루시 바도드에게 그녀의 피부가 마치

---

9) 후지타 쓰구하루([藤田嗣治], 1886~1968년). 일본이 낳은 전설적인 이방인 화가로,
20세기 초 유럽과 미국 등지에서 주로 활동했다. 여인과 인물, 고양이가 그의 그림의 단골
주제였다.(*)

눈처럼 하얗다는 이유로 '유키(눈)'라고 이름 붙였다. 키키와 유키는 매우 친밀한 사이였다(함께 찍은 사진도 여러 장이나 있다). 하루키는 이러한 키키와 유키에 대해서 잘 알고 있었고, 《댄스 댄스 댄스》에 그녀들을 등장시킨 것은 아닐까? ('키키'는 그다지 미인은 아니고, '유키'는 매우 단정한 얼굴이라는 점 또한 실재했던 키키와 유키와 닮은꼴이다)

키키와 유키의 주변 인물로는 일본인 화가 후지타 외에도 만 레이와 로베르 데스노스 같은 인물이 있다. 만 레이는 키키의 애인이면서, 사진작가로서 키키를 모델로 한 누드 사진을 여러 장 찍었다. 《댄스 댄스 댄스》에 나오는 '유키'의 어머니 '아메'는 유능한 여류 사진작가로 설정되었는데, 이는 1920년대를 대표하는 이 사진작가 만 레이를 의식한 설정이 아니었을까?

즉, 이렇다.

① '키키' ← 키키
② '유키' ← 유키
③ '아메' ← 만 레이

또 로베르 데스노스는 유키가 후지타와 헤어진 뒤에 결혼한 사람으로, 만 레이와 함께 키키가 주연한 영화를 만든 시인이기도 하다. 《댄스 댄스 댄스》에는 '아메'의 남자친구로, 하와이에서 함께 사는 외팔 시인이 등장하는데 그의 이름은 '딕 노스' (!)이다.

즉, 다음과 같다.

④ '딕 노스' ← 데스노스

《댄스 댄스 댄스》에 등장하는 '키키' 라는 이름은 역시 가타가나 표기의 키키(キキ), 즉 에꼴 드 파리의 모델인 키키라는 이름에서 유래된 것이 아닐까?

참고로 《댄스 댄스 댄스》에는 에꼴 드 파리의 화가, 파블로 피카소의 이름이 두 군데에 걸쳐 등장한다. 뮤지션의 이름만 등장시켰을 뿐, 화가의 이름을 작품 속에 등장시킨 적이 거의 없는 하루키에게 이는 꽤 진귀한 '현상' 이다(본 작품에는 키스 헤링의 이름도 나와 있기는 하지만).

## 후지타와 유사 인물이 등장하지 않는 이유

그런데 '키키' 나 '유키' 의 이름이 '몽파르나스의 키키' 나 유키 데스노스에서 유래된 것이라면 그녀들을 이어주는 가장 중요한 인물인 후지타 쓰구하루는 도대체 어디에 그려져 있는 것일까? '나' 나 '나' 의 동급생 '고탄다' 가 화가 후지타와 전혀 닮지 않았음은 분명하다. 그렇다면 남아 있는 가능성은 '유키' 의 아버지, 즉 '마키무라 히라쿠' 한 사람인데, 이 사람은 후지타처럼 재능 있는 화가도 아니고, 그저 까마득한 옛날에 재능이 바닥 난 그저 평범한 작가로만 묘사되어 있을 뿐이다. '마키무라 히라쿠'는《세계의 끝과 하드보일드 원더랜드》의 권말에서 참고 문헌으로 인용된, 버트런드 쿠퍼가 썼다는 가공의 책《동물들의 고고학》의 번역을 끝낸 시점에서 그 재능을 대부분 고갈시켜 버린 것은 아닐까('마키무라 히라쿠'라는 인물은 이러한 형태로《세계의 끝과 하드보일드 원더랜드》에 번역자로서 이미 등장했다)? '마키무라 히라쿠'에게는 후지타 같은 광채가 전혀 없다. 그러니까 후지타 같은 인물은《댄스 댄스 댄스》에 한 사람도 그려져 있지 않은 것이다. '키키'나 '유키', 그리고 사진작가 '아메'나 시인 '딕 노스'를 등장시키면서 왜 하루키는 화가 후지타에 해당되는 인물을 등장시키지 않았을까? 그는 후지타 쓰구하루를 전혀 몰랐던 것일까? 아니면 잘 알고 있었기에 오히려 등장시키지 않은 것이 아닐까?《미즈에》(1968년 4월호)의 후지타 쓰구하루 추모 특집호에 의하면, 후지타는 생전에 다음과 같은 인물이었다.

1968년 1월 29일 1시 14분, 레오나르 후지타는 길고도 화려한 생애를 마감했다. 파리의 후지타, 몽파르나스의 후지타, 일본인 후지타, 그랑 퐁 브랑의 후지타, 댄디 후지타, 코큐의 후지타, 아르티장 후지타, 전쟁 화가 후지타, 그리스도교 신자 후지타, 세계의 후지타. 우리 앞에 여러 얼굴을 가진 후지타가 있었다.

후지타 쓰구하루에게는 생전에 "여러 얼굴을 가진 후지타가 있었던" 것이다. 그중에서도 "전쟁 화가 후지타", "그리스도교 신자 후지타"라는 대목에서 하루키가 굳이 후지타를 무시한 이유를 찾을 수 있지 않을까? 신장개업한 이루카 호텔의 한 방에서 조용히 살아가는 '양사나이'는 전쟁을 싫어해서 '양사나이'가 되었을 정도의 인물이다. 결과적으로 일본의 제2차 세계대전 참전에 가담한 "전쟁 화가 후지타"와는 전혀 죽이 맞지 않는 것은 두말할 나위도 없다.

또한 《세계의 끝과 하드보일드 원더랜드》의 '일각수' 설명에서도 알 수 있듯이, 하루키는 그리스도교 세계에 관한 이야기는 의도적으로 쓰지 않는 경향이 있다. 하루키는 성서 세계에 정통해 있음에도 불구하고 어째서인지 전면에 내세워 쓰지 않는다. 그것은 일본인 작가로서의 자세겠지만, 언제까지나 숨겨둘 수 있는 성질의 것은 아니다. 하루키는 일본에서 태어났지만, 일흔두 살의 나이에 부인과 함께 가톨릭 세례를 받고 레오나르라는 세례명을 받은 후지타에 대해서 도대체 어떤 생각을 했을까? 가톨릭 신자인 후지타는 십자가에 못 박힌 예수 그리스도상을 그렸을 뿐만 아니라, 1966년, 그러니까 79세 때에는 그해 "6월 3일부터 8월 31일까지 하루도 쉬지 않고 노트르담 드 라 페 성당의 벽화 제작에 전념"해, "스테인드글라스, 조각, 잔디밭의 돌 구성까지 후지타 혼자서 담당"했다고 한다(다나카 유타카 저, 《후지타 쓰구하루 평전》).

처녀작 《바람의 노래를 들어라》에서 일본어 번역이 없는 니코스 카잔차키스의 《예수 다시 십자가에 못 박히다》를 끄집어내고, 《댄스 댄스 댄스》로 10년의 세월을 보낸 하루키는 그 뒤, 여자는 출입이 금지된 그리스정교의 성지 아토스 반도 일대를 일주하거나 했는데, 종교에 관해 무엇을 깊이 생각했을까? 하루키는 요코 부인과 함께 앞으로 어떤 식으로 종교, 특히 그리스도교와 연관되어 갈까?

《댄스 댄스 댄스》에서는 다음과 같은 또다른 흥미로운 서술을 찾아볼 수 있다.

제네시스—이건 또 싱겁기 짝이 없는 이름의 밴드다.

하지만 그 여자아이가 그 이름이 붙은 셔츠를 입고 있으니, 그건 아주 상징적인 어휘인 것처럼 느껴졌다.

기원(起源).

하지만, 하고 나는 생각했다. 어째서 고작 록 밴드에 그런 대단한 이름을 붙여야만 하는가?

나는 부츠를 신은 채로 침대에 누워서 눈을 감고 그 여자아이에 대해 생각해 보았다. 워크맨. 테이블을 똑똑 두드리는 하얀 손가락. 제네시스. 녹아버린 얼음.

—《댄스 댄스 댄스》, 1권, 제6장

제네시스란 '기원(起源)' 일 뿐만 아니라, 〈창세기〉를 의미하기도 한다. 그러한 연유도 있고 해서 '제네시스' 라는 밴드 이름은 몹시도 "대단한 이름" 인 것이다. 어째서 일개 록 밴드에 〈창세기〉라는, 그런 거창한 이름을 붙여야 했을까?

　"지금까지 한 말로 어떤 느낌인지 아시겠어요?"

　"대충 알 만해" 라고 말하고 나는 고개를 끄덕였다. "16층에서 엘리베이터를 내렸다. 캄캄절벽이었다. 냄새가 다르다. 너무나 조용하다. 어쩐지 이상하다……."

　그녀는 한숨을 쉬었다. "자랑은 아니지만요, 저는 그렇게 겁이 많은 사람은 아니에요. 적어도 여자로선 용감한 편이라고 생각해요. 전깃불이 꺼졌대서, 그것만으로 보통 여자들처럼 빽빽 아우성을 치거나 그러진 않거든요. 그야 무섭긴 무섭지만, 그런 것에 지면 안 된다고 생각해요. 그래서 무엇이든 간에 확인해 보려고 했죠. 그래서 손으로 복도를 더듬어나가 보았어요."

　"어느 쪽으로?"

　"오른쪽" 이라 말하고 나서 그녀는 오른손을 들어보고는 그것이 틀림없이 오른쪽이었음을 확인했다. "그래요. 오른쪽으로 나아갔지요. 천천히. 복도는 일직선이었어요. 벽을 따라 얼마 동안 나가니까 복도가 오른쪽으로 꺾여 있었어요. 그리고 그 앞쪽에서 희미하게 빛이 보였어요. 굉장히 희미한 빛이. 훨씬 안

쪽에서 흘러나오는 촛불 빛 같았어요.

—《댄스 댄스 댄스》, 1권, 제7장

'복도가 오른쪽으로 꺾여 있었어요.'

그녀가 말한 그대로였다. 하지만 내 머릿속에서, 그녀는 나의 동급생과 잠자리를 함께하고 있었다. 그는 그녀의 옷을 부드럽게 벗기고, 각각의 신체 부위를 하나하나 칭찬했다. 그것도 진심으로 칭찬하고 있었다. 정말, 하고 나는 생각했다. 정말 감탄해 마지않겠군. 하지만 그러는 중에 차츰 화가 치밀어 올랐다. 그런 건 잘못된 일이라고 나는 생각했다.

'복도가 오른쪽으로 꺾여 있었어요.'

나는 벽에 손을 댄 채 오른쪽으로 꺾어 걸었다. 멀리 작은 불빛이 보였다. 몇 겹의 베일을 통해서 흘러나오는 것 같은 흐릿한 작은 불빛.

그녀가 말한 그대로다.

—《댄스 댄스 댄스》, 1권, 제10장

"어떡하죠?"라고 유미요시가 물었다.

"둘이서 앞으로 나아가 보자고"라고 나는 말했다. "나는 두 인물을 만날 목적으로 이 호텔에 돌아온 거야. 한 명은 당신이고, 또 하나는 지금 만날 상대야. 그는 이 어둠 속 깊은 곳에 있어. 거기서 나를 기다리고 있어."

"그 방에 있던 사람?"

"그래. 그 사람이야."

(중략)

"어디로 가요?" 라고 그녀가 물었다.

"오른쪽이야" 라고 나는 말했다. "언제나 오른쪽이야. 정해져 있어."

—《댄스 댄스 댄스》, 2권, 제20장

이루카 호텔에서 살고 있는 '그', 즉 '양사나이' 가 있는 방향은 "언제나 오른쪽" 이다. "정해져 있다." 어째서?

인자가 자기 영광으로 모든 천사와 함께 올 때에 자기 영광의 보좌에 앉으리니

모든 민족을 그 앞에 모으고 각각 분별하기를 목자가 **양과 염소**를 분별하는 것같이 하여 **양**은 그 오른편에, **염소**는 왼편에 두리라.

—《신약 성서》, 마태복음 25:31~33

성서 세계의 양과 연관지어 '양사나이' 가 있는 방향은 "언제나 오른쪽" 이다. 만약 '염소사나이' 였다면(그런 일은 절대로 있을

수가 없겠지만), 그는 물론 왼쪽에 놓였을 것이다.

하루키 작품과 성서 세계는 이렇게 《댄스 댄스 댄스》에서도 역시 결코 무시할 수 없는 연관성을 유지하고 있다.

## '갓코' = 뻐꾸기 = 제우스

그렇다면 《댄스 댄스 댄스》에서 흥미로운 "기호 덩어리"인 '갓코'라는 것은 도대체 무엇일까? 요시모토 다카아키 씨는 《댄스 댄스 댄스》에서 여러 번 등장하는 '갓코'에 대해, 앞서 소개한 글에서,

> 주인공의 진지한 저주 뒤에 "'갓코'라고 메이가 말했다"는
> 전조를 덧붙인 것이 본령이라고 생각되기 때문이다.

라고 했는데, 우리는 이 '갓코'라는 것이 그리스도교 세계에서 비롯된 뚜렷한 '전조'가 아니었을까 하고 생각한다.

하루키 작품에서 '양'이라는 것은 단순히 그리스도교 세계로 통하는 '양'일 뿐만 아니라, 그것은 '양수'의 '양'이나, '오후 2시'라는 '양[=未(미)]', 나아가 '남남서'라는 방위의 '양[=未(미)]'으로도 파악할 수 있지만, '양'이 '미(未)'인 이상, 그것은 결국 아직[未] 불완전한 것에 지나지 않는다. 하루키는 불완전한 '양=未(미)'을 보완하는 형태로 '갓코'라는 대사를 《댄스 댄스 댄스》에 처음으

로 도입한 것이 아니었을까? 좀 더 구체적으로 말하면, 그것은 그리스도교 세계로부터 그리스 신화 세계로의 '전조'인 것이다.

《양을 쫓는 모험》의 '양' 찾기 이야기에서 그리스 신화의 〈황금 털 찾기 이야기〉를 연상한 사람이 적지 않을 것이다. "무라카미 하루키는 행복한 소설가이다" 또한 "불행한 소설가이다"라고 쓴 이쿠이 에이코 씨는 앞 장에서 인용한 〈무라카미 하루키와 황금의 양〉이라는 제목의 글 끝부분에서 다음과 같은 에피소드를 소개했다.

> 그런데 마지막으로 한 가지, '양'의 해석을 둘러싸고 다양한 의견이 제기되기도 하고, 그런 해석에는 전혀 의미가 없다는 비판이 일기도 하고 있지만, 최근 내 친구가 들려준 다음과 같은 해석(?)이 무척 마음에 들었기에 소개하려고 한다.
> "그 양은 말이야, 브룩스 브라더스[10] 상표 있잖아, 왜. 그 황금 털을 생산하는 양에서 우연히 생각해낸 것이 아닐까?"
> 그러고 보니 정말 그런 것 같다.
>
> ─《유레카》, 1983년 3월 12일호

브룩스 브라더스 상표의 밑바탕이 된, 그리스 신화의 〈황금

---

10) 미국의 전형적인 남성복 브랜드. 상표는 양의 배 한가운데를 밧줄로 묶고 있는 이미지이다.(*)

털 찾기 이야기〉는 대충 다음과 같은 모험담이다.

　북부 그리스의 이아손 왕자는 나라를 빼앗은 숙부에게서, 콜키스 신전에 모셔둔 황금의 양모피를 가지고 오면 왕위를 돌려주겠다는 말을 듣고, 49명의 용사와 함께 아르고 원정대를 이끌고 모험으로 가득 찬 항해를 떠났다.
　천신만고 끝에 콜키스 신전에 도착한 왕자는 그에게 호의를 품은 공주 메디아에게서 받은 마법의 액체를 몸에 바른 덕에 양모피를 지키는 용의 불길에서 몸을 지키고 용을 무찔러 양모피를 손에 넣을 수 있었다.
　무사히 조국으로 돌아온 왕자는 왕위를 되찾고 메디아 공주와 결혼했다고 한다.

　여기에는 '갓코'에 대해서 아무것도 쓰여 있지 않지만, 나다니엘 호손의 《그리스 신화 이야기》에 의하면, 이 "북부 그리스의 이아손 왕자", 즉 제이슨은 여행 도중에 다음과 같이 '갓코'와 조우하게 된다.

　어디까지 온 것일까? 제이슨은 물줄기가 센 강물과 맞닥트렸다. 시커멓게 소용돌이치는 강은 곳곳에서 하얀 물보라를 일으키며 요란스럽고 미친 듯이 꿈틀거리며 제이슨의 앞길을 가로

막은 채 기세 좋게 흐르고 있었다. 비가 내리지 않는 계절에는 그다지 큰 강이 아니지만, 지금은 큰비와 올림포스 산의 눈 녹은 물로 잔뜩 불어나 있었다. 너무나도 요란한 소리를 내고 있는 데다 자못 흐름이 빠르고 무시무시해 보여, 대담한 제이슨도 일단 강가에서 상황을 지켜보는 편이 낫겠다고 생각했다. 강 여기저기에 날카롭게 솟아오른 바위가 있어 바위 끝이 몇 개 물 위로 모습을 드러내고 있었다. 바라보고 있는 사이에 뿌리째 뽑히고 가지가 꺾인 나무 한 그루가 흘러 내려와 그 바위들 사이에 끼었다. 이따금 물에 빠져 죽은 양이 떠내려갔다. 암소 한 마리도 떠내려갔다.

물이 잔뜩 불어난 강으로 인해 이미 사람들이 큰 손해를 입고 있었던 것이다.

제이슨도 걸어서 건너기에는 너무 깊다는 걸 한눈에 알 수 있었다. 헤엄쳐서 건너기에는 물살이 너무나 빨랐다. 주위에는 다리도 보이지 않았다. 설사 배가 있다 하더라도 지금 띄웠다가는 당장 바위에 부딪쳐서 박살이 날 것이 틀림없었다.

"젊은 사람이 정말 한심하구먼."

그때 바로 옆에서 쉰 목소리가 들려왔다.

"이런 작은 강을 건너는 법도 모르는 걸 보니 수행을 제대로 하지 않은 것이 분명하군. 그도 아니면 멋진 황금 끈이 달린 샌들을 적시는 게 걱정이 되나? 네 다리를 가진 양반이 여기에 나타나 등에 태워 무사히 건너가게 해주지 않는 것이 유감이군!"

제이슨은 근처에 사람이 있다고는 생각지 않았기 때문에 깜짝 놀라 뒤를 돌아보았다. 그곳에는 누더기 망토를 머리부터 뒤집어쓰고, '갓코(뻐꾸기)'의 조각이 새겨진 지팡이를 짚은 한 노파가 서 있었다. 꽤 나이 들어 보이는 노인은 주름살투성이고 자못 쇠약해 보였지만 황소를 닮은 갈색 눈이 몹시도 크고 아름다웠기에, 노파를 응시할 때면 그 눈밖에 보이지 않았다. 노파는 계절과 동떨어진 석류를 들고 있었다.

여기에서 문제는 이 노파가 들고 있는 "계절과는 동떨어진 석류"가 아니라, "갓코(뻐꾸기)의 조각이 새겨진 지팡이"다. 노파는 어떤 이유로 갓코의 조각이 새겨진 지팡이를 지니고 있었던 것일까? 여러 가지로 조사해 보았더니 실은 이 노파는 헤라가 변신한 것이었다는 것이 판명되었다. 헤라는 물론 제우스의 아내이다. 그래서 이번에는 제우스의 신변을 여러 가지로 탐색해 보았다. 그랬더니 놀랍게도 제우스는 헤라와 처음 만났을 때 그녀의 마음을 끌기 위해 '갓코(뻐꾸기)'로 변신했다고 한다!

전후 맥락을 맞추어보면 헤라는 이때 남편 제우스를 상징할 "갓코의 조각이 새겨진 지팡이"를 갖고 있었던 것임을 알 수 있다.

'갓코(뻐꾸기)'라는 새는 아무것도 아닌 새 같으면서도, 사실은 그리스 신화의 세계에서는 최고신인 제우스와 연관된 새인 것이다.

'양' 의 성서 세계, 예수 그리스도에의 연관성으로부터, 이번에는 '갓코' 의 제우스에 대한 연관성이라니, 하루키는 그런 엄청난 '전조' 를 내심 은밀히 도모하고 있었는지도 모른다.

《댄스 댄스 댄스》는 하루키가 부인과 함께 일본을 떠나, 멀리 그리스(=로마 세계)를 여행하던 시기에 쓰인 작품이다.

그리스다.

니시 아사부[西麻] 시와는 상당히 다르다.

―《엠마》, 1986년 1월 25일호,

〈무라카미 하루키와 그리스 이주 계획〉

## (쇼)갓코 = "작지만 확실한 행복"

그리스 신화의 최고신 제우스와 연관되는 '갓코' 의 이야기는 이 정도로 끝내겠다. 이제 남은 건 알 만한 사람만이 아는 "기호 덩어리"로서의 '갓코' 의 이야기다. 지금까지 여러 가지로 상세하게 조사해 본 결과, '양' 이라는 기호는 단순히 예수 그리스도와만 연관 지어지는 건 결코 아니었던 것처럼, 이 '갓코' 라는 별것도 아닌 듯한 대사 또한 제우스와만 연관되는 것은 아마도 아닐 것이다. '갓코' 는 어쩌면 '갓코(格好 = 모습)' 로 이어지는 것일지도 모르며, 혹은 '갓코(滑降 = 활강)' 로 이어지는 것일지도 모른다.

그런 이유로 우리는 '갓코' 에 관해서도 이런저런 탐색을 하던

중, 어느 날 《무라카미 아사히도의 역습》이라는 책에서 다음과 같은 '갓코' 를 발견했다

나는 젊었을 때는 그다지 술을 마시는 편은 아니었지만 본래 위장이 튼튼하기 때문에, 나이가 들어가면서 남들만큼, 아니 남들보다 좀 더 술을 마시게 되었다. 일을 끝내고 술잔을 기울일 때의 기분이란 분명 인생에서 쇼갓코(小確幸, 작지만 확실한 행복)의 하나이다.

—《슈칸 아사히》, 1985년 11월 8일호, 〈술에 대해서〉

'쇼갓코(小確幸)' . 하루키에게 '갓코' 는 이러한 "작지만 확실한 행복" 이기도 했던 것이다.

1985년 당시의 하루키가 자신이 만들어낸 이 조어에 상당한 애착을 갖고 있었다는 증거로 〈랑겔한스 섬의 오후〉에서도 똑같은 '쇼갓코' 가 발견된다(처음 게재된 출판물은 《클래시(Classy)》, 1985년 12월호, 〈쇼갓코〉).

서랍 안에 단정하게 접어서 똘똘 만 깨끗한 팬티가 가득 담겨 있다는 건 인생에 있어 작지만 확실한 행복의 하나(줄여서 쇼갓코)가 아닐까 한다. 이건 어쩌면 나만의 특수한 사고방식일지도 모른다. 왜냐하면 혼자 사는 독신자가 아닌 다음에야 자신의 팬

티를 스스로 골라 사는 남성은, 적어도 내 주변에는 별로 없기 때문이다.

이러한 쇼갓코로부터 약 2년의 세월이 지나고 쓰인 《댄스 댄스 댄스》에서 '갓코'가 처음으로 등장하는 것은 다음과 같은 대목에서다.

내가 부엌에서 커피를 끓이고 있자니까, 나머지 세 사람이 잠에서 깨어 밖으로 나왔다. 아침 6시 반이었다. 메이는 목욕가운을 입었다. 마미는 고탄다의 베이드리 파자마 윗도리만을 걸치고, 고탄다는 그 아랫도리만을 걸치고 있었다. 나는 블루진에 티셔츠를 입었다. 우리는 넷이서 식탁을 둘러싸고 커피를 마셨다. 빵도 구워 버터랑 마멜레이드와 함께 먹었다. FM에서 '바로크 음악을 그대에게'가 흘러나오고 있었다. 헨리 퍼셀 캠프의 아침 같았다.
"캠프의 아침 같군" 하고 나는 말했다.
"어쩜(갓코)!" 하고 메이가 말했다.

—《댄스 댄스 댄스》, 1권, 제19장

"캠프의 아침 같군", "갓코"라는 것은, 그야말로 "인생에서 작지만 확실한 행복의 하나(줄여서 쇼갓코)"가 아닐까 싶은데, 어떻게 생각하는지? 이런 추측은 우리만의 특수한 사고방식일까?

'갓코' = '(쇼)갓코' 야말로 알 만한 사람만이 아는 "기호 덩어리"로서 매우 유쾌한 '갓코' 이다.

정말로 꼼꼼하게 연결되는 하루키 작품은 "수고만 아끼지 않는다면 웬만한 일은 곧 알 수 있게 마련" 이다.


나는 손을 뻗어 그녀의 몸을 껴안았다. 그녀의 살과 내 살이 닿았다. 아주 매끄럽다고 나는 생각했다. 그리고 거기에는 뭔가 무게가 있었다. 현실이다. 메이와는 다르다. 그녀의 몸은 꿈처럼 눈부셨다. 하지만 그녀는 환상 속에 있는 것 같았다. 그녀 자신의 환상과, 그녀를 포옹하고 있는 환상 속의 환상, 이중의 환상 속에. 갓코. 하지만 유미요시의 몸은 현실 세계에 존재하고 있었다. 그 따스함이나 무게나 떨림은 정말로 현실의 것이었다. 나는 그녀의 몸을 어루만지면서 그렇게 생각했다. 키키를 애무하는 고탄다의 손가락도 환상 속에 존재하고 있었다. 그것은 연기이고, 화면 위에서 노니는 빛의 이동이며, 한 세계로부터 또 하나의 세계로 빠져나가는 그림자였다. 하지만 이건 다르다. 이건 현실이다. 갓코. 내 현실의 손가락이 유미요시의 현실의 살결을 어루만지고 있는 것이다.

"현실이다" 라고 나는 말했다.

—《댄스 댄스 댄스》, 2권, 제19장

"유미요시, 아침이야" 하고 나는 속삭였다.

　　　　　　　　　　　　　　　　—《댄스 댄스 댄스》, 2권, 제20장


　'나'가 10년의 세월을 들여 마지막에 도달한 장소, 그것은 '코끼리'로부터 해방되고, "코끼리 조련사에 대해서"도 충분히 이야기하고 나서 구제된 장소이다. 즉, 마지막에 "유미요시, 아침이야" 하고 속삭이는—이 말에 주목하라! "작지만 확실한 행복"으로 감싸인 장소다. 그것은 매우 조촐한 '갓코(뻐꾸기)'의 둥지다.

　그러고 보면, '나'는 《노르웨이의 숲》에서는 '아미료(阿美寮)[11]'라는 뻐꾸기 둥지 위를 뛰어넘어 마지막에 "아무 데도 아닌 장소의 한가운데에"에 도달했는데, 그 장소는 물론 다음 작품 《댄스 댄스 댄스》의 시작 부분에 정확히 쓰여 있는,


　물을 것까지도 없이 대답은 처음부터 알고 있다.


　그런 장소이다. 그것은 아무 데도 아닌, 즉 'nowhere place'라고 표현할 수밖에 없는, 매우 확실한 '장소'이다.

　잠에서 깬다. 여기가 어디지? 하고 나는 생각한다. 생각만 하는 게 아니라 실제로 입 밖에 내어 나 자신에게 그렇게 묻는다.

---

11) 일본에 있는 정신 요양원.(*)

"여기가 어디지?"라고. 하지만 그건 무의미한 물음이다. 물을 것까지도 없이 대답은 처음부터 알고 있다. 여기는 나의 인생인 것이다. 나의 생활. '나'라고 하는 현실로 존재하는 부속물, 특별히 인정한 기억이 없는데도 어느 틈엔가 나의 속성으로서 존재하게 된 몇 가지 사항 · 사물 · 상황. (중략)

나는 어디에도 포함되어 있지 않다.

　　　　　　　　　　　　　　　　　—《댄스 댄스 댄스》, 1권, 제1장


그렇다. '나'는 어디에도, 어떤 시스템에도 이미 속해 있지 않은 것이다. 앞으로 어떤 모험도 필요 없을 것이다. 도달해야 할 장소에 나는 정확히 도달했다.


입구가 있으면 출구가 있다. 대부분은 그런 식으로 되어 있다.

　　　　　　　　　　　　　　　—《1973년의 핀볼》, 〈1969~1973년〉


출구.

## 하루키의 여러 책들에 등장하는 '갓코'

덧붙여, 하루키가 작품에서 '갓코'를 처음 쓴 것은 《댄스 댄스 댄스》에서였지만 '갓코(뻐꾸기)'는 일찌감치, 《1973년의 핀볼》의 〈1969~1973년〉 부분과 《양을 쫓는 모험》의 제6장에 나오고

있다.[12]

또한 뻐꾸기로 변신한 제우스 이야기는 《노르웨이의 숲》(제3
장)에서, "열여덟 살의 나에게 최고의 책은 존 업다이크의 《켄타우
로스》였는데" 하고 소개하고 있는데, 그 《켄타우로스》 원전에 이
런 식으로 나오고 있다.

"어머, 케이론" 하고 그녀는 말했다. "당신이 나만큼 신들을
알고 있으면 좋을 텐데요. 신들의 이야기를 해줘요. 나는 늘 잊
어버리니까요. 이름을 들어봐요. 당신이 말하면 신들의 이름은
근엄하게 들려요."

그녀의 아름다움에 경의를 표하고, 그녀가 타월을 떨어뜨릴
것이라는 희망에 사로잡혀서 그는 낭랑하게 말했다. "제우스,
천공의 지배자, 구름을 모으는 날씨의 왕자."

"엉터리 호색한인 그가요?"

"그의 신부 헤라, 신성한 결혼의 수호신."

"얼마 전에 헤라를 만났는데 제우스가 1년 동안이나 잠자리
를 해주지 않는다며 하녀에게 신경질을 부리고 있었어요. 제우

---

12) 《1973년의 핀볼》의 〈1969~1973년〉 부분에는 다음과 같은 갓코(뻐꾸기)에 관한 글이 나온다.
"뻐꾸기 울음소리가 한 줄기, 부드러운 빛 속을 가로질러 건너편 능선으로 사라져간다."
또한, 《양을 쫓는 모험》 제6장에는 갓코(뻐꾸기)에 관한 다음과 같은 글이 나온다.
"침묵은 그러고 나서도 한참 이어졌다. 어딘가에서 뻐꾸기라도 울어주면 얼마나 좋을까, 하고
나는 생각했다. 그러나 물론 뻐꾸기는 울어주지 않았다. 뻐꾸기는 저녁땐 울지 않는다."(*)

스가 처음에 그녀에게 접근했을 때 어떻게 했는지 알고 있겠죠?
뻐꾸기로 변신했대요."

하루키는 '갓코'와 제우스의 관계를 여기에서 처음 알게 되었
는지도 모른다.

# 다양한 읽는 법과 해석법이 존재하는
# 하루키 월드

데뷔 이래 10년간 하루키의 작품이 걸어온 발자취에 초점을 맞추어,
그 작품들을 타인과 다른 말로, 타인과 다른 각도에서 다양하게
분석 · 추측하여 읽고 풀어나가려고 하였다.

히사이 쓰바키

## "신인류 게이머 애송이들의 대표 선수"라는 비판

이미 알고 계신 분도 많겠지만 《하루키를 읽는 법》은 일찍이
신쵸샤에서 출판했던 《코끼리가 평원으로 돌아간 날—키워드로 읽
는 무라카미 하루키》의 개정판입니다.

서두의 '머리말을 대신하여'를 쓴 게 1991년 5월이었으니 딱
12년, 다시금 양띠 해에 발간하게 된 것입니다. 당시 스물아홉 살
이었던 저는 이젠 마흔 살, 동료인 구와도 벌써 서른일곱 살이 되
었습니다. 당연한 이야기지만 이 정도 세월이 흐르고 나면 때로
예상 밖의 사태를 마주하게 되기도 합니다.

이를테면 작년 6월처럼 말입니다. 이와나미 쇼텐[岩波 書店]에서 발행된 책이 우리에 대해 다음과 같이 거론했습니다.

게이머에게는 혹과 백밖에 없기 때문에 그들은 '반드시 이렇다'고 할 수 있을 때까지 증거를 밝혀내려고 한다. 게이머는 게임 자체가 목적이므로 앞뒤는 필요 없는 것이다.

또한 한 여자 평론가는 "요즘은 내용의 질보다는 오로지 과격함을 팔아먹는 시대인지"라며 공격하기도 했습니다. 아래는 그분의 주장입니다.

하루키 랜드는 '게임센터'이고, 그곳에 가면 난이도가 높은 게임이 기다리고 있다. 문학에는 흥미 없지만 게임에는 자신 있는 손님들이 그곳으로 몰려들게 된다. 90년대로 들어서면서 하루키 랜드는 새로운 손님들에 의해 점거되기 시작했다. 안색이 나쁜 문학청년과는 대극적인 반바지 차림의 게이머들이다.
수수께끼 퍼즐에 빠져버린 비평가들도 게이머의 세계에 한쪽 발을 들여놓았다고 할 수 있을 것이다. 그러나 그들이 게임이라고 했던 건 알고 보면 연상·유추·유사·대비·진단·대입과 같은 아날로그적인 것이었다. 그들의 자세는 아직 플레이어, 그러니까 인간의 영역에 머물러 있었다. 그러나 게이머는 인간이 아니다. 그들은 디지털 머리를 가진 수수께끼를 푸는 기계이다. 플레이어는 전체의 문맥을 생각하고, 일단 서론과 결론을 중요시한다. 하지만 게이머에게는 서론이고 결론이고 없다. 플레이어에게는 아직 지조가 있기 때문에 '이렇게도 읽을 수 있다'는 데까지만 말하고 해설은 삼간다. 그러나 게이머에게는 흑과 백밖에 없기 때문에 그들은 "반드시 이렇다"고 할 수 있을 때까지 증거를 밝혀내려고 한다. 게이머는 게임 자체가 목적이므로 앞뒤는 필요 없는 것이다.

단카이[團塊] 세대[1] 비평의 중심이 플레이어였다면, 게이머는 단카이 세대의 사람들이 경멸과 공포를 담아 그렇게 부르는 '신인류(新人類)' 이후의 세대이다. 신인류 게이머 애송이들의 대표 선수는 단카이 플레이어 비평가들의 고뇌에 찬 해설 게임을 태연하게 비웃었다.

'자폐 시대'의 문학평론가들은 어쩜 이다지도 '내면'을 좋아하고, '타인'을 좋아하고, 또 '곤란'을 좋아하는 것일까? (상실한) 그들은 필요 이상으로 고뇌하고 있다. (중략)

---

1) 일본에서는 1948년 전후로 출생률이 높아져 베이비 붐 세대를 이루었는데, 이들을 단카이 (團塊) 세대라고 한다. 일본어로 '뭉치, 덩어리'를 뜻하는 단카이 세대는 1948년을 전후한 폭발적인 출생률 증가 때 태어나, 1960~70년대의 학생운동을 경험하고, 졸업 후 기업에 입사해 일본 사회의 고도성장을 주도한 세대이다. 하루키는 소설 속에서 주로 부모들의 세대를 이 단카이 세대의 모습으로 그려내고 있다.(*)

정말 무라카미 하루키는 그 정도로 난문일까?(히사이 쓰바키·구와 마사토,《코끼리가 평원으로 돌아간 날》, 1991년)

─사이토 미나코 저,《문단 우상론》

분명히 우리는, 아니 저는 (단카이 세대도, 신인류 이후의 세대도 아닌) **아무것도 아닌** 이분의 말처럼, 이 책의 제10장에서 "단카이 플레이어 비평가들의 고뇌에 찬 해설 게임을 태연하게 비웃었"지만, 그렇다고 해서(?) "그들은 디지털 머리를 가진 수수께끼를 푸는 기계이다", "인간이 아니다"라며 아무렇지도 않게 모든 것을 부정해 버리는 이 태도는 도대체 무엇입니까?

우리를 "신인류 게이머 애송이들의 대표 선수"라고 하는, 예의 모르는 이분께서는 위세 좋게도 이렇게 계속합니다.

게이머는 게걸스럽다. 기존의 작가론·작품론·서평 같은 건 물론이거니와, 작가의 에세이, 인터뷰, 대담, 성장 과정, 가족 구성, 아내의 경력 등……. 무릇 추리에 도움이 될 만한 것, 무라카미 하루키라고 이름 붙은 것이면 조금도 가리지 않고 모든 데이터를 기계적으로 수집한다. 그리고 '데릭 하트필드'의 모델은 누구였다든가,《노르웨이의 숲》이라는 타이틀의 유래는 무엇이었다든가, 하는 자질구레한 (아무 짝에도 쓸모없는) 추리를 잘난 듯이 피력한다.

무라카미 하루키가 〈예스터데이〉도 아니고 〈페니 레인〉도
아닌, 비틀스의 곡 중에서 유일하게 〈노르웨이의 숲〉을 선택한
건 거기에 '숲[森]'이라고 하는, 세 그루의 '나무[木]'를 조합한
한자가 쓰였기 때문이었다는 설에 우리는 한 표도 아닌 두 표를
던지는 바이다.

　　　—히사이 쓰바키 · 구와 마사토,《코끼리가 평원으로 돌아간 날》

　　삼각관계의 이야기니까 《노르웨이의 숲》은 "나무[木]×3 = 숲[森]"
이란 말인가?

　　"자폐를 좋아한다"고 야유당한 비평가들은 "닥쳐! 자폐를 좋
아하는 건 바로 너야!"라고 일침을 가했어야 할 것이다. 그러나
아무도 그러지 않았다. 그러니까 하루키 랜드의 오래된 단골손
님들도 어느덧 게이머화되었기 때문이다.


　　이 인용문 속에 나오는 '우리'의, 도대체 어디가 "잘난 듯"한
단 말입니까? 오히려 무척 잘난 척하는 건 당신이지 않습니까?

　　정말로 어처구니가 없습니다. 기념해야 할 만한 개정판 후기
의 서두가 이상해지고 말았습니다. 지금부터 이 책을 읽으시려는
분들은 우리가 이 글을 통해서 얼마나 잘난 듯 추리를 피력하고,
디지털 머리를 가졌고, 수수께끼를 푸는 기계인지 자세히 확인해
주십시오. 혹인가 백인가, '반드시 이렇다'는 외골수의 주장이 아

니라는 것은 이 책에서 여러 가지 해석 가능한 방법을 제시한 것 하나만 보더라도 자명한 것이라고 생각합니다만…….

## 슈퍼컴퓨터의 기계적인 작업 처리 방식

그렇기는 하지만 제1회 고바야시 히데오 상[2]을 수상하고, 인기 절정인 문학평론가로 대활약 중인 사이토 미나코 씨로 하여금 이런 엉뚱한 발언을 잇달아 하게 한 데는, 우리도 그 나름의 요인을 제공했을 것입니다.

그러고 보니, 이 책을 처음 출판할 때 취재차 방문한 여러 잡지사 편집자들로부터 일찍이 이런 질문을 받은 적이 있습니다.

이 책을 쓰기 위해 무라카미 하루키 씨의 전 작품을 컴퓨터에 입력했습니까?

처음 이 질문을 받았을 때, 저는 그 사람이 반신반의로라도 그런 가능성을 머릿속에 그리고 있다는 사실에 깜짝 놀랐습니다. 물론 대답은 "설마 그럴 리가 있겠습니까?" 였습니다.

그렇습니다, 전혀 그런 일은 없습니다. 단 한 권도, 단 한 줄도, 분석이나 해석 같은 걸 하기 위해 하루키의 문장을 입력한 적은

---

2) 문예비평을 예술의 경지로 끌어올려 일본의 근대 비평을 확립한 불세출의 비평가 고바야시 히데오[小林秀雄]를 기념하여 2002년 신초사에서 주최한 학술상.(*)

없습니다.

　몇 년 전, IBM의 슈퍼컴퓨터 '딥 블루'가 체스 세계 챔피언 게리 카스파로프를 가까스로 물리친 적이 있습니다. 이로 인해 오히려 명백해진 것은, 어떤 슈퍼컴퓨터라 하더라도 아직 창조성 풍부한 인공지능 같은 것은 없다는 것이었습니다. 거기에 존재하는 건 초고속 계산 처리 능력뿐입니다. 옛날이나 지금이나 전 작품을 컴퓨터에 입력시켜 보았자 아무런 소용도 없는 일입니다.

　그래도, 하고 말할지도 모릅니다. 분명히 컴퓨터는 명령을 하면, 전 작품 속에 '코끼리'가 몇 마리 등장하고, '소'는 몇 마리 등장했는지, 그 숫자를 순식간에 빠짐없이 계산해 줄 것입니다. 그러나 그 경우에도, 그 수가 정확한 것이라고 단정하기 위해서는 인간의 손에 의해 입력된 그 문자 데이터에 전혀 입력 실수가 없다는 것을, 전 작품을 통해 먼저 확인해 두지 않으면 안 됩니다. 한 번의 교정 작업만으로는 틀림없이 누락이 있을 터이니, 최소한 같은 작업을 두세 번은 반복하고, 가능하다면 신뢰할 수 있는 몇 사람을 붙여 꼼꼼하게 읽어나가며 맞추어보는 작업 등도 해둘 필요가 있습니다.

　그렇게 해서 겨우 이제 됐다, 실수는 없다고 단정할 시점에서야 검색을 한다 해도, 컴퓨터는 누락 없이 기계적으로 셀 뿐입니다. 컴퓨터가 검색 결과를 내놓아도, 다시 '상징적(코끼리 상(象)자가 들어 있는 다른 단어)'이나 '달팽이(소 우(牛)자가 들어 있는 단어)'

같은 단어, 즉 쓸모없이 추가된 단어를 일일이 기계적으로 생략하지 않으면 안 됩니다.

쓸모없는 작업이라고 생각하지 않습니까? 아니, 이 평범한 작업이 그렇다는 얘기가 아니라, 그러한 작업을 한 끝에 얻어진 100퍼센트(?) 틀림없는 수치를 단지 기계적으로 받아들이는 것 말입니다.

## 수작업으로 작업한 우리의 연구 방식

우리는 일찍이 '코끼리'나 '소' 같은 동물들은 물론이고, 식물이나 음식, 음료, 음악, 영화, 책, 인물, 시각, 방위, 계절, 기후, 색깔, 비유…… 등등 2, 30항목(혹은 도중에 늘어나 마지막에는 3, 40항목이 되었을지도 모릅니다)의 키워드를 설정하는 작업부터 시작했습니다. 그리고 그런 다음, 여섯 편의 장편 작품 속에서 그러한 키워드에 해당되는 것이 어디에 어느 정도 나와 있는지 조사하기 위해 갖가지 색의 펜으로 체크해 갔습니다.

그 때문에 각 작품의 페이지는 금세 피바다 같은 상태가 되었고, 의문이 가는 대목에 잔뜩 붙여둔 인덱스 때문에, 대충 작업이 끝난 책을 덮으면 마치 머리에 무 잎사귀가 잔뜩 돋아난 것 같은 상태가 되었습니다.

이러한 확인 작업은 모두 수작업으로 진행되었고, 분담을 하긴 했지만 몇 번씩이나 꼼꼼히 되풀이하였기 때문에, 그 결과 읽기도 힘든 상태가 된 책이 한두 권이 아니었습니다(결코 자랑하고 있는 것은 아니니 착오 없으시기를. 이는 단순한 사실입니다).

그와 동시에 몇 차례나 도서관에 가고, 또 중고 서점을 돌아다니면서 하루키에 관련된 자료를 아무튼 모을 수 있는 만큼 계속 수집했습니다.

앞에서 인용한 사이토 씨는,

> 게이머는 게걸스럽다. 기존의 작가론·작품론·서평 같은 건 물론이거니와, 작가의 에세이, 인터뷰, 대담, 성장 과정, 가족 구성, 아내의 경력 등……. 무릇 추리에 도움이 될 만한 것, 무라카미 하루키라고 이름 붙은 것이면 조금도 가리지 않고 모든 데이터를 기계적으로 수집한다.

라고 했지만, 이제부터 처음으로 연구서를 내려고 하는 연구자에게 이런 수집 태도는 극히 당연한 것입니다. 문제는 데이터를 대량으로 "기계적으로 수집"한 다음입니다. 우리가 지향한 것은 카탈로그 같은 음악 도감도, 유쾌한 동물 사전도, 레스토랑 안내서도 아니었습니다. 당시 '머리말을 대신하여'에 쓴 것처럼, "데뷔 이래 10년간 하루키의 작품이 걸어온 발자취에 초점을 맞추어, 그 작품들을 타인과 다른 말로, 타인과 다른 각도에서 다양하게 분석·추측하여 읽고 풀어나가려"고 한 것입니다.

여기서 말하는, '다른 각도'란 모든 독자적인 발언과 주장에 정확한 근거를 제시한 각도라는 소리입니다. 작가 자신의 자료뿐만 아니라, 당시 그 주변의 "기존의 작가론·작품론·서평 같은" 것들을 섭렵한 것도 그 때문입니다. 결코 흉내를 내거나 암시를 받기 위해서가 아닙니다. 우리가 연구한 결과를 내놓으려고 할 때, 다른 누군가가 이미 같은 시각에서 분석한 글이 있는지 어떤지, 다만 그것을 확인해 두기 위해서 가능한 한 부지런히 많이 읽었던 것입니다. 다행히도 기존의 것과 중복되는 건 앞에서 사이토 씨에 의해 인용되었던 대목, 즉 우리가 동의하여 두 표를 던진 《노르웨이의 숲》이라는 제목의 유래에 관한 것뿐이었기에, 경사스럽게도 이 책이 햇빛을 보게 된 것입니다. 만약 '쥐'나 '제이' 정도의 키워드에서 비슷한 연구가 두세 개라도 있었더라면, 우리는 이 책의 간행을 스스로 단념했을 것입니다.

당연한 일이지만 상당한 시간이 지나고 나서야 발견하고서는, "이 해설의 우선권은 ○○ 씨에게 있다"는 식의 추태를 부리고 싶지도 않았습니다(게다가 자신만만한 그 해독 자체에 실은 중대한 결함이 있어서, 해독 자체가 성립되지 않는다면 이중의 망신(?)까지 당하게 되니까요).

## 하루키가 "근거가 없지 않은 작가"라는 근거

예상치도 못했던, 이 책에 관한 두 번째 사태에 대해 언급하겠

습니다. 아래는 문학평론가를 자칭하는 요시다 하루오라는 사람
이 1997년 11월에 출판한《무라카미 하루키, 전환하다》에서 인용
한 것입니다.

현재 무라카미 하루키가 서 있는 지점은 어디인가? 문학적인
달성이라는 면을 생각해보면 어중간한 지점은 아니라고 할 수
있다. 그러나 이를 가지고 무라카미 하루키라는 작가의 숭배화,
소설의 신화화가 일어나고 있는 현상에 대해 우리는 경계할 필
요가 있다. 여기서 말하는 신화화라는 것은 모든 소설이 어떤
의도로 관철되어 있다고 오인하는 것을 뜻한다.
그런 종류의 첫 시도는 히사이 쓰바키와 구와 마사토 두 사람
이 공동 집필한《코끼리가 평원에 돌아온 날》에서 찾아볼 수 있
다. 거기에는 평론 역시 문학적인 표현이라는 견해와는 전혀 무
관한, 데이터만 입력하면 컴퓨터로도 해석할 수 있는 자못 현대
적인 게임 감각으로 가득 차 있다. 그 바탕에 존재하는 건 "무라
카미 하루키는 지극히 이해하기 힘든 구조와 속임수 장치로 그
만의 작품세계를 이어나가는, 매우 꼼꼼한, 근거가 없지 않은
작가"라는 견해이다.
'쥐'라고 하는 이름은 쥐띠 해의, 더구나 20일 태생이니까 그
렇게 불린 것이며, '제이'라는 이름은 재팬(Japan)의 'J'도, 재
즈의 'J'도 아니고, 지저스(Jesus)나 예루살렘(Jerusalem)의 'J'

라고 한다. 또한 무라카미 하루키는 '양'이라는 것도 그리스도교적 요소를 상징할 뿐만 아니라, 부인으로부터 영향을 받아 작품 속에 성서 세계를 아로새겨 놓았다고 저자들은 주장한다. 그리고 그 '양'은 일본에서는 십이지의 양(=未(미)), "오후 2시"를 가리키는 것이며,《양을 쫓는 모험》에서 양사나이가 오후 2시의 시계 종소리가 울린 직후 문을 노크하는 것은 근거가 있는 것이라고 한다.

히사이 쓰바키, 구와 마사토에 의한 해석을 나는 지금 게임 감각이라고 했지만, 일견 정통적인 해석으로 여겨지는 D. H. 로렌스 연구자인 이노우에 오시오의 논고에서도, 무라카미 하루키에 의해 쓰인 작품은 세부에 이르기까지 어떤 일관성으로 관철되어 있다는 신화화가 일어나고 있다. 가장 대담한 가설은《양을 쫓는 모험》에서 교정 담당자이며 창녀이며 귀 모델을 하는 아가씨를 나오코라고 했다는 점이다(하지만 이노우에는 같은 작품 속의 '아무하고나 자는 여자'도,《거리와 그 불확실한 벽》의 '너'도 나오코라고 하고 있지만……).

그런데 여기서 요시다 씨가 '신화화'라고 서술한 대로, 하루키 작품에 대해서 "모든 소설이 어떤 의도로 관철되어 있다고" 하는 것은 물론 '오인'입니다. "《양을 쫓는 모험》에서 교정 담당자이며 창녀이며 귀 모델을 하는 아가씨를 나오코"라고 하고, 나아가

" '아무하고나 자는 여자' 도, 《거리와 그 불확실한 벽》의 '너' 도 나오코"라고 한 것은 분명히 지나친 해석이고, 그렇게 해석하고 싶다면 그렇게 하시라고 말할 수밖에 없습니다.

그러나 그렇다고 해서 거꾸로 하루키의 모든 소설에 의도적인 관철이 전혀 없다고 주장한다면 그 또한 오인이라고 할 수 있을 것입니다. "연관되어 있다"는 것을 의식하며 글을 쓰는 하루키는 "근거가 없지 않은 작가"라는 것은 우리가 도달한 하나의 결론입니다. 마침 좋은 기회니까 왜 그런 결론이 나왔는지 일찍이 그렇게 판단을 내리게 된 큰 '사건' 에 대해서 여기서 소개해 두겠습니다.

그것은 하루키 작품에 나오는 '양' 은 십이지의 양[=未(미)]의 시각, 즉 "오후 2시"와 어쩌면 연관되어 있을지도 모른다는 해석을 가설로 세운 지 얼마 안 되었을 때의 일이었습니다. 그때 저는 이런 생각도 하고 있었습니다.

만일 정말로 무라카미 하루키가 '양' 을 12지의 양[(=未[미])]과 연관 지었다면, 틀림없이 어딘가에 '남남서(南南西)' 라고 하는 양[羊]의 '방위' 도 나올 것이다.

작업 초기에는 《바람의 노래를 들어라》와 《1973년의 핀볼》의 키워드 찾아내기 담당으로 《세계의 끝과 하드보일드 원더랜드》의 담당은 아니었던 나는, 얼마 후에 '남남서 발견!' 이라는 보고를 받고 얼마나 놀랐는지 모릅니다. 더구나 그 사용법이라니!

이 사건은 적어도 저로 하여금 이전보다 훨씬 진지하게 하루키 연구에 임하도록 만들었습니다. 일을 꼼꼼하게 하면 할수록 충분한 성과를 얻을 수 있을 것이라고 생각했습니다. 이 작가는 제대로 쓰고 있었습니다. 실제로 그 후의 조사에 의해서 하루키는 이 남남서 외에는 북북서든 무엇이든 간에 그렇게 세밀하게 방위를 표현한 적이(에세이 등도 포함해) 1991년까지의 시점에서는 단한 번도 없었다는 것이 판명되었습니다.

## '신화화'라는 지적에 대한 반론

그렇다면 우리의 이러한 연구 태도는 요시다 씨가 주장대로 "데이터만 입력하면 컴퓨터로도 해석할 수 있는 자못 현대적인 게임 감각"이었던 것일까요? 대답은 오히려 그 반대입니다. 모든 것을 수작업으로 행하는, 너무나도 구식의 장인 기질로 임했다고 하는 편이 맞지 않을는지? 당시 다니던 직장도 그만두고 이 일에 뛰어들 정도로, 게임 감각과 같은 가벼운 마음으로 착수하지는 않았기 때문입니다. 따라서 이 책은 "'제이'라는 이름은 재팬(Japan)의 'J'도, 재즈의 'J'도 아니고, 지저스(Jesus)나 예루살렘(Jerusalem)의 'J'라고 한다"고 하는 질 낮은 수준의 오독과는 전혀 무관한 작품으로 완성된 것입니다(이는 자신만만하게 자랑할 수 있습니다!).

요시다 씨의 저작의 서두에는 또 이런 지적도 실려 있습니다.

초기 작품에 쓰인 소재나 표현상의 버릇까지 후일 나온 작품에 감화되어 중요한 의미를 지니게 된다. 무라카미 하루키 작품의 신화화란 이런 현상이다. 되풀이해서 쓰이는 소재가 어느 정도로 자성을 지니고 모티프가 될 수 있었는지, 어느 정도로 테마를 환기시킬 수 있었는지는 각 작품의 있는 그대로의 모습 그대로 검증해야만 한다.

예를 들면, 《태엽 감는 새》의 구상도 이미 《바람의 노래를 들어라》에서 찾을 수 있다. 왜냐하면 '나' 는 '태엽 감는 새' 를 연상시키는 날카로운 새 소리를 이미 그곳에서 듣고 있기 때문이다. ―이러한 추론은 유효한 것일까? 이노우에 요시오에게 있어이는 결코 무리한 발상이 아닐 수도 있다. 그는 《1973년의 핀볼》에서 등장하는 "날카로운 새소리" 에 대해 아주 진지하게 "끼이이이" 하고 우는 '태엽 감는 새' 와 결부시켜 고찰하려 했기 때문이다.

대단히 날카롭군요. 그러나 이 정도로 알고 있다면, 요시다 씨도 내가 후에 쓴 작품 《태엽감는 새를 찾는 법》에서 받은 인상을이 책으로 소급해 "자못 현대적인 게임 감각으로 가득 차 있다" 고오인하고 있다는 것도 어서 깨달아주었으면 합니다.

혹은 어쩌면 요시다 씨는 단순히 《분가쿠카이》(1991년 8월호)에발표된, 앞서 말한 여자 평론가의 너저분한 글의 영향을 받았는지도 모르겠습니다만…….

어쨌든 간에 각 작품에 드러나 있는 그대로의 모습을 보아주십시오. 꾸벅.

## 결함이 아닌 '데릭 히트필드' 식의 픽션

무척 긴 후기가 되고 말았습니다만, 잠시만 더 머물러주십시오. 지금 꼭 해두어야 할 말이 있기 때문입니다. 그것은 대학 교수이기도 한 가토 노리히로 씨가 편저 속에서 발표한 '쥐'의 취급에 대해서입니다. 그것이 어떤 것이었는지를 역시 요시다 씨의 글을 통해서 인용해 보겠습니다.

가토 노리히로는 《무라카미 하루키 옐로우 페이지》에서 《바람의 노래를 들어라》에 대해 다음과 같은 견해를 제시했다.

무라카미, 혹은 그를 대신해 얘기를 해나가는 작품 속의 '나'는, "이 이야기는 1970년 8월 8일에 시작해서 18일 뒤, 그러니까 같은 해 8월 26일에 끝난다"고 시간적인 틀을 설정했다. 그러나 상세하게 작품을 읽어나가면, 그 날짜 속에 모든 얘기가 담기지 않는다는 것을 알게 된다. 가토는 '나'와 새끼손가락이 없는 아가씨와의 교섭이 펼쳐지는 현실 세계와, 이미 죽은 쥐가 사는 유령 세계를 '나'가 왕래하는 소설로 만들기 위해 《바람의 노래를 들어라》에는 정해진 시간축이 설정되었다고 한다.

가토가 작품의 시간 전개를 작가의 부주의가 아니라고 생각하는 것은, 《무라카미 하루키 옐로우 페이지》 속의 표현을 빌린다면, "그처럼 꼼꼼한 무라카미가 그런 칠칠치 못한 짓을 하겠는가"라고 하는 직관에서 온 것이다. 그러나 우리는 가토에게 그런 생각을 하게 한 또 다른 원동력도 추측할 수 있다. 그것은 바로 3년 후에 발표된 《양을 쫓는 모험》에는 홋카이도 산 속에 위치한 산장에서 죽은 쥐와 '나'가 재회하는 장면이 최대의 하이라이트로 그려진다. 이 죽은 쥐라는 설정은 많은 독자에게 강한 충격을 가져다주었다. 가와모토 사부로에는 '나'가 쥐에게, "자네는 이미 죽었잖은가?" 하고 조용히 묻는 대목에서, "자기도 모르게 눈물을 흘렸다"고까지 서술했다. 가토도 죽은 쥐라는 설정에 강한 인상을 받았고, 그래서 《바람의 노래를 들어라》와 《1973년의 핀볼》에서 나오는 쥐도 같은 방식으로 쓰인 것이라고 추측했던 것이다.

이러한 가토의 발상은 《바람의 노래를 들어라》와 《양을 쫓는 모험》을, 작가인 무라카미 하루키의 의도대로 풀어나가려고 하는 것이다. 작가가 전능한 신이라는 믿음이 기저에 없다면 이런 발상은 할 수가 없다.

가토 노리히로 편저, 《무라카미 하루키 옐로우 페이지》는 1996년에 간행된 것을 보더라도, 그리고 우선적으로 캘린더 그림을 그릴

싸하게 내세우고 있는 점으로 보더라도, 이전에 제가 픽션으로 쓴 엉터리 게임 책 《태엽 감는 새를 찾는 법》의 영향을 직접적으로 받은 것을 명백히 알 수 있습니다. 이것은 제 자랑이 아닙니다. 덜 떨어진 아류는 정말로 곤란하다는 얘기입니다. 누가 뭐래도 그 효시는 '쥐'를 풀어낸 그 내용이니까요!

이제 더 이상 후기를 길게 끌고 싶지도 않으니 간단히 이야기하겠습니다. 일주일쯤 날짜 수가 맞지 않는다는 것, "그처럼 꼼꼼한 무라카미가 그런 칠칠치 못한 짓을 하겠는가?"라는 것, 그리고 "예부터 '쥐'는 사자(死者)의 상징이"라는 설들을 근거로 《바람의 노래를 들어라》에 등장하는 '쥐'를 멋대로 사자(死者)로 만들지 말아주십시오! 이런 해석은 《양을 쫓는 모험》에서의 '쥐'의 죽음을 대단히 모독하는 것입니다. "자기도 모르게 눈물을 흘렸다"고 하는 사람이 있을 정도의 명장면을 모독하는 일입니다. 설사 앞뒤가 맞는다 하더라도, 《바람의 노래를 들어라》의 시점에서 이미 '쥐'는 죽어 있었다고 하는 그 설은 도저히 받아들일 수 없습니다!

그렇다면 어떻게 해석하면 좋을까요? 요시다 씨는 작품 속의 시간적인 불일치는 "작가의 부주의"에 의한 것이라고 했지만, 그 하루키가 그런 칠칠치 못한 짓을 했을까요? (웃음)

저는 이렇게 생각합니다. 즉 《바람의 노래를 들어라》에서 우선 "이 이야기는 1970년 8월 8일에 시작해서 18일 뒤, 그러니까 같은 해 8월 26일에 끝난다"라고 한 것은 '데릭 하트필드' 식의 픽션,

그러니까 '나'가 독자에게 한 거짓말이었던 것입니다!

물론 이 해석을 "반드시 이렇다"고 강요하는 것은 아닙니다. 사자설(死者說)·부주의설·허언설 중 어느 것에 투표하느냐 (혹은 어느 것에도 투표하지 않느냐)는 여러분의 판단입니다.

덧붙여 말하자면, 부주의설을 내세운 요시다 씨는 자신의 설을 보강하기 위해 이런 지적을 해놓았습니다.

처녀작은 무라카미가 스물아홉 살 때 쓴 것이라고는 하지만, 충분한 시간이 없는 가운데 심야의 부엌의 식탁에 앉아 단속적으로 쓴 것이었다. 더구나 《군조》 신인상 응모작이다. 당연히 거기에는 많은 결함과 모순도 잠복해 있었다.

예를 들면, 5장에서 "쥐는 지독히도 책을 읽지 않는다. 그가 스포츠 신문과 광고지 이외의 활자를 읽는 걸 본 적이 없다"던 그 쥐가, 16장에서 "헨리 제임스의 엄청나게 긴 소설"을, 18장에서는 모리엘을, 27장에 이르러서는 일본에 많은 독자가 있다고는 생각되지 않는 카잔차키스의 《예수 다시 십자가에 못 박히다》까지 읽는 것으로 되어 있다.

이제는 좀 지겨워지지 않습니까? "자못 현대적인 게임 감각"이니, "게이머에게는 서론이고 결론이고 없다"며 멋대로 떠들어대는 진지한 문학 평론가들은 어째서 이렇게 한결같이 텍스트를 문자 그대로, 전체 문맥을 생각하는 법 없이, 그 대목만을 기계적으로 읽어버리는 것일까요? 이야기의 앞뒤 맥락은 필요 없다고 충분히 읽지 않은 사람은 실은 당신들 두 사람입니다![3]

일일이 해설을 다는 것도 바보스럽지만, 그때까지 "지독히도 책을 읽지 않던"'쥐'가, '하트필드'를 스승으로 우러러보는 '나'와 사소한 책 논쟁을 한 뒤, 갑자기 대독서가로 전향해 버리는 것이 이 이야기의 재미있는 점인데도, 그런 것도 모르고—결함이고 모순이라니!

## 철저하게 분석한 하루키 작품세계

휴우! 이제 겨우 여기까지 왔습니다. 이 책은 작년 말(2002년) 12월 27일에 아무런 예고도 없이, 그때까지 전혀 모르던 사람으로부터,

(전략) 귀저《코끼리가 평원으로 돌아온 날》의 출판에 대해서 의논하고 싶습니다.

라고 쓰인 팩스가 집으로 와서, 어쩌고저쩌고 하는 사이에 이

---

3) '단순 기계적으로 또 하나 읽기'(《문단 우상론》)에 관해서는, 졸저《논픽션과 화려한 허위–무라카미 하루키의 지하세계》속에서, 사실 그녀의 이름은 직접적으로 거론하지 않은 채 확실히 처리했으니까, 궁금하신 분은 그 책을 통해 상세한 부분을 확인해 주십시오. 키워드는 '사이트에서 탄생한 아이들'입니다.

렇게 다시 햇빛을 볼 수 있게 된 것입니다. 이 제안을 한 출판기획자 게이타모토 가즈오 씨의 작은 발견(《논픽션과 화려한 허위》에 쓴 신초사판 절판 정보로 착안)이 없었더라면, 앞으로도 이 책은 영원히 복간되지 않은 채로 있었을지도 모릅니다. 게이타모토 씨 및 판권을 인수해 주신 라이운 출판사의 사장님에게 감사드립니다.

이 책의 복간에 즈음해서, 올해 오래간만에 다시 읽어보게 되었습니다만, 이 분석이 맞았는지 어떤지는 차치하고, 솔직히 어디를 어떻게 들쳐보아도 꽤 철저하게 분석했다고 생각합니다. 그 때문에 구판 2쇄를 토대로, 다른 문장의 추가는 한 건, 삭제도 불과 한 군데로 끝내는 것으로 교정을 보았습니다. 나머지는 조그만 오탈자, 그 밖의 사소한 교정 정도입니다. 어디가 어떻게 변경되었는지는 말하지 않겠습니다.

답장을 꼭 하겠다고 약속은 할 수 없습니다만(거의 못할지도 모릅니다), 이 책에 대한 감상이나 반론 등이 있으면, 얼마 동안 'Hisai2baki@aol.com'으로 받으려고 생각하고 있습니다. 무언가 정말로 전하고 싶은 것이 있는 분은 메일을 보내주십시오.

읽는 법, 해석법은 결코 한 가지가 아닙니다. 다양하게 뒤엉킨 병행 세계에 잘 오셨습니다.

330

# 하루키 문학의 비밀을 푸는 열쇠

세계적 작가로 성장한 하루키의 초기 작품을 중심으로
그 특이한 탁월성의 비밀을 철저하게 규명한 명저

윤성원(번역문학가)

### 순문학 작가로서 최장기 베스트셀러 작가로 명성떨치는 하루키

세계적 작가로 각광받고 있는 무라카미 하루키는, 2006년 8월
말 현재, 장편소설 11편(20권), 단편소설집 9권을 비롯해서, 에세이
집, 기행문, 번역서 등 모두 95권의 저작물을 펴냈다. 그러니까
1년에 3~4권, 월 단위로 계산하면, 3.52개월에 한 권의 책을 펴낸
것으로 볼 수 있다.

그처럼 하루키는 양적인 작가 활동의 면에서도, 고금동서의
어느 작가에게서도 보기 어려운 초인적인 기록을 세워가고 있다.
더욱이 그의 작품의 질적인 평가에서도, 일본 안에서는 물론, 세
계적인 작가로서의 확고한 위치를 누리고 있다. 특히 그의 소설

작품은 세계 30여 개국에서 번역 출판되어, 이른바 변방의 소수 민족어를 제외한 거의 모든 선진국의 언어로 번역되어, 그 여러 권의 작품이 베스트셀러와 스테디셀러 행진을 지속적으로 전개하고 있다.

20세기에 그처럼 한 작품이 세계 여러 나라에 번역 출판되어, 오랫동안 베스트셀러가 되고, 스테디셀러가 된 예는 매우 찾아보기 어렵다. 얼핏 생각나는 작품은 J.D. 샐린저의 《호밀밭의 파수꾼》을 들 수 있다.

이 장편소설은 한국전쟁의 와중인 1951년에 발표되어, 삽시간에 베스트셀러가 되었고, 그 후 50여 년간에 걸쳐 세계 30여 개국에서 번역 출판되어, 20세기의 최장기 베스트셀러의 하나로 기록되어 있다. 그러나 샐린저는 그 이후, 서너 권의 단편집을 발간했을 뿐, 더 이상 장편소설은 쓰지 않은 채 1965년에 〈하브와즈 16 1924〉라는 단편을 끝으로 절필하고, 이후 전혀 글을 쓰지 않았다. 어디에서 무엇을 하고 있는지 거의 알리지 않고 은둔 생활을 계속한 샐린저는 2006년 현재 살아 있으면 87세가 될 것이다. 샐린저가 그처럼 과작으로 작가생활을 마감하게 된 것은, 《호밀밭의 파수꾼》을 10년의 장구한 집필 끝에 탄생시킨 이후, 작가로서의 에너지를 소진하고 기진맥진한 상태에 빠졌기 때문이라는 소문을 낳기도 했었다. 아무튼 그의 《호밀밭의 파수군》은 50여 년 동안 전 세계에 1000만 부 이상이 팔려나갔다고 하며, 우리나라에서도 아직껏 여러 출판사에서 계속 최장기 스테디셀러의 하나로 중판을 거듭하고 있다.

마치 샐린저는 《바람과 함께 사라지다》의 마가렛 미첼처럼, 한 편의 작품을 남기기 위해 태어난 셈이다.

하루키는 이미 작가생활 28년 만에 장편소설만 11편(20권)이나 되고, 그 대부분의 작품이 세계 30여 개국에 번역 출판되어, 장기간에 걸친 세계적인 베스트셀러나 스테디셀러가 되면서 계속 세계 여러 나라의 젊은 독자층을 넓혀가고 있다. 하루키의 거의 전 작품을 망라한 전집이 문화적 배타성이 강한 러시아나 중국에서까지 발간된 사실로 미루어보아도 하루키의 경이적인 작가적 위상을 짐작할 수 있다.

이처럼 샐린저와 하루키는 순문학 작가로서 최장기 베스트셀러의 기록을 세운 세계적 명성을 떨친 거장으로 기억되고 있다. 두 작가 모두 20세기 후반에서 21세기 초엽인 현재까지 전 세계적으로 방대한 독자층을 이끌고 있다는 점에서는 일치점을 보이고 있다. 그러나 위에서 말했듯이 샐린저가 단 한 권의 작품인 《호밀밭의 파수꾼》만을 남긴 데 비해서, 하루키는 벌써 다수의 작품을 발표했으며, 그의 가장 인기 있는 작품 《상실의 시대》는 일본에서만도 이미 1000만 부 베스트셀러 기록을 돌파하고, 세계 여러 나라에 수백만 부가 판매되어, 순문학 작품으로서는 금세기 최대 발행 기록이 세워질 것으로 예상되고 있다.

그처럼 하루키가 지극히 보기 드문 세계적 작가로 성장한 가장 큰 원인은, 깊이 있는 순문학 작품을 재미있게 썼다는 데 있다는 것이 지배적인 평가라고 하겠다. 그의 작가생활 초기에는 통속작가라고 깎아내리는 문학평론가도 적지 않았다. 그런 혹평에 대해서 하루키는, 순문학 작품이라고 해서 어렵고 재미없게 써야 할 이유가 있는가. 좋은 작품을 재미있게 쓴다고 해서 나쁠 게 무엇인가, 하고 일축하며 소신을 굽히지 않았다.

마침내 하루키는 작가생활 3년 만에 대작《양을 쫓는 모험》을 발표하고, 다시 3년 만에《세계의 끝과 하드보일드 원더랜드》를 발표한 데 이어, 다시 2년 만에 일찍이 찾아볼 수 없는 베스트셀러《상실의 시대》를 발표함으로써, 세계적 작가의 반열에 오르게 되었다.

## 하루키 문학 연구서와 해설서가 스테디셀러만 40여 권

그와 같은 하루키 문학에 대해서 해설과 안내 책자가 매년 헤아릴 수 없이 계속 출간되고 있다. 일본에서 스테디셀러로서 확고한 평가를 받고 있는 하루키 문학 연구서만, 역자가 입수한 것만도 37권에 이르고 있다. 일본에서뿐만 아니라, 구미 각국에서도 그 같은 하루키 문학에 관한 해설서와 연구서는 그치지 않고 속속 출간되고 있다.

아직은 50대의 중반의, 살아 있는 작가로서, 그와 같은 범세계적인 많은 독자층을 거느리고 있으며, 그의 작품에 관한 해설서와 연구서가 그처럼 많이 쏟아져 나오고 있다는 것은, 현대 세계문학에서 하루키의 비중이나 위상을 말해주는 바로미터라고도 볼 수 있을 것이다.

왜 그처럼 아직은 생존 작가의 한 사람이요, 매년 무엇인가 몇 권의 책을 내고 있는 하루키에 대해서, 그처럼 많은 해설서와 연구서가 나오고 있는 것일까.

누구나 지닐 법한 그런 의문에 대한 해답은, 그의 작품의 깊이나 다양성만큼이나 다기다양한 해답이 나올 수 있을 것이다.

그러나 한마디로 말하면, 하루키 문학은 동서고금의 철학과 문학을 섭렵한 심오한 그의 작품세계의 중심에, '레종데트르' — 인간의 존재 이유 내지는 존재 가치를 깊이 있게 추구하면서도, 쉬운 말로 재미있게 표현한 소설 미학의 정화라는 평가를 받고 있기 때문이라고 하겠다.

## 심오하고 광대무변한 하루키의 작품세계

하루키는 처녀작 《바람의 노래를 들어라》에서부터, 문자 그대로 혜성처럼 등장하여, 나이 29세의 젊은이로서 일본 문단과 일본인들에게 신선한 충격을 안겨주었다. 그 소설은 1950년대에서 1960년대 전반의 시기에 세계를 휩쓴 좌익혁명적인 세계의 변혁을 지향하는 사상이, 환상적인 이상(理想)의 구름처럼 떠 있다가 사라지기 시작한 시기에, 꿈을 잃어가는 젊은이들에게 하나의 지표를 제시했다는 점에서 높이 평가되었다.

이제 하루키는 50대 중반에 이르러, 작가생활 30년을 코앞에 두고서, 그가 젊은 날 한결같은 꿈으로 간직했던 도스토예프스키의 《카라마조프의 형제들》 같은 '총합소설'에 도전하고 있다. 2005년에 발표한 《어둠의 저편》은 그 서장(序章)과 같은 작품으로 주목을 받았다.

하루키가 초기의 작품에서 제기한 이상과 현실, 삶과 죽음, 개인과 사회를 비롯한 '자기 모럴'과 '사회적 모럴'의 문제는 지극히 성실하게 자신을 포함한 동시대 젊은이들이 처한 상황을 절묘한 소설 기법으로 표현한 것이었다.

중기 이후의 새로운 작품세계를 개척하면서 하루키는, 《상실의 시대》에서 '내폐(內閉)로의 연대와, 밖으로의 욕구를 절묘하게 그려냈다. 그리고 《태엽 감는 새》에서는 한 걸음 더 나아가, 존재와 부존재의 혼돈 상태, 즉 '거기에 있지만 거기에 없는 것'과 같은 세계로 진입한다. 다시 말하면 한 평론가가 말한 바와 같이, '이상과 현실', '로망과 리얼', 또는 '개인적인 것과 사회적인 것'이 포스트모던의 영역에 들어선 것이라고 볼 수 있다.

그런 점은 바로 그 전작인 《국경의 남쪽, 태양의 서쪽》에서도 나타나고 있다. 《국경의 남쪽, 태양의 서쪽》은 남녀관계의 여파로서, 예기치 못하게 타인에게 상처를 주고, 배신을 하고, 악(惡)을 범하고 마는, 자신의 안에 깃든 '불가피한 악'을 부각시키고 있다. 그것은 전통적인 모럴의 문제 구도를 다른 차원으로 포괄하는 것과 같은 새로운 시대적 모럴의 제시라고 보이기도 한다.

## 키워드 분석을 통해 하루키 문학의 탁월성의 비밀을 캐다

아무튼 심오하고 광대무변한 하루키 작품세계 속에는, 철학과 문학이론이 쉽고 재미있는 표현 형태 속에 산재하고, 기발하기 이를 데 없는 상상력을 발휘하여, 은유와 암유를 종횡무진으로 구사하며, 작품의 이 구석 저 구석에 수수께끼와 같은 키워드를 무수히 깔아놓고 있다.

그것은 하루키가 스스로 말했듯이, 자신의 소설 작품은 읽는 이마다 다르게 읽을 수가 있고, 누구나 되풀이 읽을 때마다, 새롭고 재미있게 읽히게 되기를 바라며 쓰였기 때문이라고 생각된다.

그러한 하루키 작품에 대한 연구서와 해설서가 스테디셀러만 40여 권 가까이 팔리고 있다는 사실은, 그와 같은 하루키 작품 해설의 다양한 가능성과 더불어 파고들면 파고들수록 깊은 뜻과 재미를 느낄 수 있기 때문일 것이다.

《하루키를 읽는 법》은 히사이 쓰바키와 구와 마사토의 공저로 되어 있는데, 히사이는 일본에서 하루키 연구의 일인자 중의 한 분으로 알려져 있다. 그는 이 책 이외에《태엽 감는 새를 찾는 법》과《논픽션의 화려한 허위》라는 두 권의 하루키 작품 연구서를 발간하여 호평을 받은 바 있다.

이 책은 1991년에 발행된《코기리가 평원으로 돌아온 날》을, 2003년에《하루키를 읽는 법》으로 개제하여 새로이 내놓은 것이다. 이 책에는《바람의 노래를 들어라》에서《상실의 시대》를 거쳐《댄스 댄스 댄스》에 이르는 비교적 초기 작품을 중심으로, 하루키 문학의 탄생과 그 성장과정을 아주 치밀하게 분석하며, 그 내재적 의미와 하루키 문학의 강물 줄기처럼 흐르는 그 일관성의 비밀을 깊이 있고 재미있게 해설하고 있다.

내용은 누구나 쉽게 읽을 수 있어 굳이 사족을 붙여 소개할 필요는 느끼지 않는다.

하루키 문학을 사랑하는 팬을 위해서는 물론, 작가를 희망하는 이들에게, 매우 흥미롭고 유익한 소설작법의 길라잡이가 될 것으로 믿으며, 일독을 권하고 싶다.

# 하루키를 읽는 법

초판 인쇄_2006년 10월 20일
초판 1쇄_2006년 10월 25일

지은이_히사이 쓰바키 · 구와 마사토 공저
옮긴이_윤 성 원
펴낸이_전 성 은
펴낸곳_문학사상사
주소_서울특별시 송파구 오금동 91번지(138-858)
등록_1973년 3월 21일 제1-137호

편집부_3401-8543~4
영업부_3401-8540~2
팩시밀리_3401-8741~2
한글도메인_문학사상
홈페이지_www.munsa.co.kr
E메일_munsa@munsa.co.kr
지로계좌_3006111

잘못 만들어진 책은 구입하신 서점이나
본사에서 바꾸어 드립니다.

값은 표지 뒷면에 표시되어 있습니다.

ISBN 89-7012-765-8 03830

## 2006 월드컵 이야기

독일 월드컵 10배 더 재미있게 보기!

월드컵의 역사는 물론이고 월드컵에 얽힌 갖가지 재미있는 일화, 경기 결과 분석,
독일 월드컵을 준비하는 태극 전사들의 현황과 아드보카트 감독의 독일 월드컵 전망 등
월드컵에 관한 모든 것을 담았다. / 박재호 편저

## 퀴즈 대한민국

〈퀴즈 대한민국〉의 예비 퀴즈 영웅들을 위한 완벽한 가이드북

최고의 시청률과 최고의 문제 난이도를 자랑하는 KBS 〈퀴즈 대한민국〉 퀴즈 영웅과 도
전자들의 이야기. 〈퀴즈 대한민국〉 필기시험과 면접 대비 전략과 문제 출제의 비하인드
스토리, 풍부한 기출문제 등 수록.
KBS 퀴즈 대한민국 제작팀 지음

## KBS FM 월드뮤직

지구촌에서 날아온 소리로 읽는 음악 편지

KBS FM의 현직 라디오 프로듀서 일곱 명이 세계 각지를 직접 발로 뛰며 취재한 월드뮤직의
세계. 주요 월드뮤직을 탄생시킨 각국의 역사와 풍토를 둘러보며 지구를 한 바퀴 여행한다.
장옥님 외  9인

## 행복한 부부 이혼하는 부부

행복한 결혼생활을 위한 7가지 행동철학

결혼을 생각하고 있는 사람, 권태기에 접어든 부부, 결혼생활에 위기를 느끼는
부부들에게 보내는 심리연구의 세계적 권위자 고트맨 박사의 결혼생활 길라잡이.

존 M. 고트맨&낸 실버 지음/임주현 옮김

## 21세기 문예이론

문학과 시대의 새로운 흐름, 그 길잡이로서의 문예이론

세계문단과 학계의 새로운 변화를 탐색한 지적 이정표. 현대문학 연구에 필수적인
가장 최근의 문예사조들과 비평이론들을 집대성해 놓았다.
김성곤 편저

## 스포츠, 그 불멸의 기록

스포츠 역사상 최고의 순간을 다시 본다!

누구도 예상치 못했던 대한민국의 한일월드컵 4강 진출 이변에서, 편견을 극복하고 슈퍼볼
MVP를 차지한 미식축구 선수 하인스 워드의 감동 스토리까지, 월드컵과 올림픽, 각종 프로
스포츠에서 전 세계인을 웃고 울게 한 그때의 감동을 다시 만난다!
기영노 지음

## 이 책 읽으면 소설가 된다 1·2

소설 창작 교실의 천재 교수 주조 쇼헤이의 좋은 소설 창작 프로젝트

소설 창작에 있어 반드시 챙겨야 할 부분을 폭넓게 다루면서도 충분한 깊이를 갖춘 소설
창작을 위한 친절한 지침서. 놀라운 확신을 가지고 글을 쓸 수 있도록 도와준다.
주조 쇼헤이 지음 · 윤성원 옮김

# 총·균·쇠—무기, 병균, 금속이 어떻게 문명의 불평등을 낳았는가

미국 퓰리처상.영국 과학출판상 수상

인류 문명의 수수께끼를 쉽고 재미있게 풀이하며, 인류 문명의 기원과 발달을
복합적·과학적 시각으로 새롭게 파헤친 획기적 명저!

재레드 다이아몬드 지음/김진준 옮김

## 제3의 침팬지

"이대로 가면 100년 안에 인류는 멸망한다"는 충격의 경고

왜 보통 침팬지와 98.4%나 유전자가 같은 '제3의 침팬지'는 1.6%의 차이로 인간이 됐고,
이젠 멸망의 위기에 섰는가? 소설처럼 재미있게 쓴 사람의 과거, 현재, 미래의 모든 것.

재레드 다이아몬드 지음/김정흠 옮김

## 작은 실천이 세상을 바꾼다

세계에서 가장 경이로운 스물두 살 대니 서의 이야기

고등학교를 꼴찌로 졸업하고도 미국 사회를 이끄는 '명사'로 성장한 젊은 환경운동가
대니 서. 하루 15분의 작은 실천으로 세상을 더 나은 곳으로 바꿀 수 있다는 희망 메시지.

대니 서 지음/임지현 옮김

## 리콴유 자서전

싱가포르를 가장 정의롭고 깨끗하게 만든 지도자

유년시절부터 성장하면서 겪은 역경, 그리고 조국의 독립과 번영을 열망하며
나라 사랑에 신명을 바쳐 온 시련과 영광의 발자취를 담담한 필치로 솔직하게 기록했다.

리콴유 지음/류지호 옮김

## 모택동 비록(상·하)

'독재자 모택동의 고독과 초조'를 주제로 한 현대판 삼국지

중국 건국 50주년을 맞아, 산케이신문사가 중국을 샅샅이 뒤져 찾아 낸 기록물들을
정리, 재구성하여 만들어낸 독특한 역사 다큐멘터리. 이제까지의 문화 대혁명을 다룬
각종 저서들을 충분히 소화한 뒤 일관성 있게 정리했다.

산케이신문 특별취재반 지음/임홍빈 옮김

## 축소 지향의 일본인

일본 문화론 100년의 10대 고전 중 하나

일본인 자신도 미처 알지 못했던 일본 문화의 구조를 '축소'라는 관점에서
풀어 밝혀 보임으로써, 일본 지식인 사회에 파문 던진
유니크하면서도 당당한 일본론.

이어령 지음

## 한·중·일의 역사와 미래를 말한다

3국의 역사와 문화에 정통한 김용운·진순신 밀레니엄 대담

유교와 한자를 문화적 공통분모로 하고 있지만, 저마다 고유 문화를 꽃피워 온
효孝의 한국·의義의 중국·충忠의 일본. 이들 3국의 역사와 문화를 비교하고
전망하는 두 석학의 솔직하고 진지한 지성 대담.

김용운·진순신 지음

### 꼬리를 꿈꾸다  최민자 지음

세상을 바라보는 따뜻한 시선, 일상생활에서 퍼 올린 생의 작은 기쁨들

세상을 바라보는 따뜻한 시선. 일상생활에서 퍼 올린 생의 작은 기쁨들. 일상적 삶에 대한 깊이 있는 성찰과 시대를 꿰뚫어보는 날카로운 혜안을 단아하면서도 탄력 있는 문장으로 그려냈다. 《꼬리를 꿈꾸다》는 향기와 여운, 예지와 아니러니 같은 수필 고유의 예술성을 독특한 필치로 보여주는 수필 문학의 정수이다.

### 열네 살 영윤이의 토플만점  김영윤 지음

2005년 최연소 토플 만점자가 말하는 신나는 영어 공부법

중2의 어린 나이에 토플 시험에서 만점을 받은 김영윤 양. 영윤이의 공부법은 특별하지 않다. 그저 공기처럼 영어와 늘 함께하고 영어를 즐겁게 대하는 것. 영윤이의 생생한 경험담과 영윤 어머니의 자상한 교육법을 한 권으로 만날 수 있다.

### 문화코드  이어령 지음

코드를 읽으면 미래가 보인다!

'디지로그'로 디지털 혁명을 선도하는 지성인 이어령의 코드 읽기. 붉은악마, 문명전쟁, 정치문화, 한류문화와 같은 문화 현상에는 어떤 의미가 숨어 있는가. 암호화되어 있는 문화코드를 바로 읽는 사람이 미래를 선도한다!

### 외로워도 슬퍼도  함민경 지음

누구나 한번쯤 경험하는 사랑과 이별의 순간을 서정적 필치로 그려낸 감동 에세이!

도예가이자 스튜어디스로 근무하고 있는 독특한 이력의 소유자인 작가가 세라믹 캐릭터와 아기자기하고 귀여운 그림을 통해 솔직담백하게 그려내는 '사랑과 이별'에 대한 카툰 에세이.

### KBS FM 월드뮤직  장옥님 외 6인 지음

KBS FM의 PD 7명이 안내하는, 음악으로 떠나는 세계여행

음악 해설서라는 기본에 충실하면서도 각 지역의 음악이 지니고 있는 문화적 · 역사적 · 사회적 배경에 대한 안내를 담은 생생한 안내서. 쉽게 접할 수 있는 영미권의 팝음악에서 벗어나 라틴, 아프리카, 켈틱, 그리스, 스페인, 터키 등 다양한 나라의 다양한 음악을 소개한다.

### 세계를 매혹시킨 불멸의 시인들  이승하 지음

이승하 시인과 함께 떠나는 세계 명시 기행

동서고금을 막론하고 사랑받는 시인 25명의 삶과 사랑과 시. 혼신의 삶과 사랑의 열정 속에서 탄생한 불멸의 명시를 만난다.

## 삶과 죽음 사이 헤쳐가는 마이카 시대　김종선 지음

선진국형 마이카 시대, 운전자들의 보장보험증서 같은 필독서

기존에 출간된 교통안전 개설서와 달리 다양한 소재를 이끌어오고, 수필가로서의 특성을 살려 놓아 쉽고 재미 있게 읽히는 교통 테마 에세이집. 필자의 생생한 경험을 담았기 때문에 개개의 사례에선 현장감과 박진감, 그리고 긴장감이 느껴진다.

## 니나와 폴의 한국말 레슨　니나 지음

유쾌 · 상쾌 · 통쾌한 외국인 남편에게 한국말 가르치기!

2001년 다음 사이트의 '니나랑 폴이랑' 카페에 게시된 유쾌! 상쾌! 통쾌한 외국인 남편에게 한국말 가르치기. 저자가 직접 그린 일러스트로 시각적 효과를 극대화했다. '니나랑 폴이랑' 카페 3만여 회원과 모든 유머 사이트의 팬들이 기다려온 책!

## 33세의 팡세　김승희 지음

젊은 날의 벅찬 시련과 도전의 인간 드라마!

한국 수필문학의 대표적인 작품의 하나. 시인이자 소설가인 김승희가 사랑과 문학의 길을 찾는 파란 많은 여로를 아름다운 문장으로 그려낸 한국의 최장기 베스트&스테디 셀러다. 삶의 고민과 가정불화에 지쳐 자살까지 시도했던 그녀의 인생 에세이.

## 아주 특별한 사랑　이영애 지음

'산소 같은 여자' 이영애의 그 미모보다 더 아름답고 값진 이야기!

샛별처럼 영롱한 눈빛과 아침 햇살처럼 해맑은 미소, 지적인 매력을 갖춘 '산소 같은 여자' 라는 이미지의 연기자 이영애. 그 미모보다 더 아름답고 값진 그녀의 '아주 특별한 사랑' 과 삶의 이야기를 담은 자전 에세이.

## 민병진의 희망칼럼　민병진 지음

고난을 이겨 나가게 하는 희망의 안내서.

물질만능주의가 팽배한 현대사회에서 절망에 빠진 사람들에게 전하는 희망의 양식. TBS 교통방송에서 절망에 빠져 있는 사람들에게 의사인 저자가 전해 준 500여 개의 희망 칼럼을 한데 모아 출간한 노력의 산물이다.

## 나를 매혹시킨 한 편의 시 1~5

인생의 거친 바람 속에 작은 쉼표로 날아든 시 한 편

모든 이들의 감동을 부르는 《나를 매혹시킨 한 편의 시》. 우리 시대 명사들이 마음속 깊이 간직되어 있는 한 편의 시에 얽힌 이야기를 들려준다.
각 권마다 각계 명사 30여명이 고백한 "나와 내 애송시의 매력".